长风破浪

一个县发改委主任的 2000 天

尤国勋◎著

江苏人民出版社

图书在版编目（CIP）数据

长风破浪：一个县发改委主任的 2000 天 / 尤国勋著 .
南京：江苏人民出版社，2024. 10. -- ISBN 978-7-214-
29587-3

Ⅰ . I25

中国国家版本馆 CIP 数据核字第 2024Y5S329 号

书　　名	长风破浪：一个县发改委主任的2000天	
著　　者	尤国勋	
封面题字	纪　松	
责任编辑	郝　鹏	
责任监制	王　娟	
出版发行	江苏人民出版社	
地　　址	南京市湖南路1号A楼，邮编：210009	
照　　排	南京融蓝文化发展有限公司	
印　　刷	江苏凤凰数码印务有限公司	
开　　本	718毫米×1000毫米　1/16	
印　　张	17.75	
插　　页	8	
字　　数	260千字	
版　　次	2024年10月第1版	
印　　次	2024年11月第2次印刷	
标准书号	ISBN 978-7-214-29587-3	
定　　价	88.00元	

（江苏人民出版社图书凡印装错误可向承印厂调换）

一、大美射阳

射阳标志：中华后羿坛

拔地而起的射阳新城

二、实力射阳

▲ 风电产业港雄姿

▲ 远景能源制造基地

▲ 依港而建的亨通海缆

比亚迪射阳工厂 ▶

三、绿色射阳

▲ 绿树掩映的园林式县城

▲ 郁郁葱葱的森林公园

▲ 蒹葭苍苍的滩涂湿地

◀ 花团锦簇的鹤乡菊海

四、旅游射阳

▲ 异域风情的安徒生童话乐园

日月岛康养旅游度假区 ▲

芳香四溢的十里菊香 ▶

五、文化射阳

丹顶鹤文化艺术节 ▶

◀ 海河农耕文化博物馆

▲ 射阳杂技艺术中心　　　　　▲ 射阳县淮剧文化剧场

六、休闲射阳

供民众享受慢生活的朝阳街步行街

供游客心灵漫步的千鹤湖公园

七、魅力射阳

黄沙港国家中心渔港

"江苏沿海第一闸"射阳河闸

风景如画的乡村民宿

八、幸福射阳

美丽宜居的康居工程

江苏省射阳中学

射阳县人民医院

射阳县养老中心

九、交通射阳

▲ 国家一类开放口岸射阳港

▲ 黄沙港特大桥

▲ 射阳通用机场

▼ 高铁射阳站

十、文脉射阳

射阳凤凰广场

射阳杂技《扇舞丹青》剧照

射阳葛军艺术馆

十一、福地射阳

射阳县市民中心

"最美射阳人"评选活动

梵音袅袅的息心寺

十二、风味射阳

香飘全国的"射阳大米"

誉满天下的"青龙"白蒜

中华绒螯蟹的"出生地"

（以上图片由射阳融媒体中心和吉东育提供）

一个时代见证者对县域发展的省思

杜志雄

国勋同志发来《长风破浪》电子稿，嘱我作序。

我和国勋同志在2018—2019年间有过一次工作接触。在那次短暂的工作接触中留下的深刻印象是，他是一个思路清晰、敬业实干的基层发改委主任。但毕竟当时接触时间短，过去的这几年，时常在网络空间里读到一些他的随笔，但没有更多交流。因此，没敢贸然答应！

但出于同志友情，我并没有简单地拒绝，而是在工作之余，打开他的书稿……

这是一本打开了就让人放不下的书！

首先是他的文笔。作者是一个文学造诣深厚的地方政府官员，他充分发挥自己擅长编文织字的优势，把复杂的从政履历用优美顺畅的文字精准表达出来。它足以使每一个读者，无论其对基层政府运行是否熟悉，都可以愉快且有意愿地读下去、能受益。

其次，当然也是最重要的，是本书的独特视角和翔实内容。我认真浏览了文稿，一种喜悦之情不禁涌上心头。这些年来我一直思考县域经济发展对整体宏观经济的影响和作用，特别是在2019年担任中国县镇经济交流促进会会长之后，对县域经济发展问题保持着更加深入的观察和深度的思考。这本书的独特视角在于，它是从一个县发改委主任的亲历视角撰写的一本关于如何看待、怎样推动县域经济发展的书，这与我的观察兴趣高度契合。同时我发现，这还是我第一次见到有人尤其是县域经济发展的局中人写他的奋斗和思考、努力和艰辛。全书字里行间流露出砥砺奋进、不负韶华的基层干群拼搏精神，展现了后发崛起、勇于争先的县域经济发展成就，都让我特别兴奋、感动。我觉得，这不仅是一本介绍基层发改委工作经验的好书，更是一本在新形势、新格局、新常态下如何推动县域经济高质量发展的好书，值得广大基层干部认真学习、借鉴，书中发展县域经济的经验做法，更值得各地认真品鉴和参考。

射阳位于江苏沿海，地理位置优越，生态环境优美，但由于交通闭塞和其他因素的制约，射阳的经济社会发展仍然不够充分，前些年还一度落到了江苏省的最后面。我对射阳的关注是在 2017 年前后，那时国勋同志已任射阳县发改委主任。我在担任中国社科院财经战略研究院党委书记、副院长时，他曾前来对接射阳县域经济高质量发展工作，自信满满地介绍射阳绿色发展的经验做法，引起我的关注。后来我又和我们射阳研究组的同事们到射阳开展过实地调研。调查发现，经历大落正处再次崛起的射阳，尽管在经济规模总量上不及江苏的发达县市，但其对绿色发展路径的关注，完全契合"两山"理念，代表了高质量发展的方向。最让我感动的是，当地干群在新一届县委领导下，励精图治，砥砺奋进。他们激情澎湃的精神、奋勇争先的干劲、无私奉献的情怀，让我极为震惊和欣赏。为此，我们把射阳确立为县域经济高质量发展的样板，开始持续关注耐人寻味的"射阳现象"。当时还专门出版了《区域协调共潮起，绿色发展伴鹤飞——探秘高质量发展之路上的"射阳现象"》一书，并于 2019 年 3 月在京举办了"射阳现象"研讨会。

可以说，国勋同志的这本《长风破浪》从另一个侧面为"射阳现象"提供了更有说服力的注解！

国勋同志是一位优秀的县发改委主任，印象中的他思维敏捷，能言善辩，工作思路清晰，对全县经济社会状况了如指掌。他对县级发展与改革工作有很深的理解和研究，对中央文件的学习和解读、对高质量发展内涵的理解和把握、对县域经济发展的优势和制约瓶颈，认识精准而深刻。像是人生集大成一样，其前期丰富的工作经历让他在事业的最后一站——主政县发改委工作能够风生水起。从这本书中，我们可以读到他满腔热情的工作干劲、有勇有谋的工作方法和不知疲倦的工作精神；我们还可以看到作为基层干部的代表和化身，在"撸起袖子加油干""幸福都是奋斗出来的"时代背景下，国勋同志把射阳县发改委工作干得有声有色，为全县经济社会发展做出了巨大贡献，并因此得到县领导的褒扬和上级条线部门的充分认可。《改变我能改变的》《守住底线》等章节，展现了他的创新创优魄力和清廉从政情怀；《有一种境界叫担当》《撸起袖子加油干》体现了他无私无畏的担当精神和输肝剖胆的敬业奉献精神；《打造优秀团队》《我家的"穷亲戚"》凸显了他亲切随和的人格魅力和同情弱者的善良心态；《工作实录》这部分的内容是其对这一阶段不同内容的工作总结和思想升华，具有最原始的真实性，读来更加可信、可贵、可敬。

国勋同志还是一个能把具体工作干得明白的同时也能说得清楚的很有才华的基层官员。他的语言明快，文字优美，具有艺术感染力。全书将其担任射阳县发改委主任以来的经历娓娓道来，让人读后如沐春风，有畅快淋漓之感。书中的一些个人感悟、心灵隽语，传递着满满正能量。这或可为基层官员提供一些学习的范本，更可为那些关注县域发展特别是关注基层干部如何思考和行政作为的局外人提供一个真正了解和理解他们的鲜活标本。

我在总结"射阳现象"时曾经说过，"射阳现象"从本质上讲就是经济落后和欠发达地区如何在较短时间内能够凝心聚力、众志成城、卧薪尝胆、砥砺奋进，实现洼地崛起的故事。他们能够用好用足国家政策优势，发挥区域比较优势，扬长避短，实现经济增长速度和发展质量相得益彰；能够在发展经济的同时，推动民生福祉的持续增进和生态环境的日趋向好，最终实现高质量发展。希望未来的射阳能继续探索，百尺竿头更进一步，为中国县域经济发展创造更多更好的经验做法。我们也将持续关注射阳，祝福射阳。

　　人生的价值不在于生命的长度，而在于生命的厚度和质量，在于对社会的责任和贡献。这本书的副标题为"一个县发改委主任的 2000 天"，我觉得这 2000 天，是浓缩国勋同志人生精华的 2000 天，是只争朝夕、夜以继日的 2000 天，也是三年干成五年事、不负组织不负心的 2000 天。这样的基层官员还有很多，也很难得，也只有这样的基层干部越多，县域发展的成就才能越大！借此机会，我也向国勋同志，包括许多跟国勋同志一样的基层官员们，送上我深深的敬意和祝福！

　　是为序。

2024 年 8 月 8 日

（作者为第十四届全国政协委员，中国社会科学院农村发展研究所党委书记、研究员，

中国县镇经济交流促进会会长）

当代基层发改委主任的心灵秘史

李　锦

　　射阳在历史上是偏僻穷苦之所。在家境贫寒的投稿年代，一支笔解决温饱、改变命运的文人不少。他们长期坚持焚膏继晷、兀兀穷年，文化功力极其厚实，国勋便是其中的佼佼者。1996 年前后，我到射阳调研农业产业化问题时，县委书记安排他配合。国勋当时在县委办公室当秘书，县委书记的讲话初稿多出自他的手，报纸上也发表过不少他写的文章。情况熟透而如字典，思想明快而有主见，那是我对他最初的印象。30 年过去，他的微信公众号"尤子吟视界"常在第一时间对社会种种现象进行剖析，笔锋犀利，入木三分，似庖丁解牛。那种笔翰如流、酣畅淋漓的表达，一波三折，摇曳多姿，写得甚是好看。他的文章时常指点江山，激扬文字，传递正义，挞伐丑恶，阅读量扶摇直上，常呈引领舆论之势，亦显思想家风采。

　　当我看到这部《长风破浪》的书稿，写的是一个县发改委主任的 2000 天，说的是工作经历，不免担心其枯燥，没想到我看起来竟不能停下。《长风破浪》是乘新时代的长风，破高质量发展万里浪，说的是现在的事现在的人，贴近生活，为其深入骨髓的真诚所感染，欲罢不能。他是捧着一颗心来写的，说真话，带真情，显真知，有真经，对经历大落正处再次崛起的射阳那段历史，对射阳人励精图治、砥砺奋进的精神风貌，有生动而细致的记录。真实性是报告文学的生命力和鼓舞力之所在，这种真实既要求总体事实真实，也要求细节真实，要求人物的动作语言真实，尤其是内心真实。《长风破浪》不仅留下射阳那几年洼地崛起的辉煌，也是一部缩微的中国发改委工作实录。他的写作，对射阳发展乃至中国的基层发改委生存状况，都有填补空白的文化价值。这是一部中国基层发改委的真实写照。

在 1993 年那场财税改革后，县级发改委主任是最难当的。社会上曾流传"中央财政很好过，省级财政也好过，市级财政过得去，县级财政很难过，乡镇财政没法过"的说法。在过去的一段时间，因为 48% 的财权归上边，78% 的事权在下面，转移支付方法推行，使得"会哭的孩子有奶喝"，最强发改委主任必须能想、能跑、能说。出一个好的发改委主任，是县委书记、县长的福分，是一个县的福分。国勋曾做到每月跑一趟国家发改委，每周去一趟省发改委，与市发改委随时沟通，保持密切联系。射阳的千鹤湖公园、安徒生童话乐园与市民服务大楼的审批，都存在争议，都是"跑"出来的。不少旁人看来大胆的举动，会有追究终身责任的风险，但他居然把一些难以做到的事情都"跑"成了。2016 年 6 月，龙卷风席卷射阳，发改委意图通过国有企业发债来改善农民居住条件，然而其时正遇上国内关于"赶农民上楼"的质疑。他逗留北京，"长安街头，月坛桥边，心事重重叠叠，费尽周折不思归"。经过多次汇报，最终拿到总规模达 15.5 亿元的灾后重建发债项目批文，以至于县委书记惊诧于被国家发改委否掉的项目能够起死回生。从港口到高速，从债券到风电，从省市考核到向上对接，从百强县到样板区，从项目审批到绿色转型，从产业布局到指标谋划……射阳、盐城、南京、北京，他的 60 岁前的生命总是在这条线上穿梭着。这部书，让人们知道发改委是干什么的，怎样才算当好发改委主任，实为一部发改委工作的"秘史"与发改委主任的"心灵史"。这是一部为射阳留下历史存照的传世之作。

射阳是我的家乡，每当回到家乡，常感射阳变化真大！千鹤湖公园、射阳日月岛、安徒生童话乐园、射阳港、射盐高速……其实施过程，都有国勋这个操盘手的汗水、泪水与心血。作为一个局外人，我并不知道其中有多少艰难与苦恼。国勋当发改委主任这几年，正是射阳走出了一波低开高走、屡创新高的行情：仅用三年时间就实现从市对县考核三等奖、二等奖到一等奖的"三级跳"，又连续三年坐在全市综合奖第一等次的交椅上，经济总量五年接近翻一番，跻身全国综合实力百强县和营商环境百强县……国勋如数家珍般的叙述，使得《长风破浪》这样一本史记式的书，为新时代射阳高质量发展竖起一座不朽的纪念碑。

这本书的高光之处，当数海上风电为主的县域经济绿色发展，高质量发展的"射阳模式"即渊源于此。打开书后，一眼看到射阳标志——中华后羿坛，下面的照片是《拔地而起的射阳新城》，画面前景是千鹤湖，远景则是蓝色大海上密林般的风电杆，这是多数人不曾见过的空中俯瞰画面。射阳历史上曾走出刘少奇、陈丕显等重要人物，也曾出现连续三年棉花百万担的高光时刻，还有滩涂、丹顶鹤、农业产业化等等，都值得说道。如今的新能源产业发展大潮，是最新、最美的篇章。国勋担任县发改委主任的那几年，射阳新能源产业产值已近 200 亿元，射阳港海上风电出货量已超过 2.0GW，比肩于全球最大的埃斯比约港。

我们来找找新射阳故事的源头。2016 年 6 月底的一天，县委书记、县长都在参加盐城市半年工作推进会，国勋突然接到戴荣江书记的短信："远景到哪儿去了？"原来是盐城的另一个板块汇报了国际化程度非常高的新能源装备企业远景公司的项目签约情况，射阳也一直在跟踪这个项目，却始终没有进展。于是国勋与射阳港同志"合谋"了一场招引远景的"大戏"，既实现了海上风电资源利用最大化，又让远景风机制造项目在射阳落地。短短三年时间，射阳海上风电产业异军崛起。一个新兴的能源产业港在射阳拔地而起，射阳有望成为全球知名的东方风电之都。射阳大船乘风破浪，足显国勋这位发改委主任"弄潮儿向涛头立，手把红旗旗不湿"的英雄姿态与敢于进取的精神。

风从海上来。《长风破浪》写的是高质量之风。《疾风劲草》《惠风和畅》《新风拂面》《长风万里》《驭风前行》《微风入怀》各章中，海上风电的成长与壮大实是《长风破浪》的有力注解。抚书细品，觉出《长风破浪》亦写的是政治清明与队伍刚健前行之风。国勋的这本书始终充满一种健康向上的力量，有一股正气贯穿其中。面对《有一种境界叫担当》《撸起袖子加油干》的标题，我甚至怀疑，在"躺平"比比皆是的当下，能够出现这样一群人吗？尤国勋年过半百仍有这样青春勃发的精神状态，原因何在？慢慢悟读，终得其中三味。国勋从 2016 年开始当发改委主任，此前射阳遇到一场"大难"，一年多时间换了三任书记、四任县长。新任书记把他从司法局调到发改委。他在文章中多次表达，"金钱和关系换不来官运和平安，能力和品行才是最经得起检验的为官通行证"，"我必须心怀感激，不让期待我的人失望；必须常怀感恩，让关爱我的人神清气爽"。这是国勋心灵的转折点，亦是全书的"文眼"。为此，他提出自己必须创造全市乃至全省有影响的业绩等"九个必须"，上任伊始，便有"全市争第一，全省争一流，全国有影响"的雄心。

此后，国勋当发改委主任的五六年正是射阳社会与经济发展从低谷触底反弹、艰难爬坡、奋力崛起的过程。当一个人的事业跟兴趣与国家需要高度一致的时候，便焕发出惊天的力量。他整天朝南京跑，朝北京跑，为了射阳那些重大工程，他超强度地工作，积劳成疾，被医生认为"是一个死里逃生的人"，离开发改委后不久便大病一场，但他无怨无悔！了解射阳近年来坎坷发展历程的人，才会理解破茧化蝶、凤凰涅槃的价值；了解国勋从被冷落到被重用的经历，才理解那种"士为知己者死"的悲壮情怀，也由此深悟古代雄文大抵为贤圣发愤之作也。当作者发出"一个地方真正的崛起和腾飞，人的因素至关重要"的吁叹时，我终于理解这是一部地方发展最真实、最隐秘的心灵变迁史。

《长风破浪》还是一部射阳党群关系的真实记录。这是射阳发展史上的一个断面，写出戴荣江、唐敬、吴冈玉三届县委领导让射阳后发再起、屡创新高、争当排头兵的使命担当。书中出现的人物有上百个，国勋的叙述是一条线，把他们都串起来了。那种说干就干、干就干好的万丈豪情，那种夜以继日、挑灯夜战的拼搏精神，那种奋勇争先、舍我其谁的豪迈气概，是发生在生活中的鲜活原型的真实写照。我为国勋和他的同事们为射阳的崛起而做出的努力感到自豪，对国勋包括许多跟国勋一样的基层干部们，怀有深深的敬意！

《长风破浪》把宏大叙事与细节描写处理得水乳交融，具有交响乐的壮美，这是史诗的品格。国勋驾驭语言的功力是很强的，语言是灵动的，妙语连珠。无论是引用还是自创，不时有一些金句脱口而出——"奋斗到无能为力，拼搏到感动自己""剧辛乐毅感恩分，输肝剖胆效英才""世界虐我千百遍，我待世界如初恋""今天再迟也是早，明天再早也是迟""改变我能改变的，尊重我不想改变的，接受我不能改变的""鸡蛋从外打破是食物，从内打破是生命""当工作成为快乐，人间就是天堂"……读者可以把这本书当成基层干部的人生感悟来读，实是一本很好的基层干部修养的书。而篇末附录的文章，诗化的语言，精炼、生动、有质感，文采飞扬，许多段落俨然有一种散文诗的美感。

这本书是国勋离开工作岗位后写的，少了精神的束缚，直抒胸臆。鲁迅评价司马迁的文章"不拘于史法，不囿于字句，发于情，肆于心而为文"，此书有此等境界。国勋乘风破浪的 2000 天，是射阳历史上的一小段，当然也能够让人看出古老的射阳怎样走向新生。从后羿射日到今天风电开海，使人想到射阳人身上所具有的激情澎湃、开拓奋进、奋勇争先的干劲，不畏艰难、顽强奋斗的精神风貌和挚爱家乡、建设家乡、不遗余力为家乡而奋斗的赤子之情。

前期丰富的工作经历让他在职业生涯最后一站能够风生水起。然而，这只是开始，国勋是世事洞明之人，"想得透彻""干得明白""说得清楚"，是眼如炬、心如镜、思如泉、笔如刀的人。他还会秉笔书人间万象，执笔走天涯海角，意到笔随，还会有新的风生水起的开始。

这本书，在射阳、在盐城都足以留传于世，适合党政干部尤其值得发改委系统干部收藏。特此推荐这本好书。

2024 年 9 月 6 日

（作者为新华社高级记者,《中国企业报》原总编辑,中国企业改革与发展研究会副会长）

春去春又来（自序）

2016 年 4 月，暮春之初。

　　这是自然界的又一个春天，对我来说，也是一个秋天里的春天。其时我在射阳县司法局工作，正和同事们一起去浙江温州招商。此行除了拜访盐城温州商会，还要重点考察学习华峰集团。华峰原本是一家生产氨纶的企业，在尤小平三兄弟带领下，励精图治，艰苦创业。企业越做越大，越做越强，成为产值数百亿、每年纳税几十亿元的创税大户。尤氏兄弟创业的故事在当地被传为美谈。因为企业老板姓尤的缘故，我得以以尤氏宗亲的身份再次拜访，并受到尤金焕董事长全家的热情接待和盛情款待。

华峰集团尤金焕董事长（左）介绍企业情况

作为新温州模式的代表，华峰集团让人刮目相看。那天，我正在华峰考察企业生产经营情况，突然接到电话，说组织上找我谈话，打算把我调到发改委工作。

发改委是干什么的？我脑中立马闪过这样一个奇怪的疑问，差点问出口，但我还是咽了回去。说实话，这个消息对我来说既在意料之中又在意料之外。意料之中的是，从各方面的信息来看，调整我的工作岗位只是时间问题；意料之外的是，我连发改委具体做哪些事都茫然不知，从司法局调到发改委，这个跨度实在有点大！我能适应吗？再说，我已年过半百，事业开始向后转，两年前组织上将我安排到司法局，也是给了我从领导岗位转岗的过渡性安排，我心知肚明，怎么又"废物利用"了呢？按照当时退二线的有关规定，我掐指一算，有效工作时间仅剩三年零六个月，到发改委又能做些什么呢？

第二天一早，我归心似箭。在返程的路上，思绪万千。我虽然偏安一隅，在司法局"躲进小楼成一统"，但射阳悄然发生的变化也让我振奋。新一届领导班子铁腕治理的风格，全县上下从硬环境到软环境的变迁，一种久违的干事创业热情的回归，尤其是冬去春来、万物复苏的景象，让我有一种期待、一种重出江湖的冲动。我的脑海中像放电影一样，尘封的往事也一幕幕浮现在眼前。

说来也巧，生命中的几个重要"转折点"都发生在春天。1988 年大学毕业后，我被分配到县城职业中学教书。6 年的三尺讲台，也让我获得全县十佳青年教师的荣誉。一个偶然的机会，我参与了《盐阜大众报》一场关于如何赡养老人的讨论，我的一篇《愚昧，泯灭了良知》引起时任县教育局副局长蔡宝培同志的关注，他叮嘱校领导要"好好培养"。后来，我深入研究职业教育，写出了《职业教育集团化办学思考》《运用电化教育，提升职教质量》等一批论文并在权威教育刊物发表。从教 6 年后，我被借用到县教育局工作，那是在 1994 年初。

在县教育局工作期间，我的业余写作进入黄金期。一年多时间里，仅在《中国教育报》就发表每篇几千字的大块头文章10多篇,《光明日报》《中国青年报》《工人日报》《法制日报》等亦有文章见诸报端。我的中学同学、在县委办工作的张斌同志问我:"想不想到县委办工作?"我说,到县委办哪有那么容易!但很快,他就向县委办领导推荐了我,并向我索要报刊发表的文章。

就这样,我在1995年春天又被借用到县委办工作。在县委办工作期间,我从办事员干到副主任,目睹县内领导升迁浮沉,包括身边的同事一个个被提拔,唯有我气定神闲,满足于种好自己的一亩三分地——把秘书当好,把领导的讲话稿写好。一位同事看我与世无争的样子,揶揄我一辈子没有多大出息。我也"反唇相讥"道:能够当上县委办秘书已是祖坟头上长草了!要当多大的官才叫有出息呢?

不过,我当秘书那阵子还是挺有"成就感"的。有一次,县委主要领导对我写的讲话稿比较满意,笑称"小尤也能写大文章"。我听了心里美滋滋的。我清楚地记得第一次服务县委主要领导,战战兢兢,如履薄冰。在县内一次会议间隙,我送讲话稿给县委书记,这位领导毫不掩饰地跟身边的主任说:"小家伙这么老实,别把我的讲话稿弄丢了。"我听后木讷一笑,心里越发不淡定了。

我在县委办整整工作了12个年头,服务过县委主要领导,后来又相继服务过分管组织党务、纪检政法、农业农村的领导,接触过纪检、组织、工业、农业、政法、社会事业、群团等各块工作,这为我后来成为"万金油"打下一定基础。

2007年,我受命牵头成立县行政服务中心,外地都是先任命、后筹建,我们则是先筹建、后任命。直到2007年4月(那又是一个春天),我才被明确为县行政服务中心主任、党工委书记,兼任县委办副主任,后来又兼任政府办副主任。

2010年3月,同样是春天里,我被调到县文广新局工作。当时文广系统改革,县里成立文化广电新闻出版局(简称文广新局),我任县委宣传部副部长兼县文广新局党委副书记、局长。说实话,到文广新局工作以前,我对文广系统的印象是改革面临空壳化（电视台独立运行、广电网络面临剥离）、人事关系难协调，但最终还是服从组织安排，在文广新局干了整整四年。

2014年春节刚过，我就被调整到县司法局任局长。有趣的是，司法局办公地址在沿河路边原教育局的小楼上，我是2014年正月初九报到的，而20年前即1994年的正月初九，我也是被通知到这个小楼来上班，不过那时是借用到县教育局当办事员。今天的县司法局局长办公室就是当年的县教育局局长办公室，当年我一次都没敢踏进局长办公室，如今自己也成了局长，而且是同一天到这个小楼报到，想想也算是一种机缘巧合吧。

从2013年到2014年大约一年多的时间里，县里先后换了三任县委书记、四任县长，这在任何一个县区都是不可思议的。在这样一个政治生态中生存的基层干部们，会经历怎样的宦海浮沉、喜怒哀乐，外人不解其中味，一言难尽局中人。而在那样一个人心浮动的非常时期，任何人都无法置身事外、独善其身，包括我在内。

县司法局是一个来时不想来、走时不想走的单位。我在这里虽然只有两年时间，却是我人生中最有闲情逸致、最诗意栖居的日子。过去，我一直在做一些挑战性、开创性的工作，而县司法局工作相对有章法、有规律。我在这里读书学习，修身养性，在中国政法大学教授的录音、视频里学习法律，在与律师为伍中提升法治素养，在制作法治宣传音视频中提高法治内涵。那时的我，更加追求一种淡泊的人生境界，因为在我看来，淡泊是经历潮起潮落的安宁和静谧，是置身尘世中的自在和逍遥。淡泊与其说是一种精神、一种境界，不如说是一种生活方式、一种处世哲学。也许，这就是人生经历的丰富多彩吧，这样的经历也让我变得从容淡定、自律自在，在热爱的世界里，把自己活成一束光。如今，我刚熟悉司法工作，又要调离，还真是不舍！此时我也将用这两年的蓄力开启下一段人生旅程。

　　我把目光投向窗外，已是春暖花开季节，大地焕发出一片生机。在这春天的旋律里，草木葱茏，生机勃发，天蓝水碧，晴空万里，正是一年四季中最惬意舒适的时光。春去春又来，花谢花又开，真是羡慕自然界的春天，能够循环往复，周而复始，永不谢幕。

　　对于我们射阳来说，何尝不是迎来了发展的春天呢？射阳的一切都在改变，党风、政风、民风出现向好迹象，干部队伍建设产生喜人变化，新城建设、旧城改造、农村环境整治扎实推进，街道两旁去年刚栽植的新树，在春风吹拂下显露出盎然的生机活力。

　　最让我感慨的还是生命中经历的季节律动。我们每个人的一生都会经历无数个春夏秋冬，但季节可以轮回，人的一生却永远有去无回，尤其对我来说，人生的春天已经一去不复返了。我唯一能告慰自己的是，只要心态阳光，心中长驻春光，任何时候都是人生最美的风景。有感而发，我写下了《春风吹拂我的脸》：

枯枝吐蕊，报告着初春的气息；燕子归来，呢喃着又一个春天。

此刻的你，或许正徜徉在田间小径，憧憬着春种一粒粟、秋收万颗子的美好；或许正忙碌在热火朝天的工地，加入莫道春来早、更有早来人的建设大军；或许正端坐在春光明媚的窗前，敲打着今年春色好、明年倍还人的文字。

季节轮回，春风又至，尽管岁月让我们的容颜变老，但春风吹拂的温柔，却穿透我们诗意的心境，让生命再次走进春意盎然的季节。

当春风吹拂我的脸，我感到人生如此美好，岂能辜负。我们来到这个世界上，生逢伟大的时代，国家的强盛、社会的安宁、家庭的幸福是主旋律。尽管这个世界还有太多的严寒，生活难免遇到烦恼和不幸，甚至有许多人还在经历漫长的黑夜和苦难！但不经历寒冷，我们就无法体会温暖；没有苦难，我们就不会懂得幸福；没有失去，我们就不知道得到的珍贵。只有经历冬的洗礼，才能对春风充满爱意和感激；只有经历磨难，才能对生活更加充满激情和爱恋。春风抚慰的脸上，才能笑靥如花，春暖花开的心田，才能诗意盎然。

当春风吹拂我的脸，我领悟到生活的真谛，懂得珍惜每一天。生命虽然很漫长，但生命有时又如此短暂，能够面对夕阳陪伴光阴老去是幸福的，因为那是全过程地享受了人生。但也有许多人因为许多事，早早与世界作别，留下诸多憾事。生，不易；活，不易；生活，更不易。人生其实是苦短的，一转身会成千古恨，再回首已是百年身。珍惜当下，开心生活，活出自我才是王道。那些所谓的岁月静好，那些所谓的白头偕老，都只是善良和美好的愿望罢了，不是每个人都能面对夕阳幸福地老去。在温情的世界，要热情地生活；纵使在薄情的世界，也要深情地活着，让生命中的每一天都如诗如画，有声有色。

当春风吹拂我的脸，我念及工作的美丽，需要加倍努力。春天代表着活力，一如生命的芳华，在最美的季节，正是我们工作和生活的最好时光。生命的价值在拼搏中实现，青春的花朵在努力中绽放。我们追求美好的生活，追求人生的诗意，但我们更要追求工作的快乐，追求事业的辉煌。所有的成功都是汗水凝成的，所有的幸福都是奋斗铸就的。把工作当作生活的一部分，以快乐的心情享受工作，全身心地投入工作，我们的生命就会如花般绽放，我们的灵魂也会深情地放歌。庸庸度日，碌碌无为，即使在春天也暮气沉沉；坐享其成，不思进取，纵然工作也难得乐趣。

当春风吹拂我的脸，我珍爱余生的幸福，愿意好好地爱和被爱。我懂得世间最美的情愫叫作友谊、真情和爱，我珍惜朋友，珍爱亲情，珍视爱与被爱。生命原本是一个过程，一个本该拥有情怀充满爱意的过程，能够被他人的魅力所吸引、爱上他人是快乐的，能够以自己的芬芳吸引他人、被他人爱着是幸福的。仓央嘉措说，迎浮世千重变，留人间多少爱，与有情人，做快乐事，别问是劫是缘。过去已过，未来已来，生命苦短，余生不长，在物质丰沛的年代，我们更需要精神的富有，需要有浓浓深情包裹着的幸福，愿有岁月可回首，且以情深共白头，足矣！

我喜欢春风的节律，喜欢谛听燕子的呢喃，喜欢春雨的飘逸，喜欢在春光明媚里阅尽春色。我喜欢春心萌动的感觉，喜欢春风萦绕春潮荡漾，喜欢在春风沉醉的夜晚，与春天有最美的约会！

我知道，岁月不会只有春季，但我只愿坐拥春天；当春风吹拂我的脸，我愿醉倒在春天的怀抱里。

春天是万物复苏、蓬勃生长的美好季节，是让人心花怒放、心旷神怡的迷人季节，也是枯木逢春、老树发新芽的魔幻季节。能够拥抱又一个春天的人是幸福的，能够享受美好春光的心是愉悦的，能够在生命的秋天里拥有春天的美好，是无以言传的。在这样一个诗意的春天里，新射阳如同一轮喷薄的朝阳，即将绽放她耀眼的光芒，而我面朝大海，静待日出，也得以开启人生新的旅程，以挑战者和勇敢者的姿态，怀揣梦想，播洒希望，孕育一场轰轰烈烈的辉煌，迎接和拥抱更加美好的未来。

即将到县发改委工作，我预感到一种压力，一种从未有过的重力感排闼而来。我不知道前面是刀山火海还是万丈深渊，但我能够确认的是，美好而相对平静的日子宣告终结，从这一刻起，我已搭上事业的末班车，注定要在崎岖的道路上一路狂奔了！

白玉堂前一树梅，为谁零落为谁开。唯有春风最相惜，一年一度一归来。

目 录 CONTENTS

第一章

疾风劲草

在风雷激荡的时代，无论是参天大树还是无名小草，在暴风骤雨的疯狂肆虐下，都需要艰难而干净地活着，才能获得新生，并以崭新的一棵树、一株草、一朵花的姿态，装扮雨过天晴后更加妖娆的世界。

一、重铸县魂

党的十八大以后，我国改革开放进入一个全新的历史时期，一场声势浩大的反腐风暴也席卷神州大地。"老虎""苍蝇"一起打，将权力关进制度的笼子，构建不敢腐、不能腐、不想腐的新机制提上日程，尤其是以"八项规定"的出台为标志，一个全新的政治生态呼之欲出。

而这场反腐倡廉之风吹到射阳，是在一年以后。2014年，对射阳人来说，是一个极其特殊而又不平凡的年份。2014年初，射阳政坛发生了一次"强震"，许多县处级干部、正科级干部先后落马或受牵连，射阳陷入停滞不前的发展境地。在前后一年多的时间里，射阳干部队伍经历了痛苦的蜕变、重生。新一届县委、县政府扭转乾坤的第一仗是对全县干群的思想大变革、精神大提振、作风大转变。

历史上，几乎每任县委书记都会提出具有鲜明个性的射阳精神，从"团结拼搏，争创一流"到"艰苦创业、锐意创业、奋力创业"，再到"勇于争先、长于实干、乐于奉献"，县域精神既是凝聚人心的响亮口号，也是催人奋进的精神动力。新一届县委提出的"团结、拼搏、实干、争先"的新射阳精神，以更加务实的姿态直面落后现状，激发奋斗豪情。

经历漫长寒冬以后，射阳大地上的坚冰开始融化，逐渐弥漫复苏的气息。

2016年2月20日，一场别开生面的"学习焦裕禄精神，争当'四有'干部"报告会在县大会堂举行，主讲人是焦裕禄的女儿焦守云。两个多小时的报告感人至深，会场抽泣声一片。那是我工作以来听过的最饱含深情、最感人肺腑、最催人泪下的一场报告会。其时我还在县司法局工作，在那天的朋友圈，我发了这样几句感言："他的身影离我们越来越远，他的精神却离我们越来越近；他没有改变一个地区的落后面貌，但他改变了一代甚至几代人的精神风貌；他没有惊天动地的英雄壮举，但他可歌可泣的感人事迹穿越时空震撼灵魂；他对家人的要求刻薄得近乎无情，却对百姓付出了胜似亲娘的大爱！历史沉淀的是一种精神，岁月回响的是一份崇高，百姓传颂的是一个传奇，大地矗立的是一座丰碑。"

焦守云在射阳作报告

在那次报告会后随机点名的交流发言中，时任县委政法委副书记的周韬同志说了四句话："为前天的射阳骄傲，为昨天的射阳汗颜，为今天的射阳担当，为明天的射阳护航。"引起许多人共鸣，也成为射阳人的集体记忆。周韬同志是一位极其儒雅、极具才华的地方官员，我们无论在工作还是生活中都相当默契，十分投缘。后来在我们县司法局面向全国的法制楹联征集中，他活用射阳"一个真实的故事，一座有爱的小城"的城市名片，巧妙拟写了"用平安演绎真实故事，以法治扮靓有爱小城"的楹联，赢得评委们的高度赞赏。

新任县委书记戴荣江到射阳工作后，一改过去典型引路、"培植盆景"的做法，坚持问题导向，查漏补缺。他从整治城乡环境入手，检验各级干部的工作能力和作风：抓经济不行，难道家前屋后打扫卫生也不行？他还推动城乡绿化、扶贫解困工作。在他看来，不管会不会当干部，栽树肯定不会错；不管能不能当干部，对困难群众无论怎样帮扶都不为过。有一次在会场上，他看到有些干部自带水杯，他就纳闷：为什么不喝统一冲泡的茶水呢？当他了解到是因为射阳处于里下河下游、水质不理想时，明令要求干部不得自带茶杯，有本事将射阳水环境治理好！要跟群众同甘共苦，把改善百姓饮水作为头等大事。为此，他在射阳干的第一件大事就是治理黑臭水体、开展农村环境整治，后来还引进长江饮用水，成为老百姓有口皆碑的民心工程。

在县委主要领导的倡导和身体力行下，全县各级干部都深入基层企业、走村串户，调查研究，访贫问苦。2016年6月23日，一场特大龙卷风袭击海河、陈洋后，戴荣江书记第一时间赶到现场指挥救援。当时高压线杆倒地仍然带电，有群众见他不顾个人安危查看灾情，赶忙冲到他前面将他带离危险区，让他深受感动，每每提及此事都不无感慨：你把老百姓放在心里，老百姓把你举过头顶。他最放不下的是困难群众的看病问题、贫困学子的读书问题和弱势群体的过年过节问题。"衙斋卧听萧萧竹，疑是民间疾苦声。"县委力推建立的"四个托底"救助制度，成为最让困难群众受益的希望工程、民心工程。

经过驰而不息的努力，新一届县委终于扭转了射阳乾坤，改变了射阳颓势，重振了射阳雄风，让射阳在极其艰难的困境中起死回生、实现新突破：以戴荣江书记为班长的一班人，用令人钦佩的领导水平、驾驭全局的能力和登高望远的视野，重塑了射阳形象和射阳人的精气神，让射阳的经济社会发展和改革开放达到新高度；用对党的忠诚和对人民群众的赤胆忠心，深刻影响和带动了射阳党风、政风、民风的根本好转，打造了一个风清气朗、河清海晏的新环境；用最严苛的要求加强干部作风建设，在锻炼干部中培养干部，在严管干部中保护干部，涵养了射阳人干事创业、砥砺奋进的新生态。政声人去后，民意闲谈中。即使在戴荣江书记离开射阳后，他留下的骄人业绩也让射阳人津津乐道，口口相传。在射阳的发展历史上，这一届领导注定被人们从来不需要想起，永远也不会忘记。所有优秀的后来者都可以超越前人，创造更大的辉煌，但这一届领导写下的这段精彩章节，值得我们反复吟诵并不断发扬光大。

二、锤炼高素质干部队伍

一个地方的发展，关键在人，关键在用干部。实践证明，用好一个干部，再差的地方也会好起来；用错一个干部，再好的地方也会差下去。而一个地方真正的崛起和腾飞，人的因素至关重要！水到尽头天是岸，山到高处人为峰，只有把人的积极性全部调动起来，把人的潜能全部释放出来，大家心往一处想、劲往一处使，才能众人拾柴火焰高，让落后变先进，让先进更先进。

在这方面，走马上任的戴荣江书记可谓用心良苦。他是一位慧眼识才的领导。刚到射阳时，他感叹塌方式腐败让一批能人受到牵连，在其他地方人们争着当干部，而在射阳是组织上到处找人当干部。他对干部的使用颠覆许多人的想象，真正做到不徇私情、不拘一格、唯才是举。有一次，我向他请教用人之道，他说每个人都不是生活在真空中，选人用人的重要标准是用人之长，但组织上要有一杆秤，重要岗位一定要用能人，任何人说情打招呼都不管用。他的"用人哲学"，确实高人一等。

主政一方的主要领导，获得成功的决定因素有很多，除了自身足够优秀，如拥有总揽全局的决策能力、大刀阔斧的工作魄力、雷厉风行的实干精神、久久为功的恒心毅力和"五指弹琴"的统筹能力外，还有两条是必不可少的：一是对廉洁自律的坚守，否则就会陷入能人腐败的黑色陷阱；二是对英才俊杰的拔擢，否则就是孤军奋战的匹夫之勇。其中最最关键的是不拘一格用人才。唐代的贞观之治只有二十多年时间，却开创了几百年的盛唐景象，唐太宗李世民知人善任、人尽其才是其获得巨大成功的关键所在。他不仅用有棱有角的人，还用反对自己的人，不仅用全才，还用偏才，哪怕是有一点点长处的人，都能发挥其特长，将人才用到极致。射阳那几年出现了人才短缺现象，没有人愿意当干部，挑选重点岗位的一把手工作，不仅组织部门犯难，主要领导也举棋不定，反复权衡。譬如我吧，那时在县司法局工作，怎么也没有想到会有"蜀中无大将，廖化作先锋"的那一天。我到发改委工作两个月后，一位县领导悄悄对我说，"真没想到，戴书记怎么会从司法局局长的岗位上发现了你，到底过去在两办工作过，进入角色很快"。我报以淡淡一笑。

2016年4月初，我被通知到县委戴荣江书记办公室谈话，进门的一刹那，我被惊呆了！除了书记，县委组织部盛艳部长也在，还有干部科的同志，谈话过程都做了详细记录。

那是我经历的最严肃、最认真也最有仪式感的一次谈话。县委组织部领导宣布了对我的任职决定，书记代表县委对我提出了新的工作要求，我也向组织上郑重作出表态。我印象最深的是戴荣江书记谈到射阳经济社会发展到了关键阶段，发改委责任重大，使命光荣，任务艰巨，要我勇挑重担。他还告诉我，陈昌银同志（我的前任）当发改委主任很认真、很敬业，生病躺在床上还口授材料让同事记录整理，要我向他学习。这期间，书记还对我表态不够坚定的地方作了提醒和"修正"。书记要求我不辜负组织信任，当盐城市最好的县发改委主任，我说一定努力。书记说不是努力，是必须做最好主任，还特地强调"没有之一"！临了，书记交代我，工作满一个月后专门向他汇报一次工作。

我之所以说这是一次最有仪式感、让我终生铭记的谈话，是因为我在射阳工作这么多年，也当过几个单位一把手，组织谈话从来没有如此严肃认真过。

想想我的人生真有趣。在县委办工作十多年，从办事员到后来的副科长、科长、保密办副主任、县委办副主任，一次"正规"的组织谈话都没有。大约是在领导身边工作的缘故，跟我们谈话的领导，要么是办公室主任，要么是我直接服务的县委领导，还要谈什么呢？就两个字：请客。那时候的办公室熬夜加班、通宵达旦是常态，大家一有空就寻穷开心，特别是有人被提拔了，要求也不高，被提拔的人可以"打平伙",用后来的话叫"众筹",请大家撮一顿,就算是组织谈过话了,大家都不亦乐乎。

当时在县委办工作,也见证了组织谈话带给许多人的悲悲喜喜,几家欢乐几家愁。每次调整人事的县委常委会召开后,县委办的会议室就挤满了等待谈话的人,尽管我们是"小尼姑看嫁妆——没有自己的事",但也乐于打听谁被安排到什么位子。有人被提拔了,表示祝贺;有人转岗了,送去安慰。有一阵子,县委办安排我参加县委常委会做记录,得以在常委会上提前看到组织部门提交的人事调整建议方案。那时大多数人还没有用上手机(当时叫"大哥大"),每次参加完常委会后,出于保密纪律,我都关掉 BP 机,免得有人向我打听有关情况。

在射阳百废待兴的特殊时期,县委不仅善于发现、拔擢干部,还善于管理、保护干部。县委对干部的要求是既要能干事,又要不出事。那一段时间,射阳没有一个科级以上干部被查处,不是因为领导"护短"或者有案不查,而是以各种方式随时警醒各级干部手莫伸,伸手必被捉。县委特别善于运用纪检和审计力量,对一些被反映的单位部门或者有可能滋生腐败的敏感部门,以行业监察或板块审计的方式提前介入,发现问题及时警醒,明确提出整改意见,及时堵塞腐败漏洞。从源头上查出问题,消灭在萌芽状态,立足于内部解决问题,防止发生灾难性后果。县委主要领导曾语重心长地告诫各级干部,任何一个干部出了问题,对全家来说都是灭顶之灾,无论算政治账、经济账还是家庭账,都是不值得的,所有干部都要警钟长鸣。

从今天的视角回望那段时光,射阳人民是感到无比欣慰和自豪的。县委对工作的严要求,最直接体现在对各级干部的严要求上。当时不少干部都受到戴书记不留情面的批评,但他确实又是那种刀子嘴豆腐心的领导,他用自己的一身正气带动射阳党风政风的根本好转,用自己工作上的高标准严要求带动射阳各级干部转变作风求真务实，用自己高屋建瓴的谋划提升射阳干部的工作标准和决策层次。他是一个真正从大处落子布局、从小处精雕细琢的人。在他的严格要求之下，各镇区、各部门领导每次开会都战战兢兢，如履薄冰，不敢有丝毫懈怠。

长期在领导身边工作和多年的职场经验告诉我，衡量一个地方的政治生态，关键看是否真正重用有才干的人，看重要岗位是否用能人担纲，看是否将专业人才用到专业岗位上，看是否对看准了的年轻干部大胆放手使用。其中，一把手的眼光是关键！曾国藩说过，"可以不识字，但不能不识人"。而在许多时候、许多地方，用人就凭关系，让你一眼看透一个人被提拔背后盘根错节的"背景"；就凭是不是"圈内人"，任用那些听话的人、自己信得过的人，更有甚者，打击排挤有棱角、有才干的人，管你是否"劣币驱逐良币"。这样的用人环境和气候，是一个地方没落的最突出标志。

随着射阳政治生态的根本好转，干部队伍建设也发生了根本改变：根据德能勤绩和群众公认原则使用干部成为鲜明的用人导向。一批能力出众、年富力强的优秀人才被使用到重要岗位，一批敢打敢拼、锐意进取的年轻干部被组织上提拔任用，一批技术过硬、业务突出的专业人才被发掘出来并调整到专业对口部门。我想说，除了县委的用人导向正确外，先后担任组织部部长的盛艳部长、徐曼部长也功不可没。她们准确贯彻县委意图、不拘一格用才，对长期以来形成的组织用人机制进行"纠偏"，才出现人才辈出的喜人景象。组织上千方百计网罗人才，使用人才，任人唯贤，唯才是举，射阳一段时间出现的"干部荒"现象有了很大改观，许多干部被组织上重用，直到考察公示才知道自己被提拔了。

"杨意不逢，抚凌云而自惜；钟期既遇，奏流水以何惭？"这样的干部队伍，有什么理由不更加勤奋地工作，有什么理由不对组织上知恩图报呢？

我在向两任县委组织部部长盛艳和徐曼同志汇报工作时，多次表达了这样的观点：任何一个地方，事业兴的前提是人才兴，射阳的组织工作很久没有这种清明、开明、英明的选人用人环境和氛围了！在射阳持续向好、气势如虹的发展历程中，老中青相结合的干部队伍才是真正的四梁八柱。他们拉得出，打得响，特别能吃苦，特别能战斗，在县委的坚强领导下，合力开创不敢言绝后、无愧称空前的鼎盛时期。

回到组织谈话这个严肃的话题上来。我觉得对每个同志来说，组织谈话都是政治生日，都不该被忽视，更不能被亵渎。各级党组织在使用干部的过程中，千万不要忽略了组织谈话这个细节。要知道，对于每个干部来说，每次谈话都是政治生命中的一个重要里程碑，他（她）可以忽略自己的生日和生命中许多值得纪念的日子，却常常把自己跟组织谈话的时间牢牢地记在脑海中。在这方面，我觉得戴荣江书记起到了示范作用，并且作为一个"规矩"传承下来。

可以毫不夸张地说，射阳真正脱胎换骨的变化，是从干部队伍脱胎换骨的变化开始的。

一个月后，我发了条短信给戴书记，我说自己出差在外，按计划应该今天向您汇报工作。他秒回我四个字：不需要了。

三、改变我能改变的

德国前总理赫尔穆特·施密特曾说过："政治家应当以宁静接受那些不能改变的，以勇气改变那些能改变的，以智慧分清其中的区别。"我不是政治家，但这种观念我是赞成的。在走过的工作单位，我都遵循一个基本原则：改变我能改变的，尊重我不想改变的，接受我不能改变的。到发改委工作后，我发现我们需要改变和不想改变的都很多：一是审批流程需再造，二是内部活力要激发，三是综合职能需强化，四是工作能力要提升，五是对外沟通需加强，六是好的传统要发扬。如优秀文稿的评比、财务制度的执行、加班加点常态化等。至于那些我不能改变的，就顺其自然吧。

"鸡蛋从外打破是食物，从内打破是生命。如果你等待别人从外打破你，你注定成为别人的食物；如果能让自己从内打破，你会发现自己的成长是一种重生！"一个人如此，一个单位亦然。经过一段时间的学习、磨炼和沉淀，我开始系统思考县发改委主任到底如何当？怎么样做到得心应手、游刃有余？如何在我县这样一个特殊发展时期有为有位地让组织满意、领导满意、客商企业满意、人民群众满意？尤其是如何才能做到戴荣江书记所要求的"做全市最好的县发改委主任"？我初步思考觉得，从发改委承担的职能来看，应该做到24个字：统筹兼顾、重点突出，服务至上、精益求精，团结协作、无私奉献。

统筹兼顾、重点突出，就是要学会弹钢琴，要忙而不乱，分清主次先后。县委、县政府重点关注的，就是我们要重点研究和突破的；从中央到省委、市委作出的重大部署，县委明确的重点任务，都要作为县发改委的重中之重、抓好落实；上级部门交办事项和县委、县政府主要领导关心的问题，一定要作为头版头条重视并做好。要善于抓大事、谋大事，做打基础利长远的事，平时工作要有预见性、计划性、条理性，不求十分完美，但求近乎完美。

服务至上、精益求精，就是牢固确立服务理念，树立为上级领导服务、为同级服务、为基层企业服务和为群众服务的意识。为上级领导服务就是要当好参谋助手，领导交办的事情要不折不扣、高质量高标准高效率完成，做到今日事今日毕；为同级服务就是要与机关各部门充分沟通协作，经济指标跟财政、统计、工信、住建、国土、税务等部门沟通顺畅，社会事业跟教育、文化、卫生、民政等部门密切联系，项目建设跟镇区、招商局、项目办同频共振；为基层企业服务就是要对企业诉求有求必应，对基层困难有难必帮，尤其是对国家、省里出台的惠企政策，更要主动靠前服务；为群众服务就是要耐心、真心、倾心服务，把群众当亲人。

团结协作、无私奉献，就是要加强内部团结，拧成一根绳，加强内外协作，形成一股劲。团结出生产力、凝聚力、向心力，没有精诚团结，机关就是一盘散沙，内耗严重，不仅社会形象受损，战斗力也会大打折扣。因为发改委工作千头万绪，凡其他部门无法承担的事项，县委、县政府都"优先"安排发改委承接，没有服从安排的自觉、连续作战的作风、拼搏奋斗的精神和无私奉献的情怀，是无法得到组织满意和领导认可的。

从我这个县发改委主任角度来看，我越来越感到要"六有"：有思想，提出真知灼见；有情怀，热爱发改事业；有格局，洞察发展大势；有能力，善于沟通协调；有抱负，创造一流业绩；有底线，不为名利所囿。

我后来的工作，基本上按照这样的思路和要求展开。我很快对县发改委的内部流程进行再造。在窗口审批上，我觉得每个备案件都必须由一把手签字后才能发文，既浪费时间、降低办事效率，又容易引起客商不满、破坏营商环境。再说，借助网络平台、微信工作群，完全可以实现远程审批。

于是，我到任后，相继建立起县发改委工作群和窗口审批群、条线工作群，要求科室对分管领导负责，分管领导对发改委负责。我的理解是，凡是发改委能够审批的事项，客商无需找我；凡是不能审批的项目，找我也不行。

在机关工作群中，我特地强调：本群传递正能量，挞伐假丑恶，杜绝一切不文明行为，素质低下者谢绝入内！

工作群建立以后，特别是窗口审批群的建立，一下子将审批的关口前移。无论我出差或者开会，只要材料经窗口审查、项目经分管领导把关，我都是立即签发。权力这个东西，你牢牢地抓在手里，可以将最小的权力发挥出最大的威力，而一旦看淡权力，把它当作法定的程序，交给流程办理，也就大大压缩了权力寻租的空间，赢得客商赞誉。

我做的另一件事是创办《射阳发改》内刊。由于时常参加县里的常委扩大会、政府常务会、四套班子例会，总感到我们发改条线的许多政策、资讯，领导难以及时了解到。我寻思，能否用我们发改内刊的方式，每月向领导报送一次政策资讯和外地工作动态呢？于是在我到县发改委5个月后，《射阳发改》应运而生。正如我在发刊词中所说：

时维九月，序属三秋。在这金色的季节，《射阳发改》与您见面。

发展，是崇高的历史使命，是塑造全新印象的昂扬旋律；改革，是明快的时代主题，是奋力后发再起的激越诗篇！

在新射阳建设的新征程上，发改委如何贯彻落实县委、县政府的科学决策部署，更好地履职尽责、担当作为？我们需要这样一个工作研究的载体、交流成果的平台、学习借鉴的阵地、瞭望经济的窗口，为深化改革秉笔，为加快发展直书，为科学决策建言，为跨越赶超点赞。探索创新特色之路，探寻破解难题之策，探讨培塑典型之举，探究问题导向之法，忠实记录射阳日新月异的变迁，共同见证鹤乡后发再起的神奇！

让我们一起耕耘这方希望沃土，带着初心上路；让我们共同呵护这片智慧园林，脚步永不停息。

卑微的小草，不与参天大树争高，但也不放弃向蓝天生长的权利；平凡的阵地，不与佳作刊林争宠，但也不辜负太多期许的目光！《射阳发改》在宣传政策、宣传发改、外情内达、下情上达上发挥了很好的作用，尽管后来在清理部门内部网站、内刊、公众号时未能"幸免"，但其发挥的对工作的推动作用是毋庸置疑的。

对机关人员的合理使用是我的"得意之作"。通过一段时间的观察和跟每个同志的交流，我感到机关存在压力传递不到位、忙闲不均、有限的人才资源没有得到充分合理使用等问题，机关效率存在很大提升空间。我跟每个同志谈心，都要询问三句话：最适合你的岗位是什么？如果到这个岗位你会怎么做？做的结果会怎样？年轻人普遍有强烈的上进心，现实却让他们或多或少产生躺平心态。于是我很快对机关人员施展大挪移：原先在服务业科的张知波同志调到综合科，服务业科由黄新同志负责，丁冬芳同志负责投资科，在窗口的周豪同志负责许可科工作，罗子伟、毛怀艳两位研究生办事员分别负责能源科、社会事业科工作。这次调整有几个特点：综合科得到加强。张知波和王少华两位特别能吃苦，关键时候拉得出、打得响的同志形成"双保险"，让县委、县政府每月需要的经济分析材料出得来、质量高；女同志得到重用。在科室负责人中，大多数为女同志，我有意给她们压担子，扛重任。实践证明，只要给她们岗位和舞台，就都能独当一面，不仅把事情做起来，还千方百计把事情做好。当年年底，几条线的工作都在盐城市发改考核中跃居前列，基本做到人尽其才。因为是自己选择的岗位，大家都特别珍惜拥有这些岗位的机会。在工作过程中我也不断给他们加压、激励。毛怀艳同志提交的材料特别出彩，我给予肯定；罗子伟同志对新能源情况渐入佳境，我给予表扬；周豪同志在企业座谈会上的精彩答疑，我给予点赞；丁冬芳同志加班加点、任劳任怨的老黄牛作风，我给予嘉奖；黄新同志在一次工作中跟"两办"同志发生误会，我也帮她找领导消除误解。我很感激这些年轻同志，他们在各自平凡的岗位上兢兢业业，不辞劳苦，发改委这些年获得的所有荣誉和领导夸奖，都有他们辛劳的汗水。

在所有中层干部中，年龄最大的是王成超同志，仅比我小一岁，第一学历是本科。我到任时他刚任办公室主任，做事认真，工作敬业，原则性强。无论我晚上加班到何时，他一直陪同，我让他先回去，他却谦虚地说"我能力不行勤奋补"，让我非常感动。我曾问他："为什么到现在还是一名中层干部？"他说自己也不知道。后来我也一直向组织推荐，但总是阴差阳错，要么是县里领导调整，要么是机构改革人事冻结，要么是年龄问题。我在县发改委5年多，终究没能让这样一位优秀的老同志在岗位上进步，这让我深感愧疚。

县发改委工作的最大特点是人少事多，千头万绪。为了调动大家的工作积极性，我努力做到人尽其才，才尽其用，将合适的人用在最合适的岗位上。对符合条件的年轻同志，我向组织部门推荐，在职务上晋升，办事员升任副科长，副科长升任科长。在我担任县发改委主任期间，除个别老同志和刚入职人员外，几乎每个人都获得不同程度的提升或重用。一批同志提拔到科级岗位上为全县做贡献，一批年轻人挑起了单位的大梁。当时有三位引进的研究生人才，在发改委工作均满三年，有的达五年以上，因为属于事业单位性质，依然是办事员。这些同志工作勤勉，从不计较个人得失，但工作积极性难免受到影响。我便找县委组织部时任副部长的戴淦同志沟通，我说不能将人才引进之后就放任自流、不管不问了，他们作为研究生，不能因为性质问题一辈子都当办事员。戴淦副部长深以为然，还帮我们一起"出谋划策"。在我的积极争取和县委组织部的大力支持下，他们终于找到了晋升通道。这几位研究生很快便担纲起相关科室工作，独当一面，成为业务骨干。

为了弥补人手不足的问题，我们除了争取成立经济研究中心扩充事业编制外，还争取到政府购买服务"名额"，全部招录本科及以上学历人员，而且不限定工作年限，只要有能力另栖高枝，我们都表示支持。这些同志虽然在发改委工作不是"永久牌"，但他们特别珍惜这段工作经历，既锻炼自己的才干，又作为发改委做具体事情的有生力量，完全是双赢。我们先后有薛皓文、王曦翌、蒯立伟、李品清等一批同志从县发改委走向更好的岗位，拥有更大的舞台。我还鼓励机关人员参加各级各类的继续教育，凡是能够实现学历提升的，都给予一定奖励，凡是能够被更好单位录用的，我一律放行，以此调动大家的学习积极性。尽管单位人手短缺，我从来不担心人才流失造成的青黄不接，年轻人都追求更美好的前程，不要因为我们的故步自封阻挡人家前进的步伐。

当然，几年的工作实践，让我感到县发改委最大的改变是每个人精神状态的改变，机关整体工作效能的提升，以及日渐形成的更加团结、更加敬业、更有激情、更有强烈集体荣誉感的浓厚氛围，我为此感到自豪。

四、谋划发展思路

思路决定出路，方向正确远比速度重要。

在我担任县发改委主任的几年里，正是中国经济由高速度发展向高质量发展的转型期，是应对国际国内经济发展形势变化、构建国内经济大循环和国内国际双循环新格局的发轫期，也是全球经济面临百年未有之大变局冲击、重塑世界经济格局的动荡期。中国经济以其基本面积极向好、回旋余地大、发展韧性强一枝独秀，特别是国家用足用好调控工具箱，在宏观调控上出台了一系列积极政策，引领高质量发展方向。在县委、县政府的重大决策中，发改委的建议得到空前重视。

从我个人的角度来看，县委、县政府主要领导谋划全局的思路格局至关重要，但县发改委也要主动作为，当好参谋助手，尤其是在谋划经济发展的思路上。我每年都从宏观和微观层面提出县发改委的意见建议，供县委、县政府决策参考。这项工作很有挑战性，需要对宏观形势的精准把握，需要对县级发展阶段的充分认知，更需要对县委、县政府工作意图和要求的深入了解和理解。

因此，在与上级发改部门的对接中，我千方百计提前了解他们对宏观经济的精准描述和国家的大政方针，在给县委、县政府的汇报中不走样，同时根据县域经济不同发展阶段的不同特点，提出我们的建议，得到了县委、县政府的重视和首肯。特别是在 2017 年初，我写了一篇《对当前经济形势的基本判断》，那是我重磅建议的"首秀"，我写得格外用心，提出了许多建设性意见，对有些工作的认知具有超前性和预见性。例如在我看来，射阳要实现后发再起，按部就班、循序渐进是不可能实现弯道超车的。我们既要尊重经济发展的基本规律，不盲目冒进，不好高骛远，又要寻求我们的突围之道，坚持能快则快、能好则好。中美贸易摩擦发生以后，国内外贸企业如临大敌，特别是苏南地区外资企业集中，产品主要出口到北美的企业很多，短期内"压力山大"，省里的经济分析材料对此有较多论述，且总体不容乐观。但我在跟县商务局同志和县内外贸企业交流时发现，短期内影响并不大，全球贸易"雪崩"，雪花落到一个小小的县城，尤其是对外开放并不充分的县份，未必产生灾难性后果。我县一家纺织外贸企业，出口不降反升，没有因为中美贸易摩擦影响效益。我问他们为什么会这样，他们告诉我说外贸企业提高了出口价格，消化了关税成本，增加的关税客观上向美国消费者转嫁了负担，最倒霉的还是美国消费者，这在当时是很少有人能想到的。同时由于疫情暴发，中美贸易额连年上升，美国发起的贸易战，最终没有打垮中国经济，美国发起的科技战，也没有让包括华为在内的中国高科技企业屈服。由此我想到，对于我们这样一个每年利用外资不足一亿美元、进出口贸易总额只有几亿美元的县份来说，不要无限夸大贸易战带来的负面影响，不能因为贸易战就对扩大开放失去信心，我们仍需要坚定不移地吸引外商投资、扩大对外开放，尤其是新能源板块，强势崛起离不开全球能源巨头的投资开发和技术加持。因此，我强烈主张在外资外贸这一块儿，绝不能"小脚奶奶走路"，对有些板块来说，即使年增幅50%都是可能的。我向县里主要领导"提建议"，每年对于重点镇区外资外贸的考核，我们设定的指标从来不是温和式增长，简直是违背发展常理的爆发式拉升，过去有些地方搞假外资、买外资，我们坚决杜绝这种现象的再发生。在这几年里，射阳利用外资的规模尽管还不大，但基本上每年都提前完成市里下达的任务，对提高全市利用外资水平做出了积极贡献。

在文化建设方面，我觉得"鹤乡"是射阳的一张名片，丹顶鹤文化是射阳的鲜明标签。20世纪80年代，射阳以丹顶鹤第二故乡闻名遐迩，发生在射阳的徐秀娟救鹤的故事被谱写成一首哀婉动人的歌曲——《一个真实的故事》，后来被甘萍唱响，传遍大江南北。但由于丹顶鹤保护区体制上收，成立了国家级盐城丹顶鹤保护区，加之射阳南部的盐东、黄尖以及射阳林场被划入盐城亭湖区，射阳似乎与丹顶鹤没了缘分，丹顶鹤小镇也在黄尖开建。但我始终认为，射阳作为鹤乡的品牌不能丢也不该丢，广袤的射阳沿海滩涂是丹顶鹤的栖息地，每年丹顶鹤来此越冬，都能在射阳沿海呈现"万类霜天竞自由"的壮美景观，给人打开"晴空一鹤排云上"的无限想象空间。我在担任县文广新局局长期间，曾做过两件事：一是围绕县名做文章，尽管许多人对射阳提出的"因后羿射日而得名，因精卫填海而成陆"的说法大加诟病，但我始终认为，神话传说终究是传说，唯有射阳这个名字跟后羿射日高度契合，再说，我们要传承、弘扬的是一种后羿射日的精神。因此，我下决心编排杂技剧《英雄后羿》，剧本、剧情都有了轮廓，但随着我离任而作罢。二是致力放大"鹤乡射阳"效应。我曾到黑龙江齐齐哈尔扎龙自然保护区考察过，我觉得扎龙因鹤驰名，齐齐哈尔因鹤被誉为"鹤城"，大街小巷都充满鹤元素，扎龙与齐齐哈尔各得其美，美美与共。而我们射阳县城除了一幢望鹤楼，就再也没有以鹤命名的建筑了，唯一的一条鹤都路还是后来命名的。因此在落实"八项规定"自上而下取缔一批这个节那个节时，我县千方百计将已连续搞了多届的丹顶鹤文化艺术节保留下来。到最后，盐城市仅保留盐城海盐文化节和射阳丹顶鹤文化艺术节两个品牌节庆。但我觉得还不够，按照我的设想，射阳应当建立全球丹顶鹤文化联盟，定期举行丹顶鹤文化研究会，举办面向国内外的书法、绘画、征文大赛，无论是街道店牌还是各类建筑，都以鹤为名，让射阳这个鹤乡名副其实、名不虚传。

在民生实事上，长期以来由于财力有限，欠债太多——农村道路桥梁跟市内其他县区相比都不可同日而语，农村的卫生设施薄弱，村级公共文化教育设施严重不足。因此，在县委、县政府提出"全力强产业，全心惠民生"后，我们按照县委、县政府"办人民满意的教育、办人民满意的卫生"实施意见要求，把实现农村公共文化设施均衡作为优先事项，无论是编排年度民生实事项目还是实施重大民生工程，都立足于补短板、强弱项，优先安排群众反响强烈、急需急盼的事项，且每年财政收入的大部分都用于民生实事投入上。

"十三五"规划中期评估后，几乎没有人再怀疑县委提出的"一年打基础，两年进位次，三年争先进，三年干成五年事，力争'十三五'进入全市第一方阵"的目标很快会实现，有些目标甚至以超预期的方式提前实现了。下一个目标如何制定？我们发改委也在积极研究和思考。记得在那年举行的丹顶鹤文化艺术节上，戴荣江书记在致辞中首次对未来射阳作了生动表述，我当时在台下忙于张罗会务事宜，也被他的振奋人心的目标深深吸引，驻足洗耳恭听。活动结束后，我向戴书记汇报了我的感受和想法。我觉得"十三五"前期我们定位在盐城市内追标兵、求突破，实现了既定目标。接下来就必须跳出盐城，确立新目标、新追求。到底选择怎样的参照系？对标苏南地区，我们的经济总量差距太大；对照苏北市县，我们的发展势头很猛，许多方面已走在前列。而苏中地区过去从来没有放在同一个坐标系中对标过，我建议在江苏沿海市县中确立新目标、新定位，同时在高质量发展上争先进、做示范。江苏沿海是指南通、盐城、连云港三市，这样，我们首次对标苏中的南通地区。但"十三五"时期的南通绝非"等闲之辈"，发展势头同样迅猛。所有县市都跻身全国百强，所有县市 GDP 都超千亿，南通市也在"十三五"进入万亿地级市的"俱乐部"，列江苏省第四位。我们赴南通考察，最终形成的考察报告《通江达海，逐浪前行》和对全县下一阶段的发展建议，得到县委、县政府的充分肯定。

在谋划"十四五"时，我们提出的射阳发展定位——"新兴魅力港城，海上风电名城，两山实践基地，大美鹤乡福地"，也得到县委、县政府主要领导的高度认可，最终被写进射阳县"十四五"规划中。

毋庸讳言的是，在各级政府部门中，发改委都是不可或缺的重要角色。作为宏观经济的综合协调部门，当好各级党委、政府的参谋助手，为各级领导科学决策建言献策，是我们的本职工作和题中之义，可惜我们做得还不够。

五、争当排头兵

我到县发改委工作后才知道，发改委在全县的经济社会发展中扮演着重要角色。单位的名称叫发展和改革委员会，而全县最重要的改革、发展、稳定三项重点工作中，发改委占了两项。虽然级别跟其他部门没有差别，但承担的综合经济职能却是其他部门难以望其项背的。过去的经验告诉我，发改委的工作职责决定了它比其他任何部门都更有资格、更有条件成为发展先行官、改革领跑者、部门排头兵。戴荣江书记多次在全县重要会议上强调：发改委是综合牵头部门，各部门都要配合支持发改委的工作。他这样力挺发改委、帮发改委树立"权威"，更让我感到"压力山大"。在县委提出全县工作"一年打基础，两年进位次，三年争先进"后，我们也提出县发改委工作"全市争第一，全省创一流，全国有影响"的雄心壮志，并且跳出盐城学先进，将南通如东县发改委作为对标学习目标，以期尽快实现突破和超越。

我们主要围绕两条线塑根铸魂：外比服务，内强活力。曾在窗口部门工作过的我，深知客商企业的诉求，我们的服务也从两个方面发力，即优质服务、主动服务。我认真摸排了可能引起客商企业反感的几个痛点和堵点，主要包括"吃拿卡要"、傲慢无礼、久拖不决、办事效率低等。在我再造审批流程的探索中，我不仅将自己超脱出来，还极大地提高了窗口办事效率，特别是过去所有立项备案项目都要发改委主任签批后才能出具窗口批件。在我建立微信审批群全部授权窗口后，许多企业反而不适应，有些企业负责人或项目经办人，还要通过镇区主要领导找到我，希望能帮忙提速办理，早日签批。这反而让我感到不解：我觉得所有企业、所有项目都无需再找我，能办的窗口会立即办理，我已交代窗口绝不允许有超时件，能当天办的绝不拖到第二天办理；不能办的，如涉及环境污染、产业目录禁止、存在严重瑕疵的项目，找到我也办不了。由于再造审批流程，过去窗口办理中因主要领导出差而耽搁的反响强烈问题迎刃而解。我把最有耐心、最熟悉业务、最有服务经验的周豪、刘美元两位年轻同志派驻窗口，社会各界的评价越来越好，每次县里组织的热点岗位评议中，发改委科室都名列前茅。

我们在加强机关作风建设过程中发现，"吃拿卡要"现象基本得到遏制，但服务不主动、怕惹事现象时隐时现。我一方面从自己做起，牢固树立主动服务意识，同时要求机关全体同志都要有主动服务的自觉和情怀。县发改委最大的形象是为企业搞好服务，这种服务应当是自觉自愿、不带有任何功利色彩的，应当是主动靠前，而不是由别人推着逼着的服务。在县里部门中，我让大家向国土部门看齐，在县外同行中，我们向如东县发改委对标。

我反复告诫同志们，一定要把维护好部门形象摆在重要位置，谁为单位抹黑，我就把谁拉黑，谁为单位增光添彩，我就让他流光溢彩。每次跟同志们交流谈心，我讲得最多的就是要像爱惜自己的羽毛一样爱惜单位的声誉，共同维护好单位形象。在我看来，善待发改委这个单位，就是善待自己；不把单位当回事，单位也不把你当回事；用心为发改委做事，再苦也不感到累；有了发改委这个平台，你的才能才会充分展示；在单位无足轻重，你的价值就可有可无；怀一颗感恩的心，为单位做事有声有色；立一份进取的志，为自己拼搏无怨无悔；单位总有一种精神，给人以信心和希望；单位总有一种力量，永远引导人们前行！

在跟企业家的交流中，我感到他们最大的诉求是解决历史遗留问题。特别是不少企业过去为了抓项目进度，未批先建现象较为普遍，企业运行后，补办房产证、土地证的诉求比较集中，"两证"到位后还可向金融部门申请抵押贷款，促进企业发展。时任县国土局局长的陈少祥同志、县住建局局长陶晓林同志抓住上级政策机遇，一次性帮企业补办到位。我跟陈少祥局长（后任县政协副主席、县人大副主任）有多年交情，工作理念也非常接近。他任县国土局副书记时，我筹建县行政服务中心。为了支持我们筹建，国土局将一批年轻骨干安排到窗口，所有审批事项都在窗口办结，国土窗口成为盐城市乃至江苏省的典型。他的大局意识很强，乐于发挥部门优势为全县分忧。在任县国土局局长期间，几乎没有他办不了的事情，跟上级部门的沟通如鱼得水，年年被评为先进，全国第一张不动产证就在射阳办理。他在帮企业补办"两证"的问题上更是解放思想，雷厉风行，深得客商企业好评。陶晓林同志对工作研究很深很细，责任心强，特别敬业，凡事都要自己先弄明白。无论是帮企业补办"两证"，还是城乡污水处理、棚户区改造、混凝土行业整治等等，他心里都有一本账，经得起任何领导的随时"拷问"和"查阅"。

所以我常常想，任何一个部门的服务意识强不强，企业的评价高不高，首先看一把手的格局大不大，出发点好不好。如果真的是设身处地为企业着想，就没有解决不了的问题。

国家和江苏省发改委每年都有大量面向基层企业的专项扶持资金，能否精准判断哪些企业符合申报条件、哪些项目能够获得专项扶持，需要我们对全县项目建设了如指掌，上面扶持文件下达后我们就能第一时间无缝对接、精准发力。我刚到县发改委时有人提醒我，说发改委已经很忙了，上面有些项目资金好拿不好用，争取回来还要接受后续督查，这样的资金不如不要。还有些资金完全为企业争取，发改委得不到任何好处，甚至要为企业贴钱办事，没必要。而这些工作对于发改委来说可做可不做，做的结果是项目获批后企业的一声感谢，不做的结果是平安无事，不会招致任何批评。不做事不出事，做了事易坏事，不如躺平算事。我觉得这是对事业、对企业极不负责的态度。我到发改委后，要求大家为企业服务一定要尽心尽力，为射阳争取政策支持一定要不遗余力，不放过任何一次机会，不追求任何一点回报。

随着县发改委声誉鹊起，我们的社会形象越来越好，领导的评价也越来越高。我也根据不同阶段的不同特点，及时跟同志们深入沟通交流，对取得的成绩给予鼓励，对大家的付出给予肯定，对全委的工作提出新要求。同志们对我的"首秀"印象深刻，我是这样说的：

（一）坚信工作着是美丽的。我时常觉得，当一个人的事业跟兴趣完全一致的时候，那是一件最幸福、最甜蜜的事情，做自己想做的事情，是十分惬意的。坦率地说，我来发改委工作，肯定有人认为，过去搞文化、搞司法，现在从事经济工作，这种大跨度、跳跃式的调整，是不是组织上搞错了？来发改委工作是不是太外行了？但我可以很负责地告诉大家，尽管我需要一个适应的过程，但这个过程不会太长，因为这个部门也许才是我最感兴趣的地方，时间将见证一切。在这里，我也希望大家都能够热爱工作，珍惜工作，全身心投入工作，因为工作是需要激情的。不是不作为，而是要大作为；宁愿少作为，也不能乱作为。不能懒政怠政，而要勤政廉政；我能接受你不做事，但不能接受你坏单位的事。不管是老同志还是年轻人，只有把工作当作享受，把付出当作快乐，你才能做到不知疲倦，激情奉献，才能创造出自己的人生价值来。

（二）把工作当学问做。发改委工作是一门大学问，需要不断学习新知识、新业务，要成为经济理论专家，对宏观形势要准确把握，工作既要有"春江水暖鸭先知"的超前性，又要有一叶知秋的预见性。既要对各类政策法规了然于胸，又要对县内外情况了如指掌。要关注热点，聚焦重点。县委、县政府关心的，要向上争取的，对全县发展至关重要的，就是我们要努力的。要展示亮点、放大优点。射阳的特色工作，要通过我们的眼睛来发掘，形成射阳做法的经验材料，对外做些宣传。

（三）团结是最大生产力。我首先表个态，尽可能为大家营造一个良好的合作共事氛围。人生的最高境界莫过于你已远离江湖，江湖还流传着你的故事。如果跟大家搞不好关系，责任首先在我，因为我相信，没有一个部下不想跟领导搞好关系，没有一个人希望自己每天在不舒心的环境下工作。对于大多数同志来说，工作苦点累点无所谓，但心累才是真正的累。班子之间多沟通，闻过则改，都当过一把手，都有足够的智慧独立处理事务，希望对我多建言献策。要有宽广胸襟。不斤斤计较个人得失，不为鸡毛蒜皮的事情自寻烦恼，世间本无事，庸人自扰之。要有容人雅量。多看别人长处，多发现自己短处，知人者智，自知者明，胜人者力，胜己者强。要有阳光心态。以出世的态度做人，名利看得开、得失放得下、喜怒忍得住。我们是来有缘走一程、风雨同舟、同舟共济的，不是来相互算计、勾心斗角、争名夺利的。以入世的态度做事，工作上长袖善舞，有怎样的舞台，就扮演怎样的角色，人生没有彩排，好好珍惜现在。要学会诗意生活。淡泊明志，宁静致远，培养高尚的志趣情操。

（四）让权力在阳光下运行。我们这个部门是权力部门，越往上权力越大。善待权、用好权是我们必须坚守的底线。要以公心做事，以良心做事。特别是对下服务，要把企业的事当作自己的事，把群众的事当作亲人的事，绝不允许任何人对下"吃拿卡要"，做损害我们发改委形象的事。要以诚心做事。精诚所至，金石为开。只要我们工作做到家，真心诚意待人处事，更多的领导会看重你的情分和缘分！总之，我希望我们这个团队，能够从我做起，从班子带头，从机关作风建设抓起，大家一起分享阳光，分担风雨，我对大家充满信心，也希望大家对我充满信心。发改委是个大家庭，大家要特别珍惜人生之缘事业之缘，成为相亲相爱一家人；发改委是个好家庭，大家要切实增强集体荣誉感，共同为我们这个家庭发力流汗、争金夺银。真正做到快乐工作愉悦自己，努力工作充实自己，钻研工作提升自己，创新工作超越自己，用热情、激情、才情去挥洒汗水、拥抱事业。

（五）珍惜合作共事的缘分。和美好的人一起工作，会感到工作是那么的轻松快乐、情趣盎然；和美好的人一起生活，会感到生活是那么的诗意浪漫、春风沉醉；和美好的人一起打拼，会感到成功是那么的唾手可得、囊中取物；和美好的人相伴相随，会感到光阴是那么稍纵即逝、温暖如初！在美好的年华遇到美好的人，是一种幸运、一份快乐、一段前世情缘；在美好的季节做美好的事，是一种幸福、一份归宿、一段曼妙风景！

在推进工作的过程中，我不断用取得的成绩激励大家鼓足干劲，用上级领导和社会各界的好评鼓励大家再接再厉，用组织上的关心关爱调动大家争先创优的积极性。在我担任发改委主任的几年里，县里每年的综合先进从未旁落，还连续获得特殊贡献奖，在盐城市发改系统的考核中一直名列前茅，并且史无前例地被评为江苏省发改系统综合先进单位。感谢先后担任盐城市发改委主任的杨雪峰、苏冬、王旭东、顾明东等领导，他们不仅对我本人关怀备至，对射阳的工作也厚爱有加。射阳这些年取得突飞猛进的成就以及县发改委获得的荣誉，离不开上级发改委的鼎力支持和倾心相助。

但我想说，我们发改委可能不是最优秀的部门，但一定是最努力的部门之一；作为县发改委主任，我自觉尽心尽力尽责了，我为我的付出无怨无悔。

工作实录：后发再起看射阳

——江苏省沿海工作会议（射阳段）解说词

射阳县是一座年轻而又充满活力的海滨城市，处在中国南北气候分界线东部起点上，拥有滩涂面积 7.3 万公顷，海岸线 100.4 公里。滩涂每年还以近 500 公顷的速度向大海延伸。世界珍禽丹顶鹤每年在此越冬，因此，射阳又有"鹤乡"的美誉。

1916 年，清末状元、民族实业家张謇从启东、海门迁徙上万移民，来到这片滩涂，废灶兴垦、围滩造田、精耕细作；20 世纪初，又有一批三峡移民定居射阳，造就了射阳开放包容的移民文化。"合兴合力，施德于民"，射阳县城合德镇由此得名。

沧海桑田，斗转星移。今天，射阳全县总人口 96 万，土地总面积 2600 平方公里，辖 13 个镇、1 个省级经济开发区、1 个射阳港经济区、1 个纺织染整服装工业区。射阳是国家级文明县城、国务院批准的首批全国沿海对外开放县，还是全国耕地资源后备县、中国纺织产业基地县，全国蒜薹之乡、菊花之乡、蚕桑之乡。入选中国地理标志产品的"射阳大米"品牌价值逾 50 亿元。

我们正行进在临海高等级公路上，这条东部沿海大通道纵贯射阳全境，将黄金海岸全景式地呈现在大家面前，也预示着射阳经济社会发展驶入了高速发展的快车道。近两年来，射阳县委、县政府深入贯彻落实党的十八大以及十八届三中、四中、五中全会精神，自觉践行"创新、协调、绿色、开放、共享"的发展理念，按照习总书记视察江苏时提出的"建设新江苏、迈上新台阶"总要求，认真落实省委、市委决策部署，围绕"六新"工作布局，全力推动各项工作提效进位。即以"开放、创新、务实、奋进"的新时期射阳精神催生创业激情，以

"创塑全新印象、奋力后发再起"的新定位激发干事动力，以"一年打基础、两年进位次、三年干成五年事，力争'十三五'进入全市第一方阵"的新目标引领加快发展，以"绿色引领、调转同步、扩量提质、改革创新、奋起直追"的新要求找准发展方向，以"持续打好九场硬仗，矢志不渝提效进位"的新举措寻求更大突破，以致力创塑"沿海兴经济强、农业优农民富、旅游旺人气足、城乡美民生好、士气高风气正"的新印象汇聚强大力量。一场全面深刻的变化，在射阳大地悄然兴起。

经济发展势头强劲。2015年，射阳经济发展触底回升、社会大局见底平稳、干部作风到底向好，时隔12年再次获得盐城市年度考核综合奖。鲜活的数字诠释了射阳翻天覆地的变化，在全市考核的35项指标中，15项指标增幅进入盐城上游行列，20项指标从盐城靠后位次进入中游水平，没有一项指标增幅处于盐城后三位。一般公共预算收入、规上开票销售、居民储蓄余额、金融机构年末存款余额等4项指标增幅列全市第一。全口径开票销售、工业用电量、固定资产设备抵扣税等3项指标增幅列全市第二。服务业增加值、社会消费品零售总额、农村人均可支配收入增幅列全市第三。税收占比列全市第二、全省第17位。今年以来，全县经济社会继续保持平稳较快的发展势头，一般公共预算收入、全口径开票销售等18项主要指标增幅位居全市前列。

转型升级步伐加快。全县"招商突破年""企业质效提升年"和"载体建设年"活动取得显著成效。2015年新开工重大项目数、设备投入额均为2014年的4倍以上，各类投资项目审批备案数、计划投资额同比增幅均列全市第一位。主动策应盐城市大市区发展，被纳入中韩（盐城）产业园产业联动区和配套服务区。实施105项园区基础配套工程，射阳港经济区健康食品、新型建材、新能源及其装备和临港物流等4个特色园区框架全面拉开，纺织染整服装工业园获批全省唯一的国家级绿色染整研发生产基地。

发展环境逐步优化。大力规范整治金融秩序，过去 416 家涉金类非金融组织仅剩 27 家，均处于可控状态，通过省金融生态达标县初步评审。大力优化发展环境，打造时限最短、材料最少、流程最简、收费最低、服务最优的"五最"服务品牌。被评为省平安县、省法治创建工作先进县。廉洁射阳、法治射阳、诚信射阳、高效射阳、文明射阳已展现出现实模样。

民生条件不断改善。2015 年财政投入 31 亿元，大力兴办民生实事工程，着力解决农村饮用水、交通出行、特殊困难群体托底救助等重大民生问题，实现城乡居民同质同网供水，对全县 1903 名无依无靠的困难儿童，从出生到大学毕业前的生活、学习费用实行托底救助。一年建成原计划 5 年实施的 300 公里道路、300 座桥梁。顺利通过全国义务教育发展基本均衡县、省技防城、省卫生县城、省级生态县验收。杂技《扇舞丹青·头顶技巧》获吴桥国际杂技艺术节最高奖"金狮奖"、西班牙国际杂技大赛"金象奖"；淮剧小戏《良心》获江苏戏剧奖金奖、全国第六届小戏小品展演金奖。先后建成全省第一批省级公共体育服务示范区，获批省农家书屋提升工程先进县、群众文化先进县。

改革开放成效显著。探索实践的新型农业生产经营方式——联耕联种模式，被写进 2016 年中央一号文件；党代会常任制试点经验受到中组部肯定并在面上推广。

具有海河联运独特优势的天然良港射阳港历史悠久。1919 年孙中山先生在《建国方略》中就提出要将射阳港建成深水大港，1994 年获批国家二类开放口岸，是我国距日本、韩国最近的港口之一。射阳港自然条件独特，地理位置优越，经济腹地广阔，经内河黄沙港、射阳河西进通榆河，转道大运河、长江，连接全国，形成河运、海运大联通格局。

近年来，射阳抢抓"一带一路"和江苏沿海开发以及长三角一体化三大叠加机遇，举全县之力加快港口建设，已建设运营万吨级进港航道和 2 个万吨级通用码头泊位，3.5 万吨级进港航道下月开航，5 万吨进港航道正在立项审批，同步开展10万吨级深水港口的前期论证,一类对外开放口岸完成省级层面审批。射阳港最终将形成连接苏北中部地区的"海上通道",成为江苏沿海中部独具特色的重要产业港。

如果说渔港、海港是自然与历史的馈赠,空港则是射阳人抢抓机遇、"无中生有"的成果。日前,射阳通用航空产业园已正式开工,将建成"一场三中心四片区":"一场"即通用机场,"三中心"即飞行培训中心、研发检测中心、低空监管实验中心,"四片区"即整机总装区、航空配套区、航空物流区、航空体验区。产业园规划用地20平方公里。其中,整机总装区主要布局无人机、直升机、小型固定翼飞机、整机组装生产项目;航空配套区主要布局国内外主流机型配套生产项目;航空物流区主要布局航空5S店、定点城市物流等项目;航空体验区主要布局航空小镇、航空航天体验馆、航空俱乐部、航空主题公园等项目。

沿海地区以其背靠内陆的坚实、面向海洋的辽阔、日益发达的交通和得天独厚的资源,吸引着越来越多战略投资者的目光。射阳实现跨越发展、后发再起的希望在沿海、出路在沿海、未来在沿海!特别是在加快"一带一路"建设、推进沿海一体化发展的新一轮改革开放浪潮中,沿海扮演着更加举足轻重、不可替代的角色。射阳县委、县政府审时度势、顺势而为,从体制机制入手,着力引进新技术,培育新动能,发展新产业,探索新模式,加快组建射阳临港经济区,打造更加充满生机活力的发展新高地。

射阳临港经济区东濒黄海,西接县城,占地355亩。近年来,射阳以商港、渔港、空港开发为龙头,以港口、港产、港城联动发展为路径,加快打造"一核一区五园",即以新港城建设为核心,加快开发射阳岛国家级生态旅游示范区,致力建设健康产业园、新能源及其装备产业园、新型建材产业园、现代物流园和国家农业公园五大园区,努力成为江苏沿海中部现代制造业基地、长三角地区海陆空综合交通枢纽和立足国内、辐射东北亚的休闲旅游胜地。在产业发展上，坚持一产富民、二产强县、三产增活力，打造江苏中部黄金海岸经济走廊。工业紧扣中高端，突出招引大健康、新能源及其装备等旗舰企业和全产业链项目；服务业聚焦新业态，打造12个城市组团，规划建设国家生态旅游示范区和国家农业公园；农业突出现代高效，引进海峡两岸渔业合作示范区项目，实施10万平方米中国首个水产品交易所。围绕建成集生态、生活、生产为一体的新兴海滨工商业城市，在提升开放度上，实施城市功能提升工程，规划建设3500亩的韩风国际城，再拓20平方公里城市框架；在提升科技度上，实施"515"人才引进三年行动计划，着力招引沿海紧缺人才和创新创业人才；在提升幸福度上，突出就医、养老、就业、生态，大力兴办民生实事，创建国家级生态县、国家级卫生县城。

来过射阳的人都有一个同样的感受，射阳的变化真大！而了解射阳近年来发展坎坷历程的人，才会理解破茧化蝶、凤凰涅槃的真实内涵。

射阳的变化体现在精神状态的提振上。2015年，是射阳发展极不平凡的一年。"思想大变革、精神大提振、作风大转变"主题教育贯穿全年。全县750名科级以上干部封闭式学习，点燃了干群心中的璀璨梦想。"每月一大讲、每周一小讲"、"十问射阳"大讨论、"三严三实"专题教育，各级干部普遍受到思想洗礼，形成了"为射阳的前天自豪、为射阳的昨天汗颜、为射阳的今天担当、为射阳的明天护航"的一致共识。出台36份依法办事规范性文件，建立干部不良社交预警告诫等26项管理制度，从严整治为官不为、公款吃喝、玩圈子、赌博、当老好人等"五种不良习气"，营造了政治清明、政事规范、政务公开、政风清正、政绩实在的良好政治生态。

今年2月20日，射阳迎来了一位特殊的客人——焦裕禄干部学院名誉院长、焦裕禄之女焦守云。她向射阳800多名科级干部讲述了焦裕禄生前鲜为人知的感人故事，三个多小时的"学习焦裕禄精神，争当'四有'干部"报告会，现场泣不成声。焦守云同志十分感动地说："我带着父亲走全国，射阳最认真。"为此全县集中开展了为期三个月的"学习焦裕禄精神，四学四比十增强"专题教育活动，思想变革"风暴"席卷鹤乡。

射阳的变化体现在干部作风的转变上。全县扎实开展"两学一做"学习教育，深入实施"整治不作为、提升执行力"专项行动。要求全县干部"不贪不腐、不懈不怠、不虚不假、不躲不闪、不胡不乱"，坚持一级做给一级看、一级带着一级干、一级推着一级办、一级为一级做示范，践行问题工作法、示范工作法、一线工作法，推动各级干部干实事、求实效、出实绩。实行"一自认三在先"招商工作机制，年初对工作目标进行自认，军令状立在先、奖补资金拨付在先、土地要素供给在先，倒逼各级干部走上招商一线，先后落户辉山乳业、钱江石材、题桥纺织以及无人机、海工装备、新能源汽车等重大项目和一批全产业链项目。建立"一卡双选三带"贴心服务企业机制，落实"一企一卡"问诊把脉，百名干部与百家企业双向选择，带着感情、带着责任、带着目标到企业服务，对重点企业"一对一"问诊把脉、协调解难。去年全县税收超1000万元、超500万元、超100万元的工业企业比2014年底分别增加5家、7家、17家。

射阳的变化还体现在城乡环境面貌的巨大改变上。去年春节期间，一位《新华日报》的记者回到家乡，目睹了射阳农村的新气象、新变化，欣喜之情流于笔端，在《新华日报》的头版位置，发表了题为《河水清清，勾起了"老射阳"浓浓乡愁》的长篇通讯。是的，为了让射阳人留住记忆、寻回乡愁，县委、县政府持续打响城乡环境整治的"人民战争"，累计投入农村环境整治资金1.5亿元，建立道路、沟河、绿化、保洁、垃圾收集"五位一体"的农村环境长效管护机制，获评省农业农村改革创新成果。基本实现生活垃圾镇转运、县无害化处理。继续保持秸秆禁烧"零着火点"记录，秸秆机械化还田率居全省首位。走在乡野田间，映入眼帘的是整洁、清新、秀美的宜人环境，天蓝地绿、水清气爽，射阳独特的生态优势跃入眼帘。"射阳蓝"成为鹤乡最美的标识。

射阳的历史是沧海桑田的历史，射阳的未来是日新月异的未来。今天，江苏沿海开发、长三角一体化两大国家战略在这里交汇，长江经济带、"一带一路"海上丝绸之路经济带在这里叠加，射阳正阔步迈入波澜壮阔的港海经济新时代。"十三五"蓝图豪情铺展，县委、县政府铿锵落子、精彩布阵，"瞄准一二三四五，全面建设新射阳"，构建经济社会发展的全新版图。

紧扣"一个目标"。围绕2019年全面建成小康社会，做大经济总量、优化产业结构、改善城乡环境、提高民生水平，力争"十三五"进入全市第一方阵。

咬定"两个翻番"。按照中央和省委、市委要求，确保提前实现全县经济总量和城乡居民收入分别比2010年翻一番。预计2017年全县经济总量和城乡居民收入即可翻番。

谋求"三个突破"。重抓城市提升、产业培植、交通配套三大工程建设，到"十三五"末，城市建设推动市场投入突破1000亿元，产业发展引导市场投入突破2000亿元，交通基础设施推动多元投入突破300亿元。

确保"四个前列"。重点指标质量和增幅跨入全市前列；改革创新工作走在全市前列；生态环境质量保持全市前列；民生幸福水平位居全市前列。

打造"五个新射阳"。着力打造"创新创业、开放开发、绿色宜居、共建共享、风清气正"的新射阳。

崛起，是时代向射阳发出的强烈召唤；超越，是历史赋予射阳的千钧重任。

百万射阳人民站在新的历史起点上，深入贯彻落实习近平总书记系列讲话精神，按照省委、市委的部署要求，凝心聚力、攻坚克难、奋力赶超，勇创新业，合力谱写后发再起的华丽篇章！

（2016年6月）

第二章

惠风和畅

"以人民为中心"的执政理念深入人心，各项民生实事扎实推进，群众的幸福感、获得感不断增强，人民对美好生活的向往，成为各级干部的自觉行动和努力方向。

一、把实事做实

这些年，射阳老百姓的获得感、幸福感和身为射阳人的自豪感大大增强，走在射阳的大街小巷，会为我们这个海滨小城的整齐、干净、清爽而由衷赞叹：这哪里是苏北的一个小县城，放在内地至少是一个地级市！

县委、县政府高度重视民生实事工程，把人民群众对美好生活的向往当作努力方向，持之以恒地把增进民生福祉、追求高品质生活摆到十分突出的位置，久久为功，让射阳的新老县城交相辉映，让教育、文化、卫生及其他关系群众切身利益的社会事业工程持续推进，让城市的美化、绿化、亮化、文化竞相绽放，让城乡居民生活更加多姿多彩。

我们县发改委牵头编排一年一度的民生实事工程。每年10月份，我们就遵循先急后缓、先难后易的原则，将群众反响强烈的问题通过报纸、电视、电话、问卷等形式征询社会意见，反复甄选，经县政府常务会议研究，最终由县委常委会通过实施。每年编排的项目不少于20个，每个项目的资金来源都要先落实，县财政收入的80%用于这些民生工程的投入。几年的不间断投入，促使农村的公共服务设施全部达标，有些方面还走到全市、全省前列。

在推进这些项目建设的过程中，县里在主要会议办公室的墙壁上，张榜公布项目进展情况，完成任务标红旗，达到序时标蓝旗，滞后序时标黄旗。我们会同县两办督查室，每月通报进展，每个项目都有时间表、路线图，明确挂钩领导、具体责任人，无形之中形成倒逼机制和工作压力，有力保证了这些项目的稳步推进。一桩桩民心工程，一件件为民实事，拉近了党和政府与人民群众的距离，也成为造福射阳子孙后代的基础工程、长久工程。我常常想，今天为别人所做的一切，又何尝不是为了离岗退休后的自己呢？到那时，我们可以安然地享受在公园里、在医院里、在养老中心的那份惬意、关怀和晚年快乐，何乐而不为呢？

2019年3月，由中国社会科学院在北京举办的县域经济高质量发展研讨会上，中国社科院研究员吕风勇意味深长地说：论"厕所革命"，江苏省射阳县在习近平总书记批示之前已经实施到位，2017年新建、改建105座公共卫生间；论建筑风格和结构，目前的北京市区五环之内没有能及射阳的。

早在2016年底，射阳县在推进城市绿化、净化、亮化、美化、文化的过程中发现，县城有限的公共卫生间不仅设施陈旧，而且疏于管理，成为脏乱差的代名词，甚至变成了垃圾堆放点。

为了迅速改变落后状况，射阳县按照国家一类标准，以"园林＋文化"的风格，在县城规划建设了105座公共卫生间，全部由财政投入，设置公厕指示牌、盲人识别标志和无障碍设施，配套了文化宣传标识，建成后面向社会招聘环卫工人，实行24小时全天候保洁。如今，这些公共卫生间与城市文明交相辉映，相

改建后的公共卫生间

得益彰。

射阳县城的公共卫生间外观典雅、大气，色彩搭配层次分明，内部布局合理，个性特色鲜明。除了男女分设的卫生间外，还设置了值班室、工具间，安装了热水器、空调，每个卫生间平均有 4 台空调，值班室配备微波炉、电饭煲，人员集中的地方还配备自助售纸巾机。

卫生间的内部设置也极具特色：有些地方在洗手间配置鱼缸和金鱼装饰，同时提供冷热水。便池的设置兼顾大人、小孩和残疾人，有些还专门设立第三卫生间。墙上张贴着卫生间的使用守则和管理标准，让如厕的人不仅能感受到干净、舒适的环境，还能欣赏到美妙的音乐，听到一些共建文明城市的温馨广播提示以及对管理者的监督。

除此之外，所有卫生间都设置便民服务驿站，内设饮水机、读书吧、条椅、手机充电站、擦鞋机、雨伞等，为过路的人们提供方便。为了让环卫工人工作安心顺心，拓展他们的服务半径，在建设公厕的过程中，同时配套建设了休息室、值班室、淋浴房，让他们能够吃上热饭、喝上热茶、洗上热水澡。

公共厕所革命带来了人们精神风貌和城市文明的极大改观，乱扔垃圾、乱停乱放等不良现象得到根治，交通秩序井然有序，文明习惯自然养成，保护环境成为全民共识。

与"厕所革命"同步推进的是城市管理的精细化、标准化、智能化，如今的射阳，环境整洁优美，河水清澈见底，绿树掩映城乡，空气沁人心脾。生活在这里的人们，有着满满的幸福感、自豪感。

不得不说，射阳的许多民生实事项目建设具有超前性，全县国有企业按照发展定位，在民生实事工程上展现了各自的社会担当和建设速度。县国投集团承建的新港城医院、县妇幼保健院、养老中心，都成为盐城市乃至江苏省内首屈一指的标志建筑；县城建集团建设的市民中心、千鹤湖酒店和一大批为企业代建工程，充分体现了射阳建设的质量和速度；县旅投集团负责的黄沙港中心渔港基础设施、日月岛功能布局和全域旅游的规划实施，彰显了射阳的特色和品位。

人民对美好生活的向往，就是我们努力的方向。践行以人民为中心的发展理念，成为各级干部的自觉行动，也赢得人民群众的良好口碑。

二、有一种境界叫担当

当县发改委主任，我最大的感受是该讲原则的时候必须讲原则，该灵活的时候必须灵活，这是我做事的基本要求，否则就特别容易乱作为或不作为。要做到这一点，就要积极履职、担当作为。在担任发改委主任期间，我觉得有三件体现担当的"得意之作"，跟大家分享。

刚到发改委时，县里在新老城区结合部规划建设韩风国际城，占地600多亩，计划投资近10亿元。说实话，就我当时的认知和全县财力，我觉得这个投入太不值得了，远远超出了财力许可，仅仅作为盐城中韩产业园的配套服务区，我觉得这是为盐城做"配套"，没必要。在射阳这样一个外来人员尤其是韩国人不多的县城，搞一个韩风国际城，很可能将来变成一座"空城"。但作为县委的重大决策，我只能服从。从项目立项的角度看，还要建一个配套的市民公园，听说连是否符合国家有关规定、是否存在审批障碍都有待商榷。

为了找到立项通道，我找来了中韩产业园的批文。研究后发现，作为中韩文化交流的成果，建设韩式风格、能够丰富市民生活的休闲娱乐场所，符合国家有关规定。特别是建设一个小型开放式的韩风国际城，其中就包括小型木槿湖水上乐园这些配套项目，于是按照韩风国际城一期立项。后来，中韩关系遇冷，韩风国际城在实际运行后，再称木槿湖公园已不合时宜，遂更名为富有射阳鹤乡特色的千鹤湖公园。

让我始料未及的是，项目建成后，市民好评如潮。特别是县城建集团对其中的每个景点都精雕细琢，每个小品都景观独特，还引进了时尚前卫的水幕电影，让市民们激动不已。平日里或周末假日，这里成为市民悠闲散步、健身跑步的理想场所。外地客人到射阳考察观光，也把这里当成忙里偷闲、怡情养性的好去处。

我这才明白县委、县政府的决策意图：射阳作为建县时间不长的海滨小城，城市东西狭长，竟没有一个让市民休闲娱乐的公园。随着人民群众生活水平的提高和对美好生活的向往，他们的文化需求越来越高。建设这样一个惠民场所，尽管投入巨大，会给县级财力带来一定压力，但作为一项民生工程，只要在财力许可的范围内，困难再多也应去做。

由于千鹤湖公园建在新老城区交汇处，项目也带动了周边地价的飙升。因为建成千鹤湖公园，周边住户开门即景，偌大的公园成为市民自家"后花园"。原先地价每亩 100 万元无人问津，后来每亩地 300 万元以上还成为房地产商的抢手地块。

我们审批的第二个存在争议的项目是安徒生童话乐园。项目签约仪式经媒体宣传后，上级条线部门领导便致电我，说所有公园、乐园项目的审批权限都

千鹤湖公园夜景

在国家和江苏省发改委，射阳不能越权审批。我说项目刚签约，媒体宣传我们也无法左右，但上级部门也提醒我必须规范审批。于是我专程到国家发改委咨询，社会司的女领导仔细询问了项目占地面积和投资额度，我简单汇报后得到了对方明确答复：这个项目回去自己批。

我又找到了江苏省发改委社会事业处领导，汇报了到国家发改委咨询的情况。相关领导听到安徒生童话乐园这个名字，眼睛里就放出光芒。她说好项目省里一定支持，等国家发改委文件下来，按照审批权限依法依规审批。她还安排处里的同志到射阳实地察看项目情况，并要求我们先把材料报到省发改委。

但事情后来的进展让我们非常尴尬：对照国家发改委下发的进一步规范大型公园建设文件，最核心的三条明显是要杜绝圈地、建大型豪华娱乐设施如迪士尼乐园、高尔夫球场之类，我县安徒生童话乐园面积不足 200 亩，审批权限应在县里。但省发改委又把这个项目列入省待审批项目，因为多种原因迟迟无法获得省批文，项目业主要求加快建设，必须先有批文。无奈，我只好在县里先立项，按程序向上报批，待省批文下来后，替换县批文。

这是一个极其大胆的举动！我的底气来源于对国家发改委文件的解读。但与此同时，我们按照省里的要求，取得县国土、环保、文旅等部门的审核意见后报盐城市发改委，市发改委在取得市国土、环保、文旅等部门意见后转报省发改委。但最终我被告知不在省里审批。我便将全部资料复印存档，便于今后复查，县发改委已经出具的立项批文，继续生效。

我的第三个"得意之作"是市民服务中心的审批。我离开县委办后的第一站就是筹建县行政服务中心，当时考察过省内武进和浙江上虞、萧山等地，最远学习过深圳服务大厅的经验。总的感觉是经济发达地区便民服务中心不仅进驻事项多，而且服务大厅都建得宽敞舒适，真正让前来办事的客商和市民有宾至如归，甚至比家更舒适、更温馨、更温暖的感觉。我县受制于当时的实际状况，只能在远离县政府所在地的西开发区，将一个 5000 平方米左右的烂尾楼进行装修，作为新建市民服务大厅。除了县国土、规划、工商、交通等部门的便民事项以及有审批职能的部门可进驻外，绝大多数便民事项仍在原单位办理。尽管如此，由于我们推行了一站式办理模式，加上窗明几净的环境、把来客当亲人的服务，还是赢得了不少锦旗和掌声。除了位置偏僻、路途较远外，客商和群众给予积极评价，但服务大厅不大的先天性缺陷一直是我的心病。

当县委、县政府决定新建市民服务中心时，我感到非常高兴。但在立项中如何严格执行办公用房的相关规定，我还是颇为踌躇的。我想，总书记在一次视察过程中讲过，看到机关大楼建得豪华不舒服，但看到为群众服务的场所建得高档些、让群众满意就感到舒服。于是我们按照留足服务大厅群众办事空间、严格控制办公用房面积的原则，将该项目立项。

市民服务中心建成两年后，射阳获得了意外的惊喜——射阳县行政审批局被党中央、国务院表彰为"人民满意的公务员集体"。其中固然离不开审批局同仁的不懈努力，离不开所有协作部门的精诚合作，离不开行政服务条线多年来的可贵探索，我想，硬件设施的根本改观也是不可或缺的重要支撑！其中，县城建集团规划的高层次、建设的高质量、推进的高速度以及县委、县政府投入巨资完善现代化的办公设施，都是让客商和群众有口皆碑的。

我时常想，我的这种担当到底值不值得？到底有没有违反有关规定？如果实行终身责任追究，我是否经得起时间检验？我的这种"利为射阳谋"的出发点，是否能得到别人的理解和支持？

工作出现重大失误或者明显违法违规，启动问责程序和责任追究无可厚非，但为了问责而问责，使问责泛化，我认为不是科学的态度。人非圣贤，孰能无过。或许将来有一天，在我签批过的大量审批事项中，有可能被"旧事重提"，受到追责，但我绝不会后悔。我相信自己曾经的做法是正确的，我问心无愧，对得起父老乡亲，为射阳的发展担责，我觉得挺光荣。

去职以后，我有时到千鹤湖公园散步，看看安徒生童话乐园，心中油然生出自豪感。我觉得，能够在我的任上创造性地开展工作，能够造福一方百姓，付出是值得的，担当是应该的，作为是必须的，而回报也是可观的、长久的。

三、第一次"发债"

为了支持地方经济发展，帮助基层解决融资困难的问题，国家发改委每年都安排千亿以上规模的企业发债，但射阳一直没有在企业发债上取得突破，成为全省最后两个空白县之一。为此，县国投公司、县城建集团根据业务发展需要，启动相关工作。

2016年6月23日，一场极其恐怖的龙卷风席卷了盐城市阜宁、射阳两地。当天下午4时许，灾区突然狂风大作，遮天蔽日，房屋被毁，铁塔折断，飞沙走石，一片狼藉，人民生命财产蒙受巨大损失。阜宁县因为受灾面积大、影响范围广、人员伤亡多，灾情比射阳更严重。在这场突如其来的灾害面前，两地党委、政府坚持人民至上、生命至上，组织干群奋起开展自救和灾后重建工作。在射阳经济开发区和海河镇，党员干部靠前指挥，第一时间实施现场救援，县直部门挂钩联系村组，负责统计灾情、结对帮扶、解决实际困难、谋划重建方案。

那些天，我时常行走在灾区，目睹风卷残云留下的一片狼藉：夷为平地的房屋、连根拔起的大树、倒伏凌乱的线杆、惊恐万状的灾民……每个善良的人都会为之动容、沉重叹息！同时，也会为我们淳朴的灾民感动：他们发自内心地感激党和政府，义无反顾地救助邻里和他人，来不及擦干眼泪就已奋力自救……再看看穿梭的志愿者、机关帮扶人员和自发的救援车队，真情凝聚成温暖，大爱升华为希望，让灾民们在绝望中感受幸福，在痛苦中滋长快乐，柔弱的内心变得特别坚强！灾难的终点是幸福，黑夜的尽头是黎明。我在心中默默地向奋力自救的灾区乡亲致敬！向所有伸出援手的爱心人士致敬！向战斗在党旗下的每一位勇敢者致敬！

这场从天而降的灾难，暴露了狂风冰雹的凶狠与险恶，见证了抗灾救援的速度和效率，体现了人间真情的无私和珍贵，展示了社会大家庭的关爱和温暖。灾难以其极强的破坏力夺走人民的生命和财产，也以极大凝聚力汇聚人间温暖的力量！这场灾害也引起党中央、国务院的高度重视，习近平总书记亲自作出重要批示，省、市派出工作组到灾区指导工作，机关单位还开展了捐赠活动。射阳县委、县政府主要领导连续几天通宵达旦研究重建方案和灾民安置办法，明确由县国投集团、县城建集团和裕华投资集团三家国有公司分别牵头，以最快速度、最低价格、最高标准建设几个样板区，让受灾群众充分感受到党的关怀和温暖。

面对这场龙卷风造成的损失，我们县发改委能做些什么？除了伸出援手、开展捐赠和挂钩帮扶外，我们把目光聚焦到帮助国有企业发债、帮助改善农民居住条件、致力建设新农村建设示范点上。其时龙卷风造成的房屋倒塌和破损严重，引起了县委、县政府对全县农村危旧房改造的高度重视，特别是射阳面广量大的农村危旧房的存在，不仅延缓了新农村建设步伐，影响了农民的生活质量，而且经不起地震、暴风雨等自然灾害的袭击。如果再不进行危旧房改造，再发生较大自然灾害，就有可能造成更大的人员伤亡和财产损失，到那时就不是天灾而是人祸了。为此，全县开展了大规模的农民住房摸排工作，根据房屋建设年代、建造结构、安全鉴定等情况，划分了房屋等级，凡列入 C、D 类危房的，率先安排迁移拆除，县财政给予政策补贴。同时由县属国有企业牵头，以灾区重建为示范，在全县规划布局新农村建设示范区和集中居住居民点的建设工作。

上级部门在莅临射阳检查指导工作时，提出可通过发行企业专项债的方式解决危旧房改造资金不足的问题，与我们的诉求不谋而合。我们立即会同县国投集团向国家发改委申报专项债，用于新农村建设。该专项债规模达到 15.5 亿元，前期工作在省、市各部门的大力支持下，进展非常顺利，特别是省发改委分管此项工作的王汉春副主任明确要求相关处室抓紧推进，尽快发债。财金处更是全力以赴支持，时任省发改委财金处处长的张瑞丽、副处长王志浩同志亲自把关我们的申报材料，带领我们县发改委、县国投集团赴国家发改委进行专项汇报。国家发改委财金司分管领导、证券处相关领导周末时间都在为我们的项目加班加点，核查申报材料中的细节问题。

原本以为，这只债券符合政策规定，在前期对接过程中一切顺利，我们便耐心等待审批消息。但让我们始料未及的是，该项目在报请国家发改委分管领导审签的最后环节未能通过。结果反馈到省发改委，省发改委领导也感到诧异。而另一只债券——县城建集团发行的 11.1 亿元的"双创"债券却成功获批。

我立即赶往国家发改委，从相关司、处了解到，在分管领导牵头会办发债项目时，由于分管司长、熟悉该项目的处领导出差在外，与会人员对领导提出的该项目是否存在"赶农民上楼"的质疑无法解释，遂未获审批。临门一脚射个空门，我十分沮丧，再次拜访财金司相关领导，他们均表示遗憾，同时觉得项目不存在政策障碍，答应帮助我们继续争取。

消息传到戴荣江书记那里，他也感到不可思议。首先，无论是否发债，农村大面积危旧房改造都已箭在弦上不得不发；其次，射阳根本不存在赶农民上楼问题，此项工作受到农民的普遍欢迎；第三，国家发改委有关领导既然表示支持，就还有争取的空间。于是，戴书记明确指示我，要继续争取，不成功不要回来。

说实话，我真是如坐针毡，压力千钧！毕竟是被国家发改委分管领导否掉的项目，凭我一个小小的县发改委主任，要想扭转乾坤，谈何容易啊。前面做了大量艰苦细致的工作却功败垂成，我也心有不甘，更不想轻言放弃，于是我再次踏上争取之路。

说来也巧，那天我原本打算到省发改委请条线领导带领我们再次进京，到南京后才知道，国家发改委那位分管领导次日来江苏考察调研，领导秘书和相关处室人员也陪同考察。

了解到国家发改委领导在江苏的行程后，我便千方百计想通过省领导或省改改委领导在陪同过程中提及此事，结果是此路不通。心急如焚的我，只好硬着头皮去找省发改委领导，得到的反馈是，这个项目是被国家发改委领导否掉的，重提不合适，但还是答应我寻找合适的机会。

当天晚上获悉，省发改委领导在南京高铁站陪同国家发改委领导候车时已提及此事，但具体结果不得而知。随行的国家发改委同志让我回来准备材料再次上报，他帮我们周旋。真是柳暗花明，我听后喜不自禁。

一个月后，在国家发改委几位领导的共同关心下，总规模达15.5亿元的灾后重建发债项目终成正果。那年五一节刚过，在北京坐等结果的我，终于如愿拿到批文。我第一时间向戴荣江书记和省发改委王汉春副主任报告，王主任高兴地回复我"热烈祝贺"！戴书记十分惊讶地问我：被国家发改委领导否掉的项目是如何起死回生的？在电话这头，我万般感慨，告诉书记说来话长，今后有时间再详细汇报吧。

我是2017年4月下旬去北京的，在国家发改委对接的那段日子，我真是食不甘味、坐卧不安。我不断地鼓励自己：有些事虽难，只要用心去做，也就成了，高天流云，照样让你触手可及；有些事虽易，但若缺乏坚持，也就黄了，举手之劳，照样让你沉重叹息。人在旅途，走点弯路、遇点挫折、留点遗憾并不可怕，说不准还能让你多看些风景，多交些朋友，多收获些财富。记住，任何事情都不要轻言放弃，因为成功或许已经离你很近很近！

国家发改委领导也被我执着的精神感动，周末加班加点为我们完善材料，并劝我回家等候消息。但是那个五一长假开始的前一天，我终究没能等到项目签批的好消息，连返程的飞机票、高铁票，包括绕道南京的车票都一票难求。我安慰自己说，好久没有在京城认认真真地玩过了，这个五一小长假只当来旅游，开开心心玩几天算了。嘴上这么说，心里却很不踏实，那几天我踯躅在十里长安街，根本无心欣赏北京城美景。"长安街头，月坛桥边，心事重重叠叠，费尽周折不思归，坐等好消息。庙堂虽高，江湖不远，奔波日日夜夜，好事多磨终有期，愿得节后见。"我在漫长的等待中消磨寂寞时光，在莫名的后怕中经受痛苦煎熬，我甚至反问自己，如果再被否掉怎么办？我感到从未有过的迷茫，在微信朋友圈留下了心迹：

"总有一种力量在帮助我，给我一份暗示，仿佛是远航时的灯塔，让我看到希望和光明；总有一种智慧在提醒我，给我奇妙感觉，仿佛是喜出望外的收获，让我心生敬佩！有许多事情，我心存感恩，却愿意善意地让人猜测；有许多故事，我暗自欣慰，却不想自己猜测因果。京都夜雨涨春池，也淋湿我的满怀心事。"

这只债券的发行，对全县农村危旧房改造乃至新农村建设的意义都是巨大的。如今，当那一排排青砖绿瓦、整齐划一的现代化村庄呈现在眼前，当听到群

灾后重建的康居示范点

众夸奖党的政策英明，当看到老百姓脸上洋溢的笑容和满满的幸福感时，我的心中也升腾起无限的欣慰和自豪。我觉得一切的辛劳付出、委屈遗憾都是值得的，有什么比幸福着百姓的幸福、快乐着群众的快乐更让人心花怒放的呢？发债成功也给了我极大鼓舞，我以此告诉我的同伴们：做任何事情都要有一种意志力，更需要有一份责任心！越是充满挑战的事情越有攻坚克难的价值，越是布满荆棘的道路越能看到意想不到的风景，越是感到无望的努力越能收获柳暗花明的惊喜。不要畏惧困难，先检点自己的努力程度；不要回避矛盾，先查验自己的方法路径；不要抱怨他人，先反思自己的恒心毅力；不要半途而废，先拷问自己的追求和信念！坚持而不放弃，做到尽心尽力；坚强而不气馁，始终尽职尽责；坚定而不松懈，力求尽善尽美！相信自己，有一种成功叫天不负我；相信他人，有一种相助叫金石为开！

四、打造"文化地标"

你可能不知道射阳，但你不会不知道丹顶鹤。射阳是世界珍禽丹顶鹤的第二故乡，有"鹤乡"美誉。丹顶鹤每年都从黑龙江齐齐哈尔南迁，在射阳越冬。一望无际的沿海滩涂、蒹葭苍苍的万顷苇荡，成为丹顶鹤栖息觅食的天堂。

你可能不知道射阳，但你不会不知道闻名世界的安徒生童话。国内最大的安徒生童话乐园，就坐落在射阳县城，周末游人如织，长假期间更是游客爆满。亲子游、文化游、科技游成为时尚，射阳成为许多家庭的首选之地。

除了享誉世界、自带流量的丹顶鹤保护区、安徒生童话乐园外，射阳的全域旅游格局渐成气候：日月岛生态旅游度假区初具雏形，央视连续予以报道；黄沙港国际风情渔港张开双臂，与游客共享开渔节的欢乐；丹桂飘香的金秋时节，鹤乡菊海的十里菊香让游客们沉醉其中；别有洞天的海河农耕文化博物馆，带你纵览耕读传家的色彩斑斓……

射阳县在推进高质量发展过程中，坚持发展与环境并重、文化与旅游并重、生态与民生并重，全力打造最具幸福感的海滨小城。我始终认为，一个地方的经济实力体现的是发展高度，文化实力展示的是文明高度。如果说经济是骨骼，是支撑，是物质之钙，文化则是血脉，是灵魂，是精神之钙。一个人要拥有健康的身体和强健的精神，二者不可偏废，一个地方的发展亦然。

我在县文广新局时，做的最有意义的一件事情，就是新建文化艺术中心。选址非常好，在县政府正前方，成为一个地标建筑，建成后如果有重要来宾，可以在小剧场欣赏射阳的一台小剧目，连内容我都想好了：县歌《一个真实的故事》、舞蹈《羽翎飘飘》、小淮歌《美丽射阳我的家》，还有获全国大奖的魔术《羽》、杂技剧《头顶技巧》（即后来获国际大奖的《扇舞丹青》）。可惜主体工程竣工后，我就被调离文广新局。刚到县司法局两个多月，时任盐城市委常委、射阳县委书记潘道津约我到他办公室。我跟潘书记汇报说，如果能再给我一年时间，把全国文化先进县的牌子夺回来，文艺精品工程开花结果，广电网络改革推进到位，最重要的是文化艺术中心建成开放，我就功德圆满了。潘书记说，现在看来，这次调整你是有点仓促和急躁了。我说感谢书记对我的关心。

我一直对潘道津书记充满敬意并心存感激！他在那个时段把握大局，实现射阳平稳过渡。他对我关爱有加，他离开射阳的那天，我刚回到县司法局，就收到潘书记的来电。我说书记的离别讲话非常感人，情真意切。书记说他已将我推荐给继任的戴荣江书记，我更加诚惶诚恐。作为市委常委，潘书记如此礼贤下士，真让我感激不尽。

我到县司法局工作后，文化艺术中心作为一个"烂尾楼"，摆了近两年，后来装修一新作为党群服务中心对外开放。作为红色宣传阵地无可厚非，射阳虽然建县时间不长，但华中工委旧址是盐阜革命老区的重要板块，红色文化资源丰沛，理应得到传承和弘扬。但综合文化设施又成空白，我这个"老文化"多少还是有些遗憾和失落的。因为建文化艺术中心时，就考虑了淮、杂两团的排练基地，跟国内大型歌舞剧团签订合作协议，让射阳人也能在家门口欣赏到中外经典剧目。当时的淮、杂两团排练基地破败不堪，上级领导到射阳检查工作或慰问获奖演员时，对鸡窝飞出金凤凰非常不解和震惊，就其安全性而言，当时的杂技团所在地连"鸡窝"都不如。因此，我每年都向县里建议先建杂技艺术中心，因为设计和选址问题耽搁了两年，最终在吴冈玉同志担任县委书记后，杂技艺术中心建成运行。如今的射阳县杂技艺术中心紧靠安徒生童话乐园，造型美观，飞阁流丹，杂技团的小演员们做梦也没有想到，他们还能拥有跟以前有天壤之别的训练场所。吴冈玉书记还利用旧城改造的机会，将原淮剧团排练基地文化剧场原址复原重建。有一次我回射阳，杂技团张正勇团长、淮剧团翟学凡团长热情陪我参观了这两处文化设施。从他们喜形于色的介绍中，我感受到了他们溢于言表的满足感。

射阳建县历史不长，但淮、杂两团都始建于20世纪50年代，几乎与共和国同龄，历史上也曾辉煌过，特别是近几年精品迭出，享誉中外。杂技团的《头顶技巧》本是射阳的传统剧目，但由于人才流失，成了外地剧团的香饽饽。2012年10月，我带领杂技团去重庆参加全国杂技大赛，我们是唯一一家县级剧团参赛的，参演剧目是《手技》。在看到福建和内蒙古联手打造的《头顶技巧》时，随行的原杂技团团长张军同志问我：局长您知道这个节目的鼻祖是谁吗？我说不知道。他用手指着自己的鼻子说："是我啊。"我当时又是兴奋，又是惊讶，我问他真的假的呀？这个剧目我们能重排起来吗？他告诉我，过去因为领导对文化不重视，主力演员被福建挖走了，但我们仍有实力东山再起，只要经费有保障，技术上他还可以创新。我问他需要多长时间，他说至少两年时间。我听后当即表示，经费问题由我向县里争取，杂技团立即主攻手技和头顶技巧两个精品，以后绝不允许为一两千块钱再到外地公园玩杂耍谋生，杂技团的出场费至少5万元。回来以后，我立即找到县领导申请文化精品工程专项资金，尽管财政非常困难，还是给了30万元。

在重庆举办的全国杂技比赛上，射阳虽然未能获奖，但青年杂技演员王虎的精彩表演引起山东杂技团李东明、卢立新夫妇关注。他们都是国家一级编导和一级演员，卢导还在国际上得过杂技界最高荣誉的"金小丑"奖。大赛结束后，他们夫妇专程来射阳了解王虎的情况，提出要将王虎带到山东训练。从他们求才若渴、相见恨晚的眼神中，我看到了射阳杂技团的希望所在。那天李导夫妇没能将王虎带走，而我却将他们夫妇挽留下来，请他们为我们作指导。李导反复端详王虎时，那种好似哥伦布发现新大陆的兴奋之情溢于言表，我至今历历在目。

后来，李东明夫妇凭借自身的艺术功力，精心编排节目。杂技团的同志们也拿出看家本领，冬练三九夏练三伏，不仅两个精品节目进展非常快，射阳杂技团的其他节目也都上了新台阶。2013年丹顶鹤文化艺术节上，我们邀请了丹顶鹤途经的黑龙江齐齐哈尔、吉林白城、辽宁营口、山东东营等地的宣传文化部门领导和全国杂技界名流，共同欣赏了射阳的杂技专场，得到与会专家们的高度赞扬。那时，县杂技团还远赴欧洲及美国林肯大剧院演出。杂技《头顶技巧》经过中国杂技家协会副主席李西宁点石成金，改编成《扇舞丹青·头顶技巧》，相继获得吴桥国际杂技节金奖，俄罗斯、西班牙国际杂技节大奖等。非常遗憾的是，由于王虎同志年岁渐长，无法超越自我，加上李东明夫妇后来离开射阳，手技节目未能绽放精彩。后来，射阳淮剧团也获得建团以来最高荣誉——白玉兰奖，虽然之后我调离文广新局，但那种功成不必在我、功成必定有我的成就感，让我时刻关注全县文广事业发展并分享他们成功的喜悦。

到县发改委工作以后，我对文化工作依然热情关注，曾经专门以书面建议的方式，向县委提出全县文化建设的构想，特别是在每年编排为民办实事项目时，我总是存在些"私心"，夹带些"私货"，县领导也"心领神会"地给予大力支持。所以这几年文化设施添置不少，文化大舞台、杂技艺术中心建成开放，农村公共文化设施齐全，电子图书馆、农家书屋全覆盖。所有的旅游景点，包括日月岛生态旅游度假区、安徒生童话乐园、鹤乡菊海、千鹤湖市民公园、黄沙港国家中心渔港等，都配备了大量文化设施，充满了文化品位，让全县到处散发出文化的芳香。

曾经的缺憾以如此方式弥补，有几分无奈，也有几分欣慰。

我在县发改委工作期间，北京九台集团董事长李玉国先生在家乡海河镇投巨资建设农耕文化博物馆。博物馆占地约50亩，设计简约大方，古色古香。为了搜集农耕器具，他不惜成本，到2017年初已初具规模。李先生嘱我为其展馆作文字简介，我也不揣谫陋，提供了《寻根铸魂，满园耕读——海河农耕博物馆简介》

初稿：

　　足下踏阡陌，荷锄读经纬。耕读传家繁衍了上下五千年灿烂文明，也铸就中华民族生生不息的根与魂。

　　北京九台集团董事长李玉国先生，以拳拳爱国心，殷殷游子情，心系故土，造福桑梓，投资建设的海河农耕博物馆，搜罗古今农具，俯仰耕读天地，成为千年文明的缩微景观、耕读历史的文脉传承。

　　方寸天地，厚重斑斓。全馆以秦始皇统一六国、度量衡横空出世开篇，以新中国开天辟地、阔步迈向伟大复兴收官，间以刀具、手工艺、百家姓、民俗、农具、渔具馆铺陈其间，千件木石铁铜瓷器氤氲古朴气息。八大板块连为一体，浑然天成，尽显耕读文化的洋洋大观，是遥望历史的窗口、启迪心智的载体、赓续文明的摇篮。

　　一园游览耕与读，遍识华夏根与魂。

1. 度量衡馆

　　度万物、量天地、衡公平。始于秦代的度量衡，度制以寸、尺、丈为单位，十进制计数；量制以合、升、斗、桶为单位，十进制计算；衡制以铢、两、斤、钧、石为单位，各单位之间可自由换算。千姿百态的度量衡物件，是古人智慧的结晶。

2. 刀具馆

　　刀具既是农具，又是武器，展示的是冷色锋芒。

　　从刀耕火种到刀光剑影，刀具在人类文明演进过程中占据特殊而重要的地位，也守拙创新出许多冷兵器，代表作有青龙偃月刀等。透过馆藏展品，依稀想见古战场的鼓角争鸣。如今，刀具已退出现代战争舞台，作为生活用品，熏染了更多的人间烟火气息。

3. 工艺馆

天工开物，匠人匠心。中华民族对于世界文明的贡献，发端于能工巧匠的科技发明创造。陈列在本馆的木匠、铁匠、锅盆锅碗的锔瓷匠、豆腐挑、爆米花等成套作业老物件，是非物质文化遗产的瑰宝，折射出古人的天才智慧和劳动艰辛，也诠释了"三百六十行，行行出状元"的真谛。

4. 百家姓馆

姓氏文化是中国特有的文化现象。宋代成书的《百家姓》收集姓氏411个，后增补到504个，其中单姓444个，复姓60个，集中国姓氏大成，与姓氏家谱、方志、正史构成完整的中国历史。当代中国位居前三的姓氏为王、李、张，人口均达9000万左右。

馆中匾额对联，有官署门第、功德声望、贞节孝贤几类，为民俗文化之精品。

5. 农耕用具馆

民以食为天。自从商鞅变法首倡"重农抑商"，中国农业社会和农耕文化长盛不衰。农耕用具也层出不穷，涵盖了耕田整地、播种、收割、田间管理、灌溉、脱粒、加工、运输等各个环节，代表农具包括犁、耙、铲、锄、镰、磨、耧车、水桶、驮具等，是农耕文化"活化石"、躬耕遗风全景图。

6. 民俗馆

民俗是民间流行的风尚习俗。本馆等比例建造江南特色农家灶台，有序放置锅铲碗筷瓢盆，传统八仙桌上放置油灯，桌椅板凳、水瓶瓦罐一应俱全，是一幅传统民俗生活画。先人们的生活情趣、旧时光影，在这些自带光芒的陈旧摆设里若隐若现。

7. 渔具馆

《易经》载："作结绳而为罔罟，以佃以渔。"狩猎捕鱼是祖先获取食物的主要方式。"前滩罾兮后滩网，鱼兮鱼兮何所往。"古人捕鱼除垂钓外，网捕最流行。最古老的渔具有骨制鱼叉、钓钩、鱼镖。捕鱼方式包括网捕、鱼篓捕、笼壶捕等。渔具还包括各类网具、鱼叉、鱼篓，可独钓寒江，也可竭泽而渔。

8. 现代农业馆

新时代，新农村，新辉煌。农耕文明走进历史，田野牧歌成为记忆，渔舟唱晚留在诗中。拖拉机、旋耕机代替犁耙锹铲，播种机、插秧机让人不再汗流浃背，收割机、脱粒机解放镰刀石臼，无人机、打药机改变人工作业……新技术、新成果惊艳问世，古老农耕器具变成遥远的印记和失落的乡愁。

耕读文化，既被现代文明颠覆，又在历史传承中永恒！

李玉国董事长是一位儒雅大度、学富五车的儒商，他的经商之道、事业成就让人刮目相看，他的渊博学识、家国情怀让人肃然起敬，他对中华民族源远流长的传统文化的热爱和关心民族复兴、家乡发展的拳拳之心更让人无比钦佩。一座小小的农耕文化博物馆，寄托着他儿时的耕读理想，承载着长大后满满的乡愁。

我在发改委工作的这几年里，我县的文化事业取得长足发展。感谢县委、县政府对文化事业的重视支持，感谢我的继任者们持之以恒的努力，尤其要感谢县城建集团、文旅集团以及黄沙港、海通、洋马、特庸、千秋等镇区精心打造旅游文化、绿色文化，对每一个文化景点都精心谋划、精雕细琢，使鹤乡文化品牌越做越响，不断增加射阳全域文化旅游精品，增强射阳特色文化的远程号召力。

借此机会，我也向同样有着浓浓的文化情结、为射阳文化事业发展繁荣添砖加瓦的同仁们致以深深敬意。县城建集团不仅在"6·23"灾后重建、县政务大厅、千鹤湖公园建设中展示出射阳精神、射阳速度，在安徒生童话乐园等文化景点建设上也厥功至伟。如今，全国规模最大、国内第二家布局的安徒生童话乐园落户射阳，成为自带流量、孩子们心驰神往的精神乐园。每到节假日，远乡近邻的家长都带着孩子来这里感受异域风情，体验安徒生笔下如梦如幻的童话世界。

在我之后，县文广新局主要领导人虽变动频繁，但他们都咬定争创全国文化先进县、打造文化精品工程的目标，一张蓝图绘到底，一个目标干到底，每年都有精品呈现，每年都有喜讯传来，全县文化战线

海河农耕文化博物馆一角

捷报频传。作为老文化人，我也感到无上荣光，快乐着他们的快乐。

我始终觉得，干部无论大小，都应该有一定的文化底蕴、文化情怀。干部越大、职级越高，越需要有卓越的领导才能，更需要有较高层次的文化素养。腹有诗书气自华，这是每个人身上都能放射的光芒，在各级干部身上则格外耀眼。可惜，我做得很不够。

五、重拾射阳人的自豪

从 2016 年到 2018 年，是射阳经济触底反弹、后发再起的 3 年，也是重铸射阳人的精神内核、砥砺前行的 3 年。从时隔 12 年后重新获得全市综合考核三等奖到二等奖再到一等奖，都是在这 3 年内实现三级跳。每一个射阳人的脸上都洋溢着笑容，心中都铆足了干劲，尤其是我和我们发改委的同仁们，仿佛回到了激情燃烧的岁月。我们努力奔跑着，品尝着奋斗的艰辛，也享受着成功的快乐。

作为一名土生土长的射阳人，我从来没有像今天这种扬眉吐气的感觉。我相信许多人都和我一样，沉浸在一种重拾射阳人的自信心和自豪感的快乐幸福之中。

这种自信与自豪，源于生活环境的彻底改观。横贯县城的小洋河，曾经是市民的饮用水河，但前些年污染严重，到了夏天臭气熏天，市民纷纷掩鼻，群众怨声载道。过去县委领导也曾下决心整治，连续多年列入县人大一号提案，但都是治标不治本，当年略见成效，次年依然如故。新一届县委在认真研究县城的水源体系后，不惜投入巨资根治顽疾，终于让小洋河再次出现鱼儿欢跳的场景。如今的小洋河水清澈见底，两岸绿树成荫，特别是到了晚上，霓虹闪烁，波光激滟，闹中取静，让人心旷神怡。在农村，河道整治也被当作一项民心工程实施，持之以恒推进，不获全胜不收兵。对已经整治的河道实行包干到村、到组、到户，普遍建立了河长制，实行长效管理。生活在这样天蓝水碧、绿树环绕、月亮挂在树梢上的怡人环境中，让人无比惬意。

这种自信与自豪，源于幸福指数的极大提升。教育是百年大计，射阳素来有尊师重教、耕读传家的好风尚，但随着人口向县城积聚，县城的教育资源出现巨大缺口，尤其是新城区的快速发展，配套的教育需求剧增。县里将兴办学校、幼儿园作为民生实事内容。短短几年中，新港城小学、港城幼儿园、县第三中学、新城初中等新校园拔地而起，全部配备现代化教学设施，成为射阳"办人民满意的教育"的缩影。有一个细节：盐城市主要领导要求，宁可党政机关不用空调，也要让中小学学校的教室里装上空调。射阳中小学校园里的空调全部配备到位，得到省发改委、省教育厅等部门的充分肯定。在医疗卫生投入上，射阳也是大手笔，先后建成高规格的县妇幼保健中心和新港城人民医院。特别是由陈义汉团队领衔设计的新港城人民医院，按照三甲标准建设，配备了国内一流的设施设备，实际投入突破 20 亿元，建成后可与北京、上海等知名医院实现远程诊疗，给老百姓带来巨大福祉。陈义汉院士还在这里设立院士工作站，更好地造福父老乡亲。

这种自信与自豪，源于对精神生活的极大满足。射阳这些年脱胎换骨的变化，群众最直观的感受，除了关系每个家庭的教育、卫生外，其他各项工作也齐头并进。县养老中心建成后，被评为江苏省现代服务业工程样板，社会各界赞誉如潮，国家发改委、民政部领导在视察后也给予极高评价。文化方面，杂技艺术中心、县图书馆投入运行，文化剧场翻旧如新，各类读书吧、读书会如雨后春笋，精品工程、送戏下乡工程受到空前重视。杂技《扇舞丹青》屡获国际国内大奖，新作《丝路沙绣》已获国家精品工程补助，有望再次引爆杂坛。淮剧团创作的精品剧目《良心》等也屡获大奖，团长翟学凡表演艺术日臻成熟，获得建团以来最高荣誉"白玉兰"奖。县"两团"年送戏下乡近千场，极大地满足了人民群众的精神文化需求。淮剧团还被中宣部、文旅部联合表彰为全国"双服务"（服务基层、服务农民）先进集体。全县实施的农村公共服务设施提标工程，让农民足不出户就能享受到丰盛的文化大餐，共享现代文明的最新成果。

那是城乡环境发生巨大变化、天蓝水碧生态美又回来的时候，是工业项目迅速崛起、财政拮据状况得到根本改观的时候，是人们的钱袋子开始鼓起来、生活摆脱贫困实现全面小康的时候，是各项社会事业蓬勃发展，教育、卫生、文化、养老让人民满意的时候，更是走出"温州人骗全国、射阳人骗温州"梦魇、信用射阳全面回归的时候。我们有太多的喜悦要与别人分享，我和同事陈敬之、祁庆、张知波、王少华等一起，开办了"大美射阳"发改公众号。

我们将射阳这一发展历程中取得的巨大成就，以我们发改人的视角向社会各界推送，以大家喜闻乐见的方式吸引更多志同道合者加入我们的队伍，一起讲好射阳故事，介绍射阳经验，分享射阳快乐。我们发动全委同志围绕"射阳知多少"命题，从射阳的历史、人文、特征、典故、趣事，包括发展成就、资源禀赋、区位优势、产业特色、名人逸事等，以抢红包的方式鼓励大家趣味答题，吸引了全县数以万计的干群参与。由我撰写的《"批判射阳"的十大理由》也成为大家争相阅读的时文。

与此同时，社会各界对射阳也是赞誉有加、好评如潮。一些长期在外的射阳人，过去羞于提及自己是射阳人，如今以家在射阳感到自豪，开始对家乡刮目相看。许多射阳籍在外创业有成的游子，纷纷加入新射阳建设的滚滚洪流中。

著名作家卞毓方看到家乡的喜人变化，欣然提笔写下雄文《射阳赋》，成为"射阳才子写射阳、神话射阳添神话"的传世佳作。文曰："古有羿射九日、解民倒悬的神话，今有阳光四射、温暖万物的祝福。斯地也，而有斯典斯风斯水。《山海经》等古籍的记述，只是洪荒时代的口口相传，毕竟，后羿仰天怒射的那一刻，绘画仅及涂鸦，文字尚未萌芽，摄影、录音、录像更要待万年后才姗姗登场。今人循名溯源，勒石雕像，诚然是沾了后羿的光；而后羿的神话得以坐实，远古的风云得以回放，自然也是沾了射阳的光。我今天来到射阳，徜徉在当地名人馆，忆往昔诸神演义，人猿揖别，看今朝群英辈出，天马行地。先民初心是炎黄梦的预演，今人初心是中国梦的彩排，左顾龙骧，右视虎跃，抚古今其瞬息，纳须弥于芥子……纵浪大化而穷神知化，潜移默化，身心也自博大飒亮起来。"

在参加一年一度的市人代会期间，我有幸聆听许多射阳籍老领导声情并茂的发言，感慨万千。有一次，与会并参加射阳组讨论的原盐城市副市长曹友琥同志动情地说："身为射阳人，时刻关注射阳的发展变化，看到射阳日新月异的变化，从来没有像现在这样有满满的自豪感。"还有一次，我撰写了全县2017年经济形势分析材料，请市发改委袁永军副主任斧正。他看了材料后对我说："如果射阳真像你说的这样，今后的发展是不可想象的。"记得我在获得全市综合考核三连冠时写过《幸福是奋斗出来的》一文，"我们特别感动于本届县委、县政府的正确领导和科学决策，感动于他们的长袖善舞和夙夜在公，以优良的党风政风把射阳带入一个'潮平两岸阔，风正一帆悬'的新境界；我们特别感动于各级党员干部的砥砺奋进和无私奉献，感动于他们埋头苦干、不事张扬，以'今天再迟也是早、明天再早也是迟'的拼搏精神，汇聚起加快发展的满满正能量；我们特别感动于全县上下万众一心、众志成城，合力演奏政通人和、兴业富民大合唱，感动于他们用勤劳双手创造幸福生活，用微言善举演绎动人心魄的射阳故事。"

射阳的发展已经进入一个正循环：越兴旺越发达，越发达越自信，越自信越有干劲，越有干劲越兴旺！在我任职发改委主任的连续3年时间里，我都在新年伊始，通过《射阳发改》内刊和"大美射阳"公众号，发表新年献词。如果说，前两年都是讲述奋斗的快乐，第三年则是浓墨重彩抒发自信的力量，题目就是《自信的射阳更有光芒》：

岁月交替，新故相推。在新年的钟声敲响之际，我们感怀的岁月又多了一份沉淀，我们期待的美好更加熠熠生辉！

我们祝福伟大祖国走过改革开放四十年的波澜壮阔历程，迎来七十周年华诞的惊艳时光！从天安门城楼"中国人民从此站起来了"的史诗般宣告，到"中华民族日益走近世界舞台中央"的新时代放歌，这一段历程是那样漫长又那样短暂，那样曲折艰辛又那样灿烂辉煌，我们用泪水洗刷苦难，用汗水浇铸丰碑，朝气蓬勃的祖国阔步迈向社会主义现代化建设的新征程。

我们祝福新时代新射阳创造了后发再起的新辉煌，在改革开放再出发的豪迈声中高歌猛进一路芳香！

回眸2018，县财政工作受到国务院和财政部表彰奖励，成为全国受表彰的26个县份之一；外资外贸顶着中美贸易摩擦的巨大压力，在全市范围内继续领跑。一年来，高质量发展主要指标增幅强劲，绿色发展一马当先，首次跻身中国社科院评定的全国综合实力百强县。

在全县人民的瞩目中，远景装备首台风机顺利下线，年内完成税收超亿元，成为实体经济样板；海普润与摩根士丹利成功合作，探索出科技与资本融合的发展新路。一年来，我们的重大项目建设捷报频传，展示强大的招商实力和能力，营商环境令人刮目相看。

射阳港成功获批省级经济开发区，在园区等级创建中继续进位争先，发展活力持续迸发；140万千瓦海上风电项目完成核准，新能源装备配套产业纷纷落户，主导特色产业撑起射阳的未来和希望。一年来，我们坚定实施沿海开放开发战略，面向世界构筑发展新高地，沿海崛起势不可挡。

南京大学射阳科技园踏浪前行，海水淡化为世界解渴，吸波导磁展示科技魅力，智能芯片前景令人兴奋和期待；高端纺织科创中心吸引大院大所参与，传统产业插上科技翅膀，昂首迈向中高端。一年来，新旧动能转换步伐加快，高科技和战略新兴产业方兴未艾，射阳站到了新一轮大发展的风口上。

苏北最大的健康养老中心建成运行，智慧家政打响射阳品牌，新港城医院、妇幼保健院加快推进，民生实事工程锦上添花；新农村建设示范点星罗棋布，"一全员四托底"继续向纵深推进，财政收入80%以上用于民生。一年来，全县人民的获得感、舒适感明显增强，生活的幸福度、满意度大幅提升。

果实的事业是尊贵的，花的事业也是甜美的。我们收获了经济社会发展取得的丰硕成果，我们也收获了同样令人艳羡的惊喜：县委、县政府主要领导得到提拔重用，射阳发展的接力棒顺利交接！这是上级党组织对我县经济社会发展取得突出成绩的充分肯定，是对主要领导同志夙夜在公、无私奉献的充分认可！成功是付出的回报，幸福是奋斗的结果！我们向荣升的各位领导表示热烈祝贺！向为射阳发展殚精竭虑的公仆们致以崇高敬意！衷心祝愿每一位在射阳大地上留下闪光足迹的领导同志前程似锦、再创辉煌！

射阳不愧是一方干事创业的舞台、人才辈出的沃土，物华天宝，人杰地灵。如今，新一届县委接过发展的接力棒，带领全县百万人民改革再出发、开放不停顿，阔步迈向高质量发展和现代化建设新征程！

展望2019，我们激情澎湃，信心百倍！写在脸上的自信和刻在心上的自豪让射阳的每一个人都在奔跑，都在追梦，让射阳的每一棵树都青翠碧绿、梦想开花。充满生机活力的射阳大地，绽放出更加璀璨耀眼的光芒！

"聚焦项目强县，聚力开放创新。"这是我们不骄不躁、不懈不怠，继续埋头苦干、砥砺奋进的主旋律，让我们踩着时代的鼓点，坚持项目为要，在开放创新中拼搏进取，再创佳绩！

"产业提升、城市提质、乡村提优、改革提速、民生提档、党建提标。"新一届县委勾画出建设更加美好新射阳的新蓝图。沿着高质量发展的康庄大道，我们向着江苏沿海县域前列奋力奔跑！

　　"实力射阳、活力射阳、魅力射阳、幸福射阳"，这是我们永不言弃的追求和梦想，让我们不负时光，踏歌而行，让富民强县的歌声更加嘹亮！

　　"为者常成，行者常至。"我们已经探索出一条铺满阳光、无比辉煌的奋进之路、崛起之路、高质量发展之路，我们必将创造更多改革开放成果、经济发展奇迹和可复制、可推广的射阳模式、射阳经验。让我们在新一届县委、县政府的正确领导下，高举习近平新时代中国特色社会主义思想的伟大旗帜，团结奋进，接续奋斗，以更加坚强的信仰，更加坚定的信念，更加坚决的信心，为共同的梦想再启新程，创造无愧于时代、无愧于全县百万人民的新业绩，谱写更加恢宏壮丽的奋斗篇章！

工作实录：托起穷人的"幸福梦"

——射阳县"四个托底"工作调查

位于江苏沿海中部的射阳县，是全国闻名的鹤乡。近两年来，该县在经济社会迅猛发展、县域经济竞争力持续增强、全面小康建设步伐不断加快的同时，高度重视扶贫工作，特别是对读不起书、看不起病、过不起节、住不起房的城乡困难群体实行"四个托底"，实施精准扶贫，对其中的深度贫困对象建立长效的帮扶脱贫机制，有效遏制了长期因灾致贫、因病返贫、因丧失劳动力深度贫困的势头。2016 年以来，全县托底救助人口达 75054 人，财政安排资金 3.08 亿元，探索出了一条深度扶贫的新路子，实现了"让穷人过上好日子"的阶段目标，极大地提升了全县人民的幸福度、满意度。江苏省民政厅在全省范围内推广射阳的做法。近期我们对此进行了调查。

一、"四个托底"的内涵及成效

1. 同一片蓝天、同一个梦想——教育托底。自 2015 年 8 月起，射阳县对全县贫困儿童和学生从出生到大学毕业的生活、学习费用实行财政全额托底。除了将省定的孤儿、监护人监护缺失的儿童、监护人无力履行监护职责的儿童、重残重病及流浪儿童等纳入保障体系，还将低保家庭中从儿童到在校大学生都纳入保障对象。"两困"对象分类保障实施以来，共救助 2656 人次，发放"两困"基本生活保障金 2395 万元。

2. 无钱亦治病、因病不返贫——医疗托底。射阳县在全省率先实施医疗托底救助政策，对患病支出医疗费用额度较大、超出家庭承受能力、导致家庭生活困难的城乡居民给予"托底线、救急难、可持续"的医疗托底救助。自医疗托底救助以来，已救助 2703 人次，已发放救助资金 1284.79 万元，正在审核待救助

1083 人次，待发放救助资金 586.07 万元。

3. 万家团圆日、天下无寒人——节日托底。每年的中秋节、春节，射阳县广泛开展了节日慰问，慰问帮扶突出特困群体，重点做好贫困户、贫困残疾人、困难老党员、困境儿童和困境大学生、困难职工等各类困难群体慰问工作；同时突出特殊群体，重点做好老红军、优抚对象、困难企业军转干部等人员的慰问工作，仅去年春节县财政就安排 1071.87 万元，其中，通过"一折通"以每人 100 元标准发放给低保户等 5 类 35955 人；另安排 712.32 万元到镇区和部门。全县 15 个镇区共发放慰问金 1041 万元，慰问各类人员 23193 人。

4. 广厦千万间、百姓俱欢颜——康居托底。2016 年 6 月 23 日，射阳县遭遇特大龙卷风灾害袭击。在灾后重建过程中，该县高度重视农村危旧房改造，特别是对无房可居、无力建房的特困户实行托底救助。在推进康居工程建设过程中，通过逐户调查核实，确定托底对象；结合乡村特色，选择托底户型；国有公司统建，强化质量监管；室内装修到位，体恤弱势群体；整合扶持政策，统筹建设资金。根据不同的人口结构，在托底户相近的集中居住点建设安置房。房屋建设资金由县财政承担 90%，所在镇承担 10%。目前县财政已预付建设资金 2374.29 万元。

二、主要做法

1. 统一思想认识，广泛宣传发动。习近平总书记指出："全面建成小康社会，突出的短板主要在民生领域，发展不全面的问题很大程度上也表现在不同社会群体保障方面。"在山西省吕梁山区考察时他进一步强调：要采取更加集中的支持、更加有效的举措、更加有力的工作，打赢脱贫攻坚这场硬仗，确保深度贫困地区同全国一道如期迈进全面小康的新时代。射阳地处苏北，经济基础相对薄弱。近年来，全县经济社会虽然取得了长足的进步，但仍存在着相当数量的贫困人口。据调查，全县现有困境儿童和困境大学生、特困供养、城乡低保、重点优抚对象、60年代精减退职老职工、特困职工、重残、建档立卡扶贫对象等8类人群约7万人，占全县人口的7.3%。解决贫困人口，尤其是深度贫困群体在生活、子女教育、就医、住房等方面的实际困难，让他们过上幸福美满的生活，是人民群众的迫切期盼，是高水平建成小康社会必须破解的难题。射阳县委、县政府通过深入的调查研究，决定以全方位实施低收入困难家庭托底救助为突破口。为了打消部分干部群众的顾虑，统一思想认识，调动全县上下的积极性和创造性，射阳县组织干部群众认真算好两笔账：一是"政治账"。通过认真学习习近平总书记关于精准扶贫的重要讲话和中央、省市委文件精神，使广大干部群众认识到"尽力而为、量力而行，努力使全体人民在学有所教、劳有所得、病有所医、老有所养、住有所居上持续取得新进展"，是聚焦富民、高水平建设小康社会的硬道理，是各级党委、政府义不容辞的责任。二是"经济账"。近年来，射阳县委、县政府持续开展招商突破年、企业质效提升年、载体建设年活动，着力推动项目建设，大力发展新兴产业，推动传统产业转型升级，经济发展呈现量质提升的良好态势，财政实力不断增强，为全方位实施托底救助奠定了物质基础。

2. 深入调查摸底，科学分类建档。掌握贫困人口的真实情况，分类建档立卡，是实施托底救助的前提和基础。核准底数。组织人员进村入户，逐村逐户拉网式摸底排查和精准复核，准确掌握贫困对象的身体状况、收入来源、致贫原因、项目需求等详细情况，确保贫困对象的真实性、精准度。建档立卡。在摸清贫困人口总数及分布的基础上，按照困境儿童和困境大学生、特困供养、城乡低保、重点优抚对象、重残等类别，对贫困人口进行分类，按一户（人）一档建立台账资料，做到心中有"数"。构建网络。在县、镇、村三级构建救助网络，搭建托底救助信息平台，建立托底救助主动发现工作机制，将贫困对象全部纳入"四个托底"保障范围，实现应救尽救。通过对扶贫对象的摸底排查，摸清了贫困对象底数，分析掌握了困难群众致贫原因，为有针对性制定扶贫目标、完善各类扶贫优惠政策和机制、全方位托底救助奠定了良好基础。

3. 勇于开拓创新，精准制定政策。射阳县在认真学习研究各类救助政策的基础上，大胆开拓创新，针对困境儿童和困境大学生出台了《关于做好我县困境儿童和困境大学生分类保障工作的实施意见》，针对因病致贫返贫对象出台了《射阳县医疗托底救助办法（试行）》，针对临时生活困难对象出台了《射阳县临时救助施行规程（试行）》，针对 2016 年 6 月 23 日风雹灾害受灾群众出台了《射阳县"6·23"龙卷风冰雹特别重大灾害受灾群众生活救助资金发放管理办法》，针对过节困难群众制定了《射阳县中秋春节慰问活动方案》等具体文件，实现了从粗放扶贫向精准扶贫的转型。这些救助政策在达到省定要求的基础上，从以下 4 个方面进行了创新：拓展救助边界。《射阳县医疗托底救助办法》规定，托底救助对象包括具有该县户籍的在校大学生，使得救助人群从县内延伸到县外。扩大救助人群。"两困"对象分类保障政策增加了低保家庭和其他需要帮助的困境儿童（困境在校大学生）两个保障类别，将"两困"救助对象扩大至该县境内所有暂时失去生活依靠的未成年人和在校大学生；节日慰问对象扩展到城乡低保对象、特困供养人员、受灾群众、重特大患病者、特困职工、低保边缘家庭、城乡生活无着落的流浪乞讨人员等所有社会困难群体。增加救助项目。医疗托底救助除政策目录范围内救助外，还对目录范围外的住院费用实施救助，对罕见患病者治疗使用的"孤儿药"及维持生命所需的特殊营养品的费用，个人负担部分再给予 75% 的托底救助；对县内幼儿园、普通高中学校、职业高中学校的困境学生，一律免收保育教育费、高（职）中学费（含民办高中教育成本费）；同时对进入全日制高校就读大专、本科、研究生的困境大学生学费实行全额托底。提高救助标准。孤儿在校大学生基本生活保障标准在孤儿基本生活保障标准基础上每人每月增加 300 元，其他困境在校大学生按对应类别作相应提高。对贫困对象目录范围内医疗费用个人负担部分的报销比例从70%提高到80%，年度托底救助总额封顶线从10万元提高至20万元，五保对象医疗费用、贫困对象中的精神病患者治疗精神病医疗费用实行全额托底救助。每年适度提高困难群众节日慰问标准；提高尊老金发放标准，对80岁以上的老人每年发放尊老金，百岁老人祝寿金由每人每次1000元提高到2000元。

4. 强化督查指导，高效组织推进。实施全方位托底救助离不开强有力的组织领导。层层明确责任。成立了县托底救助联席工作领导小组，明确成员单位职责，明确镇党委书记、镇长是实施托底救助的第一责任人，定期召开联席会议，解决托底救助工作中出现的新情况、新问题。将托底救助工作纳入目标考核指标体系，形成部门齐抓共管、县镇村逐级负责的工作机制。同时，开展"托底救助对象大走访"活动，将走访"四个托底"救助对象作为"走基层、访民情、促发展"活动的重要内容，明确县四套班子领导、县直部门和镇区干部走访分工联系的托底救助对象，确保家家到、户户访。组建救助网络。建立民政、卫生、教育、住建、人社等部门救助信息共享机制，以网络系统为平台，实现部门内部和部门之间救助信息资源共享。建立托底救助家庭经济状况信息核对平台，为审核认定托底救助对象提供依据。同时，采取多种方式强化管理服务，形成救助对象有进有出的动态管理机制。加大督查力度。县委、县政府对托底救助工作机制建设、资金筹集和使用管理等情况进行定期不定期督查，及时通报各镇村托底救助实施情况。县人大常委会高度关注托底救助工作，每年专题听取和审议托底救助工作开展情况，并对加大财政投入、完善网格化管理进行专题询问，推动政府出台《关于做好托底救助工作的实施意见》。同时，充分利用广播、电视、报纸、网络等手段，加大对托底救助政策法规的宣传，表彰托底救助工作中的先进人物和事迹，营造全社会关心支持托底救助工作的良好氛围。

三、几点启示

1.“四个托底”探索了基层精准、深度扶贫的新路子。射阳县在扶贫攻坚的工程中，逐步建立完善“四个托底”救助机制，既是基层领导干部深入基层访贫问苦的实际成效，又是密切党群、干群关系的重要成果。困难群众的所求所盼成为各级党委政府的工作方向，不仅在体制机制上解决了贫困人口的生产生活困难，而且找到了一条深度贫困人口的脱贫之路。

2.“四个托底”密切了党和群众的血肉联系。射阳县在推进“四个托底”过程中，深入开展“干部下基层、听民情、解民忧”活动，一批机关干部自觉主动与困难群众结对帮扶，谱写了一个个真实感人的故事。诚如县委书记戴荣江所言：“你把老百姓放在心里，老百姓就将你举过头顶。”如今的射阳县，地方党委从来没有像今天这样受到人民群众如此的信任和爱戴，人民群众也从来没有像今天这样对美好幸福的生活充满期待和向往。

3.“四个托底”加快了农村小康建设的进程。没有贫困人口的小康，就没有全社会的小康。射阳县实施的“四个托底”践行了社会发展成果由人民共享，特别是与特困群众共享的理念，增加了困难群体的转移性收入，城乡居民收入稳步提高。与此同时，全县大力实施民生实事工程，加快桥梁改造，兴办人民满意的教育和卫生，推进宜业宜居的生态港城建设，群众满意度、幸福度大幅提升。全县经济迅猛发展、社会和谐稳定，呈现出经济指标、满意指数、人均收入、民生投入、环境质量稳步上升，贫困人数、信访稳定、刑事案件持续下降的“三升三降”良好局面。

（2017 年 5 月）

第三章

新风拂面

河水清澈、空气清新、政治清明、干部清廉是"射阳蓝"的鲜明标识。坚冰融化的射阳大地到处春意盎然，生机勃勃，新风拂面，清风徐来，绿水荡漾，乾坤朗朗。

一、撸起袖子加油干

组织上跟我谈话的当天，我还没来得及到县发改委跟新同事们见面，便约了时任副主任的江一龙同志，径直赴江苏省发改委对接辉山乳业审批相关工作。

辉山乳业是 2015 年到射阳投资的国内知名乳企，有意进军华东，看中射阳广袤的沿海滩涂和长三角经济圈的区位，双方一拍即合。短短一年时间，一座现代化的乳业加工厂便在射阳拔地而起。在 5 月中旬即将召开的全省沿海发展大会上，辉山乳业被确定为现场观摩项目。而在竣工投产前，须获得省发改委、省市场监管局两张批文，此前还须省发改、环保、质监、食品卫生等相关部门现场联合验收。时间已非常紧张，加之中途有五一长假，我只能选择先急后缓，先去省发改委对接了。

在赴南京途中，我从省发改委领导名册上偶然发现省纪委派驻省发改委的纪检组组长吉龙的名字。这位领导曾在省委办公厅工作过，因为我在县委办工作时有过接触，我便冒昧地跟他电话联系上。

说来也是缘分。我们吃工作餐时以茶代酒，相谈甚欢。第二天我去省发改委拜访，吉龙同志带我拜见了相关领导，并引荐我跟工业处领导作了对接。

非常感谢江苏省发改委的鼎力支持！时任工业处处长的李义同志表示，他们尽快牵头，确定对射阳辉山乳业项目现场验收时间，由时任副处长的刘旭同志具体负责。就在我对接工作的过程中，正在辉山乳业总部商谈进一步合作的唐敬县长给我打来电话，询问工作进展。由于得到省发改委领导的支持，我信心大增，电话里的中气更足。我说如果不能对接好，说明领导用错人了。我听到了电话那头带着浓重大丰腔的"你这个家伙，好"的心中石头落地的声音。

那段时间，我往返于射阳与南京之间，朝辞射阳彩云间，千里金陵一日还，当日往返、星夜兼程是家常便饭。

4月28日，刘旭副处长带领省环保、市场监管、食品卫生等部门领导专程到射阳进行现场验收并召开评审会；4月30日，省发改委正式发出批文；5月8日，省市场监管局正式发出批文。后来，我跟刘旭副处长建立了非常好的工作联系，射阳重大项目招商，他全力支持；一批重大工业项目列入省重点，他尽力协调。我的个人公众号办得风生水起，他也打趣我是"流浪在基层发改委的文学大师"。

以辉山乳业项目建成投产、省级部门竭诚为基层服务、射阳服务催生辉山速度为标志，射阳乃至江苏的营商环境赢得客商赞誉，"射阳速度"由此诞生，并成为射阳人在较长一段时间内砥砺奋进、只争朝夕的强大内生动力。

到县发改委工作，横亘在我面前最大的障碍就是不熟悉业务。我的前任陈昌银同志曾当过县政府办主任，相融协调性强，文字水平也高。我到发改委后，同事们总是有意无意拿我和前任对比，怕我"黄鼠狼下老鼠——一代不如一代"。但说实话，我对自己的文字功底还是有一定信心的。对全县经济社会发展状况也不是完全不了解，只是有一种相隔太久、遥远陌生的感觉。我到县发改委没几天，戴荣江书记也不知是有意考考我还是真的要问我。他在电话里问我离海边20公里是哪条路，我说是陈李线。他又问10公里呢？我说是228省道。书记又问，你说的准确不准确啊？我说印象中是这样，让我再求证一下。后来我问县交通局唐兆明局长，他说我的回答非常准确。我当时判断的依据是旧的县政府到港口17.6公里，再加2.4公里应该是陈李线；228线是新修建的省道，我从新政府到港口15分钟车程，由此断定10公里是228线。这件事虽小，却提醒我一定要熟悉全县情况。因为在领导心目中，发改委主任就是万能词典，应该无所不知，至少常识要比别人知道的多一些。譬如射阳风电发展迅猛，装一台风机多少钱，风机转一圈发多少电，每度电的价格补贴如何，每个风叶有多长，陆上风机间隔距离是多少，射阳的陆上、海上风电资源规模有多大，分散式、集中式光伏资源有多少，等等。这些都是领导关心并时常询问的话题，也是发改委主任的必答题。

在部门担任一把手，我有一个最直观的感受：无论在怎样的岗位上，都要精通业务，否则，你就永远是外行领导内行。你可以不熟悉业务，但你不能不学习业务，不仅要学习，还要钻研业务。我对发改委业务的不熟悉是最大"软肋"，但领导又不可能给我太长的适应期。为此，我争分夺秒地学习部门业务，充分利用晚上时间研究政策，熟悉县情。刚到发改委工作的那段时间，我在夜里12点之前极少休息。周末时间，我跟驾驶员两人"偷偷"到镇区察看列入市县的"两重一实"（重大项目、重点工程、为民办实事）项目，连全县的统计年鉴都认真查阅，对重点镇区情况做到心中有数。

我当时恶补业务，在很大程度上也是被领导的严要求"逼迫"所致。在后来的工作中，戴书记每次召开经济形势分析会时，总是由县发改委汇报，其他经济部门补充。他对镇区工作的评价，一直坚持问题导向，只讲差距不说成绩，用他的话说，成绩不讲跑不了，问题不讲改不了。有些板块习惯于先总结些成绩，哪怕是介绍一点点成绩，都会招致他的批评甚至干脆叫停，然后点名相关部门对镇区"点评"，发改委几乎成为每次必须发言的高频部门。坦率地说，作为旁观者，我觉得镇区工作在高强度的压力下还是十分辛苦的，不这样讲对不起大家付出的辛勤劳动，因此我的发言有时也适当"添加"一些表扬的内容，结果虽然不是自吹自擂，但也收获了书记的变相批评："今天的发言，统计局最好，工信局也很有质量。"没有被领导表扬就等于批评，参会的同仁们个个心知肚明。

在学习业务的同时，我思考更多的是发改委工作到底该怎么做。争取上级发改部门的大力支持，是县级发改委主任义不容辞的责任。在这一点上，戴书记为县发改委和县财政局网开一面，别的部门出行须提前向主要领导请假，我们两部门可以先出去，回来再报告情况。并明确要求我，每月跑一趟国家发改委，每周去一趟省发改委，市发改委随时沟通，保持密切联系。

不得不说，超强度的工作运转，也让身体时不时地向我发出"警告"。我在离开发改委后不久便大病一场，元气大伤，别人不明就里，我却心如明镜。多年来不知疲倦地工作，我真的感觉很累了，身体的表象很壮硕强健，但这部"机器"上的许多零部件都在不停报警。

从县委办工作起，我就习惯了焚膏继晷、兀兀穷年的秘书生活，时常通宵达旦赶写材料。现在的年轻人已很难体会我们当年的艰辛。写好领导讲话稿之后，需要到打印社专门打印，领导修改后还要重新排版，有时不满意还要推倒重写。久而久之，失眠成为常态。后来的工作都不算轻松，特别是筹建县行政服务中心的半年里，每天的工作计划都排得很满，总感到时间不够用。筹建班子几乎每天只休息四五个小时，大家互相鼓励，只为中心能够如期高水平运行。到县发改委后，我感到自己的睡眠质量更差了，满脑子都是事情，特别是刚开始那两年，真的是睡梦中都想着工作，凌晨三四点钟就再也无法入睡。

我的胃也曾向我提出强烈"抗议"。记得突然有一天，胃疼得厉害，便赶紧到医院做胃镜。检查的结果让我大吃一惊，医生说我是"高位胃炎胃底部，萎缩性胃炎胃窦部"，直到今天我也没有弄明白是怎么回事，只记得当时胃部那种灼心的痛。后来我寻医问药，最远从北京背回几十斤熬好的中药，才将岌岌可危的胃从危险境地拽回来。

长期的失眠和高强度的工作，让我早早就出现了高血压，迄今服药已20多年。到了县发改委后，我一直保持着一种阳光心态。我相信这种心态能够治愈生理疾病，缓解许多不适症状，尽管有些基础疾病还在潜滋暗长。

我在县发改委工作的日子里，身体上的毛病越来越多，从头到脚的毛病让我不胜其烦。我从来没有跟任何人提及身体出现的各种"毛病"，仅把它当作人到中年"亚健康"的共性问题，根本没有当回事。但有时候，身体总有一些莫名其妙的小毛小病偷袭，让我防不胜防。有一次晚上9点多钟，我赶到南京。夜里12点左右，突然腹部疼痛难忍，在床上躺也不是，坐也不是，站起来走也不是，揉也不是，浑身大汗淋漓。本来想挨到天亮，却实在坚持不下去，只好叫醒驾驶员，陪我去医院。在省人医急诊，医生说看样子像肾结石，安排我拍片检查，果然如此。我想这是此前从未出现过的新毛病。医生叮嘱我，先吃点药缓解疼痛，平时一定要多喝水，有时间经常跳跳，想办法把结石排掉才行。我忽然想到，这一段时间真是穷忙，连喝水的时间都被工作挤占了。

还有一次参加县四套班子扩大会，我突然感到一阵眩晕，瞬间失忆，镇定下来才知自己在会场，到现在都没弄明白是怎么回事儿。又有一次，我感觉左胸部一阵疼痛，间歇性的。我跟时任县卫健委主任的张蓉同志提及此事，她十分关切地提醒我要重视，让我立即到医院检查，并迅速帮我联系了检查的医生。在县医院检查后，医生就说我心脏不好，先开点速效救心丸给我，建议进一步检查。那天偏偏很忙，我看症状有所减轻，也就没太当回事。

谁知到了晚上，身体再次感到不适，我又到离家不远的县中医院就诊。这次，医生要求我立即做冠状动脉CT。我这才意识到，我从来没毛病的心脏，怎么一发病就这么吓人呢？

第二天，我便到省城挂了个专家号。一位极富临床经验的中年女大夫，戴着一副眼镜，在简单地号脉和询问之后，问我，平时心脏有感觉吗？我说没有。随后，她说了几句让我非常震惊的话：我就不问你做什么工作了，总之你对工作是很投入的，你的心脏到了这种程度，平时竟然毫无感觉。你必须立即进行治疗，否则后果很严重。她还对我提出三条刚性要求：第一，必须保证睡眠，每晚最迟不得超过10点半休息，每晚休息时间不得少于6小时；第二，必须立即进行系统治疗，最好能放下手头工作，不能从事高强度的工作；第三，一定要在思想上重视，否则会有大麻烦。

我听出了她的弦外之音，又觉得她是不是夸大其词了。我从心理上排斥她的这种危言耸听，但又不得不将自己浮躁的内心沉淀下来，接受医生的忠告。她还建议我最好能住院治疗，我说等我回去办好手续再说吧。回射阳后，我便坚持服药。因为有些会议放在晚上开，有些工作必须晚上做，有些时间确实不由自主，只要身体没有明显异常，我仍然坚守岗位。记得有一天，时任县长的吴冈玉同志约我汇报一下海上风电情况，已是晚上9点多，她仍在会办国有企业相关工作，让我稍等。那些天感觉身体确实非常糟糕，又不便说出口，无奈之下我发了条短信给她，说我不能熬夜。她非常理解，会议间隙特地抽空出来询问些情况，然后要我立即回家休息，让我非常感激。

在县发改委工作的这2000天，总像被无数的事情积压着，总是忙不完、做不尽，而且一件接着一件。更让我犯难的是，上边要的材料都非常急，有些今天刚发来的文件，最迟明天就要将材料报上去，有些材料虽然以发改委名义上报，实际反映的是全县工作。因此，即使我们匆匆忙忙将材料形成了，还得按程序报批，一般流程是分管的常务副县长先审核，后由县长审定，再报书记审签。将材料留给两办送签还不合适，因为有些数据、项目还真得由我向领导汇报清楚，让领导了解事情的来龙去脉才行。这样的审批程序，客观上让我们的工作量增加不少。

但不管怎么说，我还是在千头万绪中开局，在忙碌奔波中应对，在力求完美中尽力。我坚信幸福是奋斗出来的，奋斗需要实干，需要激情，需要一往无前的坚韧，需要撸起袖子加油干的执着！这是一种自觉，一种习惯和责任，一种修养和境界。不因外界环境的改变而被动应付，不因失去进取的动力而降低标准，不因自身情绪的波动而放弃追求，不因自我释放压力而忘了初心。这种自觉自愿的奋斗，是对各项工作的预见和充分准备，是对艰巨任务的研究和胜券在握，是对目标任务的完成和坚定刚毅，是对事业追求的笃行和一往情深。奋斗的要义不只是为了生存，更是造福社会、实现价值；也不是为了取悦别人，而是坚守本真，无愧于心。我深知每个不曾起舞的日子，都是对生命的辜负。我这样安慰自己，也告诉我的同事们：

    有一种忙，叫忙而不乱，紧张有序，工作体现出节奏和层次、质量和效率；

    有一种忙，叫举重若轻，计划缜密，张弛有度，讲究方法技巧、轻重缓急，安排井井有条；

    有一种忙，善借外力，齐心协力，团队作用发挥得淋漓尽致，让大家忙并快乐着；

    有一种忙，体现超前性、前瞻性、主动性，忙得潇洒自如，忙里偷闲且喝一杯茶去；

    有一种忙，是一种超脱，一种智慧，为在当为处，忙在该忙时，不为物役，不为心累，处变不惊，气定神闲。

    忙，是一种状态。这种状态可以叫充实，助推事业成功，忙到幸福无边；这种状态也可以叫负担，让人劳其筋骨，累到一事无成。

我也想美美地睡个懒觉，享受惬意的时光。罗素说过："不要因为睡懒觉而感到自责，因为你起来也创造不了什么价值。你能在浪费时间中获得乐趣，就不是浪费时间。"可惜，因为工作而带来的失眠，让我浪费时间的机会都没有了。

二、组织关怀的温暖

在县司法局局长的岗位上被组织"发现",从远离经济的一线部门调整到县发改委,这在许多人看来不可思议、惊诧莫名,但偏偏发生在我身上。我的老领导、后来在滨海县担任副书记的周岚同志听说我调整到发改委工作,就跟我的滨海同行讲,你们以后可能要注意向射阳学习了。周岚书记显然是抬举我了,她在射阳工作时任县委常委、宣传部部长,我们在工作上也有两年多的交集,她对我的工作非常支持也高度认可。但不管怎么说,无论是文广新局还是司法局,现在大跨度调整到发改委工作,对我是极大的挑战,我相信组织上也是冒着一定"风险"的。

《资治通鉴》有一段记载:上令封德彝举贤,久无所举。上诘之,对曰:"非不尽心,但于今未有奇才耳!"上曰:"君子用人如器,各取所长,古之致治者,岂借才于异代乎?正患己不能知,安可诬一世之人!"意思是说,江山代有才人出,各领风骚数百年。天下不是没有人才,关键看你能不能发现人才,我们不可能隔代借才。唐太宗作为一代明君,开创了史上最辉煌的"贞观之治",他的周围,文能治国、武能安邦的英才辈出,跟他慧眼识才、唯才是举的用人观有极大关系。

组织上是怎么"看上"我的?我透露一些鲜为人知的秘密。

戴荣江书记到射阳工作后,推动了旧城改造和农村河道、环境整治工作。当时县司法局负责旧城一个片区的拆迁工作,联系洋马镇的环境整治工作。那年五一节期间,在中央党校学习的戴书记回到县里检查工作,他向来轻车简从,而且不喜欢提前打招呼。那天他途经司法局负责的拆迁片区,我恰恰就在现场。书记问我,拆迁有难度吗?我说应该没有。他问为什么?我说我们一是亲情拆迁。我们副局长桂阳的母亲就住在那个小区,桂奶奶很有号召力,让他家示范带动;

二是依法拆迁。我们是管律师的部门，用足资源优势，让律师全程参与；三是调解拆迁。我们没有安排机关人员都参与，而是让平时专门负责社会矛盾调解的科室人员参加，王曙明、张林等同志经验非常丰富，让他们到一线开展工作。再说，旧城改造是造福市民的项目，工作做到位，就不会有难度。书记显然认同我的看法，并相约一个月后他从北京回来再来看进度。

戴书记从北京学习结束后，听闻司法局负责的片区仅剩一户待拆，十分赞许地说，司法局的经验值得推广。他还对我作为部门主要负责人假日在拆迁现场感到满意。说实话，我无论在哪里都认真负责地对待工作，对县里交办的事情更是一丝不苟。没想到无心插柳，让此前根本不认识我的县委主要领导对我留下"好印象"。

无独有偶。在旧城改造如火如荼推进的同时，农村环境整治同样热火朝天，我们司法局分工联系洋马镇的环境整治工作。当时我们成立督查组，对洋马镇所有河道巡查一遍，在不间断的督查中将发现的问题列出清单，及时向镇里反馈。洋马镇党委、政府也高度重视，迅速组织攻坚，还专门邀请我去跟镇村干部作了交流。

为了做好洋马镇环境整治工作，我们司法局班子专门开会研究工作计划。大家一致认为，这项工作是县委、县政府赋予我们的一项重要工作，参与整治责无旁贷，既当督查员，又当战斗员。我们安排一个专门班子、一台专车不间断地巡查，利用周六、周日时间走村串户，把全镇每一个农户、每一条河流都查过去。我要求机关全体同志分成4个组，进驻8个村，直接与村书记对接，中午就在农户家代伙，自带伙食费。好的典型宣传，差的典型曝光。同时帮助完全丧失劳动能力的农户整理家前屋后。我们还从有限的机关办公经费中挤出1万元，设立奖励基金，由局里和镇里共同评比最美河道、最美农家、最美村庄。同时印发一批宣传资料赠送到每个农户手中，帮助做好宣传发动工作，帮助镇村完善台账、建立网格化整治地图，共同探讨如何建立长效管理机制。

当年底，洋马镇在全县环境整治考核中获得第一名，县司法局也受到表扬。时任县长的唐敬同志坐在总结会的主席台上，用目光扫到前排的我说，联系部门司法局相应获得第一名，这个结果县里是认的，但许多部门工作不比司法局差，司法局不能骄傲。我连连点头。我想，只要坚持，就有收获；只要付出，总有回报；只要认真，就会出彩。

还有一件事，让组织上对我的印象"加分"。

戴荣江书记到射阳后，大力推动结对帮扶、扶贫济困工作，创造性地提出"四个托底"。简而言之，就是对读不起书、看不起病、过不起节、住不起房的特困群体，由政府托底解决，并且形成了一系列制度保障措施，取得了显著成效。县里每年安排托底资金超 3 亿元，被国家发改委领导称作"一件有意义的方向性的大事"。根据县里的安排，我结对千秋镇二涧村一个叫周雨的孤儿，她父亲溺水身亡，母亲远走他乡无影无踪，自己被爷爷奶奶抚养。我便买了书包和书籍，登门看望周雨。那天偏偏她不在家，爷爷说是一对双胞胎，还有一个叫周雪呢。我当即承诺对姐妹俩一起照顾，一起帮扶。后来，我还写了篇帮扶日记《牵挂你的人是我》，发在《射阳日报》上。

没想到，我的这篇短文再次引起戴书记关注。他在报纸上立即作出批示："请四套班子成员、各镇区党委、政府主要负责人，各部门（单位）主要负责同志一阅。希望大家从中感悟，做好结对

戴荣江书记批示

帮扶工作。"事后我了解到，戴书记不仅对我的帮扶行动很认可，对部门主要负责人亲自写文章也是点赞的，他的识才爱才之心可见一斑。

当然，除了县委主要领导对我的"赏识"外，另一位县委领导也是力荐我的，她就是时任县委常委、组织部部长的盛艳同志。她对我在文广新局的工作充分肯定。我被组织上调整到司法局，初来乍到射阳工作的她也感到很惋惜，在她看来，至少我做文化工作还是比较合适的。

因此，当用人的春天到来的时候，她无疑是让我到发改委工作的重要推手。记得有一次，戴书记突然通知我到他办公室，征求我对工作的意见，问我有没有什么想法。我果断地回答没有想法。他又问我想不想调整个工作，我说感谢书记的关心，我在司法局一定尽心尽力工作，不给领导添任何麻烦，说不定还能出点彩。书记语重心长地对我说："用好一个人首先以事业为重，把合适的人放到合适的岗位上，这是对党的事业负责。当然，对个人和家庭来说也很重要，我没有征求过任何人意见，今天我想问你的是，如果组织上一定要调整你，你有什么想法？"我感觉到书记语气中对我的关心和不容置疑，也向书记表达了心迹：非常感谢书记对我的关心！如果组织上一定要调整我，那就找一个离书记不远不近的部门吧。

其时我的真实想法是，我虽然在县委办工作十多年，但离开县委办很久了，办公室业务也生疏了；现在领导要求那么高，节奏那么快，我已年过半百，适应不了了；自己虽然有一定文字基础，怕也不适应领导的风格了。

说实话，我当时说离书记"不远不近"，其实也有一种预感：戴荣江书记将要彻底改变射阳！作为一名旁观者，我能感觉到他励精图治、卧薪尝胆的决心和革故鼎新、敢为人先的魄力。我发自内心地相信，射阳真正发展的春天到来了！站在离书记不远不近的位置上，能够非常清晰地看到新一届县委的决策层次，也能施展一下自己老当益壮、宁移白首之心的抱负。书记却不冷不热地对我说："我知道了。你马上再去找一下组织部盛部长，把你的想法也告诉她。"那次谈话以后，我旋即找到盛艳部长，汇报了和书记谈话的情况。她笑容满面且意味深长地对我说："不管以后做什么，做好当前工作最重要。"

田海波同志担任县委常委、组织部部长期间，我还荣幸地被聘为全县党员教育名师和青年成才导师，为青年组工干部开设的《在最美的年华，做最美的事业》讲座，受到青年朋友的欢迎。田部长是一位工作充满激情、文字能力超强、极其儒雅大度、识才爱才、创新创优的学者型干部，工作理念的相近让我们之间配合默契、心有灵犀。虽然平时工作上的交集不多，但他对我以及我们发改委的关心关怀自不必说，我一直以欣赏、仰慕的目光注视着他工作上的创新举措以及县委组织部对优秀年轻干部的选拔和培养工作。而田部长也一直对我们发改委的工作给予鼓励和褒奖。

组织上的关怀，不仅让我感受到温暖和力量，也让发改委的全体同仁精神饱满，干劲十足。我觉得，只有让年轻人感到有动力，有盼头，一个地方的发展才有活力，有希望。正是在各位领导的关心支持下，我和我们发改委的工作才开展得有声有色，有滋有味。

三、高处不胜"暖"

无论是在职期间还是去职以后，很多人羡慕我作为一个县级发改委主任，跟国家和省、市发改委建立了通畅的沟通渠道。我一方面要感谢几任县委主要领导的一种制度性安排，让我有机会多次去省去京，到上级发改部门有一种宾至如归的感觉；另一方面特别感谢上级领导对基层的关心关爱，他们强烈的为基层服务的意识让我感动，时常让人感受到别样的关怀和温暖。

发改委作为中国行政体制中的一个极其重要、极其特殊的部门，越往上，在宏观经济调控和国家经济社会发展中的地位越突出。因为权力相对集中，过去也出现极少数腐败官员，发生了一些大案要案，严重损害了发改委系统的形象，带给社会负面观感。

我到发改委工作后，在与国家、省、市发改委对接工作的过程中，深深地感受到，真正的害群之马毕竟是极少数，绝大多数领导都清廉为官，十分体恤基层的辛苦。他们想基层所想、急基层所急的情怀，他们的政策水平、服务意识、敬业精神十分令人钦佩。特别是对我们最基层发改委工作的理解和支持，更让我对他们钦佩有加。

犹记我第一次去国家发改委的情形。大约是在 2016 年 8 月份，我赶到北京时已是晚上。为了弄清国家发改委的具体方位，我站在国家发改委大门外，凝望这座经常在新闻联播中看到的别致大楼，心中顿生"庭院深深深几许"的感慨。第二天，我小心翼翼地在门口登记、坐等领导约见。进了大楼后，又诚惶诚恐地找到我要拜访的领导处室。让我惊掉下巴的是，这里并不是我想象中的门庭若市、热闹非凡，而是寂静得让我也不得不放轻脚步。轻轻敲开外资司综合处办公室的门，才发现这个大办公室里"人满为患"，大家各忙各的，神情非常专注。

我约见的领导，轻声而又热情地示意我"进来"，然后顺手拿了把椅子让我紧挨着他落座，详细询问了我的诉求，并作了政策解读。临了，还专门给我两张工作餐券，让我就在食堂午餐。我也第一次体验并享受了国家机关工作人员自助餐的"待遇"，虽不算丰盛，却吃得有滋有味，心满意足。

青山一道同云雨，明月何曾是两乡。上级发改部门一直把我们基层发改委同志当作"家里人"，对我们提出的问题总是有求必应，甚至没有条件也要想方设法满足我们的诉求。在我向上对接工作过程中，国家、省、市发改委对我们尽心尽力帮忙。

辉山乳业落户射阳后，与奶牛场配套的大型沼气项目也提上议事日程。当时正赶上国家对大型示范项目实施中央预算内资金补助，我们接到通知后立即开启申报工作。辉山紧锣密鼓开展前期工作，立项、审批、规划、环评等手续一应俱全，但是由于省级沼气项目管理职能在江苏省农林厅，我们在申报过程中衔接上出了问题，导致延误了申报时间。省发改委农村处唐勇副处长了解情况后，立即帮我们协调农林部门，最后为我们如期申报了2750万元补助资金。

中央预算内资金如期下达后，辉山乳业立即启动建设。但让人意想不到的是，3月下旬的一天，辉山乳业在香港股市遭浑水做空，突然崩盘，股价在半小时内跌去90%。辉山从此一蹶不振，实体经济也受到沉重打击。辉山射阳工厂的生产经营也受到一定冲击，沼气项目无法再追加投资，被无限期拖延。

怎么办？按照相关规定，中央预算内资金如果不能及时投入到位，须全部收回，相关责任人要被问责。同时，射阳辉山乳业项目将再也没有翻身机会。射阳县政府经过审慎研究，决定由地方国企接手建设。但投资主体的变更谈何容易！国家发改委能批准吗？刚开始，省发改委看我们的项目迟迟没有进展，非常着急，待我们将射阳国企接手续建的方案汇报后，省发改委认为重新报批虽有难度，但也表示理解和支持，还答应帮助我们跟国家发改委协调。最让我们感动的是，唐勇处长为了保留我们这个项目，顶住了被领导批评的压力，不止一次陪同我们赴京对接。精诚所至，金石为开。国家发改委领导被我们省、县发改委感动，不仅同意调整，而且在国家发改委当时文号特别紧张的情况下，专门为我们这个项目的调整下发了文件。

2021 年，射阳辉山乳业项目被上海光明乳业溢价收购，如今生产经营红红火火。可喜可贺的是，沼气项目也于 2020 年底建成，如今已成为一、二、三产业融合发展、年综合效益 5500 万元的富民增收项目，成为绿色循环农业的典范。

在我县高端纺织染整区投资的上海题桥纺织，也遇到过一件麻烦事。我对题桥纺织董事长潘玉明一直充满敬意，他当时将项目从上海转移到射阳，一次性建设厂房 40 多万平方米。后来我去了解项目建设进度，几次见到潘总在现场督促施工，可见他对题桥项目有多上心。题桥引进了许多国外先进设备，每年的进口设备退税也不少。有一次，我到省发改委对接工作，临海镇题桥纺织企业那年进口大量欧洲设备，理应享受国家设备奖励近千万元，但由于第三方机构工作疏忽，面临近千万元的直接损失。企业负责人十分焦急地打电话给我，希望我能死马当作活马医，帮他到国家发改委争取一下。当时我正在省发改委对接工作，便找到相关处室，交流中得知，由于机构改革，进口设备奖补职能即将由国家发改委调整到商务部，就是说国家发改委最后一次办理此项业务。射阳这家纺织企业完全符合奖补条件，近千万元奖补资金也不是小数目，但由于申报材料不及时，错过了上报时间，经过省里与国家发改委沟通，说已呈报领导审批，无法更改。我了解原委后，立即从南京乘高铁去北京，由于是补票，几乎是全程站到北京。到北京后，我马不停蹄赶到国家发改委，向外资司综合处相关领导汇报了企业情况。对方二话没说，立即帮我们协调相关处室，并通知企业和江苏省发改委补报材料。国家发改委分管领导十分理解企业难处，发现今后没有补救的机会后，同意将射阳这家企业列入当年奖补名单，并重新履行签批程序。就这样，企业设备奖补资金失而复得，企业老总逢人便夸我们发改委真正想企业所想，急企业所急，我也在这样的服务中快乐着企业的快乐。

新冠疫情暴发以后，医疗物资紧缺成为共同的难题，各地发改委作为紧急物资保障部门，购置医用防护物资成为当务之急。我们射阳连一家生产防护物资的企业都没有，所有医用口罩、测温枪、防护服都需要外购，连简易防护服、消毒液都需要外购。当时由于全国出现抢购潮，钱抓在手里都没法买到。怎么办？我想到了省发改委。因为疫情原因，不能直接赴省城，便电话联系经贸处周晓林处长，请她帮忙。她告诉我全省防疫物资吃紧，江苏不仅要自保，还要为全国多做贡献。我知道省里的难处，本来就是碰碰运气。周晓林处长也知道我们的难处，便让我们以县政府的名义具文上报，需要哪些物资、具体数量、平价采购金额都写清楚。我向县里领导汇报后，立即出具请示报告，购买物资的数量只是解决我们的燃眉之急。仅仅过了 3 天，周晓林处长就在电话里告诉我，说经过协调，领导已经批准我们的报告，同意拨付，但需要平价采购。在那样一个特殊时期，钱还是问题吗？更何况是平价！我真是喜出望外！

周晓林处长是一位做事标准高、自我要求严、协调能力强、工作研究深、很有情怀、有着浓浓的家乡情结的领导。她时刻关注家乡的发展，处处支持家乡的建设，不仅在家乡需要时雪中送炭，在其他政策扶持上更是锦上添花。省发改委经贸处负责全省现代物流、粮食仓储、棉花配额等，射阳又是传统的棉纺大县，一度要打造中国纺都。因此，只要政策许可，周晓林处长都能给家乡极大支持。

不只是周晓林处长，省发改委其他许多领导，从主任、副主任到处长、副处长，再到其他工作人员，都对我们的工作给予极大支持。我每次到省发改委办事，都有一种回家的温暖，到家的幸福。在省发改委办公室的沟通协调下，我们请求省里支持的事项几乎畅通无阻；在省重大项目办的支持下，我县重大工业项目连年入围全省重大项目库，从未缺席；在社会事业处的关怀下，我县 19 个足球场的建设成为唯一获得省级资金扶持的项目；在财金处的精心指导下，我县很快实现发行企业债"零"的突破；在高新技术处的鼎力帮助下，我县海普润公司成为当年全市唯一获得省战略性新兴产业资金扶持的企业；在省能源局的强力推动下，我县上报的海上风电项目，在抢装热潮下全部获得省级核准……每件往事都给我留下了深刻的记忆，每件事的背后都有许多温暖的故事。我时常被上级发改部门服务基层的真心诚意、满腔热情所感动，更愿意在今天为他们的热忱服务、无私奉献深情点赞。

在中国的行政体制中，发改委绝对拥有举足轻重的地位，国民经济的计划安排、重大项目的立项审批、国家宏观政策制定、各种扶持政策出台等等，都离不开发改委。我每次到国家、省、市发改委，都能捕捉一些新的政策信息，有些"意外"的收获。我觉得任何主政一方的领导，如果不重视发改委工作，不把最优秀的人才配备到发改委，绝对是一个损失，至少不是一个出色的领导所为。

有一次，我去省发改委对接工作，一位领导跟我做了个形象的比喻，说各地发改委主任就如同一个班级的学习委员，必须出类拔萃，无论靠先天聪慧还是后天勤奋，总之必须是学霸和学习标兵，否则根本起不到学习标杆和示范带头作用。而我们有些地方在选人用人时，却把发改委主任岗位当作晋升的官阶和平台，将一些能力欠缺的人放到发改委，尽管同学们嘴上不说什么，但心里肯定不服，结果都把怨气出到"班主任"头上。这个"班级"学风不正，整体成绩绝对好不到哪里去。

因此，无论担任哪级发改委主任，都是一份责任，都要有一份担当，都应当加倍努力，为区域经济发展做出积极贡献，不辜负组织的信任和期望。

四、老吾老以及人之老

尊重老同志是传统也是美德。我常常想，老同志是我们社会的极其宝贵的财富，他们拥有丰富的人生经验和阅历，他们具有极其纯粹的思想和见解，特别是那些老党员、老干部，他们的思想觉悟、政策水平、对国家大事和地方经济发展的关心，甚至超过了我们许多在职的同志。再者，有一天我们也会变老，尊重老同志就是尊重未来的自己，你今天如何对待老同志，人们今后也会以同样方式对待你。因此，我无论走到哪里，都跟老同志建立良好的关系。

刚到县文广新局工作时，我发现一批老文化站长怨声载道，电影院、文化剧场的一批老职工不断联名上访。原来，老文化人工资中的绩效部分被扣发，老文化单位职工的政策补助也享受不到。我到任后积极争取县里支持，千方百计解决他们的实际问题，支持他们为文化繁荣继续发光发热。局里每年定期召开老干部座谈会，听取他们的意见和建议。合德镇老文化站长在省里获大奖，我们还专门买了一把他心仪已久的葫芦丝奖励给他。一枝一叶总关情，这些举措抚平了老同志心中的怨气，成为我们推进文化大发展大繁荣的积极力量。

到县司法局后，我对老同志更高看一眼，关心有加。他们中有徐恒昌等一批德高望重的老干部，对司法工作充满感情，对我推动司法行政工作跃上新台阶寄予厚望。我请他们出山，对青少年开展普法教育，组织别开生面的夕阳红法制宣传队，还将一批离退休的文化人吸收到普法宣传上来，送法制楹联、法制年历下乡，制作法制农民画、剪纸等，将法制宣传搞得红红火火。

到发改委后，我更感到这条线的老同志简直是一座宝藏！他们中有些是担任县四套班子的老干部，有些是我在"两办"工作时特别敬佩的理论家，有些至今仍活跃在经济一线。

在发改委工作期间，我专门找来老干部支部的陆红卫同志，叮嘱她一定要把老干部工作做好。委里在人力、财力方面全力给予保障和支持，同时改选了老干部支部，充实了年轻力量，使老干部活动得以常态化开展。每年年底，再忙我都要参加老干部座谈会，向他们汇报全县经济社会发展情况和我们县发改委工作情况，听取他们的宝贵意见。他们对全县近年来的发展欢欣鼓舞，同时也提出了许多合理化的建议，我也及时向县委、县政府主要领导汇报，以期引起重视。

为"光荣在党50年"老党员授纪念章

2021年7月1日，中国共产党迎来百年华诞，中组部为光荣在党50年的老党员专门授牌。我们以此为契机，隆重举行"光荣在党50年"纪念章颁发活动。这是以中共中央的名义制作的荣誉勋章，获此殊荣的是将毕生精力都献给党的事业的革命前辈。在雄壮的国歌声中，22位老党员及其亲属代表喜获纪念章。他们激动万分，张万基、孙晋高、黄金辉等老同志忆往昔峥嵘岁月，以发自肺腑的心声，表达了坚守初心跟党走、矢志不渝感党恩的执着情怀，更加坚定了一生属于党、忠于党，年龄上可以退休、政治上永不退休的坚定信念。参加活动的全体党员心潮澎湃，热血沸腾。大家都觉得这是一堂生动的党史教育课，增强了不忘初心、牢记使命的思想自觉和行动自觉。新党员代表王蕾同志作了精彩的表态发言，我在讲话中充分肯定了老同志所作出的历史贡献。虽然他们早已离开工作岗位，但党中央没有忘记他们，各级党组织没有忘记他们，人民也不会忘记他们为党的事业立下的汗马功劳，建立的不朽功勋。他们是党和国家的宝贵财富，是全县经济社会发展的有功之臣，是我们单位的骄傲和自豪，更是每个家庭的精神信仰和快乐源泉。

我说，一枚小小的纪念章，是对光荣在党 50 年老党员一生的精炼概括。穿越半个多世纪的风雨，老党员们初心不改、无怨无悔的崇高信仰和坚定信念让人感动，令人动容：

　　光荣在党 50 年，这是值得你们毕生骄傲的光辉岁月！你们带着血气方刚的满腔热情光荣入党，带着矢志不渝的坚定信念为党奋斗，带着对党的无限忠诚坚守初心。你们的人生履历也许并不闪光，人生经历也没有惊天动地的壮举，但位卑未敢忘忧国，你们的一生写满了平凡人的精彩，创造了普通人的奇迹。翻看你们泛黄的简历，追寻你们筚路蓝缕的足迹，我们感受的是一份伟大和敬仰：你们有的因家境贫寒，小小年纪就光荣入伍，在炮火纷飞的战场接受九死一生的考验；有的虽然文化程度不高，连入党志愿书都请别人代写，但对党的信念却坚如磐石；有的在人生的旅途上遭受挫折，受到误解，却始终没有丧失革命意志。曾经的你们，无论是领导同志还是普通职工，都勤勤恳恳、兢兢业业地工作，从不炫耀自己光荣在党五十年以上的资本，从不吹嘘参加革命和社会主义建设立下的功勋，从不向组织提任何非分要求，哪怕是一些合理的要求，也用一句"不给组织上添麻烦"而将困难永远留给自己和家庭。即使退休以后，也以一份家国情怀关注国内外大事，为地方经济社会发展建言献策。你们真正做到了深藏身与名，淡泊名和利，老骥虽伏枥，不坠凌云志。

跟光荣在党五十年、六十年、七十年的老党员、老前辈相比，我们无论党龄多长，在你们面前都是后生，都是晚辈。今天参加活动的所有党员同志，跟你们相比都是年轻党员，他们中有的还是刚刚入党的新秀。但可以让各位老党员、老前辈欣慰和欣喜的是，我们党的事业后继有人，英才辈出，从你们手中接过的接力棒，将一代一代传下去。

从当年计经委沿袭而来的发改委，承担着全县经济综合部门的重要职责。全体同志都以良好的精神状态，继承前辈们的优良传统，埋头苦干，砥砺奋进，各项工作得到县委、县政府的充分肯定。我们助力全县连续四年跻身全市综合考核一等奖，连续四年获得全国综合实力百强县且名次不断前移，一批重大事项获得国家、省、市发改部门的大力支持，县发改委也连续多年获得市县综合先进单位，2019年首次获得全省综合先进奖。

最近一段时间，国家发改委、民政部领导，省、市委主要领导和有关领导，相继来射阳调研指导，看到我们高质量发展的强劲势头，尤其是迅速崛起的新能源产业、优美怡人的绿色生态环境、独树一帜的养老体系建设以及"四个托底"的扶贫攻坚举措等，都给予极高评价。国家发改委领导盛赞我县"四个托底"是"方向性大事"，养老体系建设在全国有示范意义，省委书记娄勤俭同志称赞黄沙港渔港"是我想象中的渔港的样子"。

面向"十四五"，县委、县政府提出，致力打造"新兴魅力港城、海上风电名城、两山实践基地、大美鹤乡福地"。我们可以无愧且自豪地向各位老党员、老前辈汇报的是，我们发改委一定能够把你们的好作风、好传统延续下来、传承下去，在你们夯实的良好发展基础上，在县委、县政府的坚强领导下，我们一定能够围绕中心、服务大局，不辱使命，不负厚望，在争当表率、争做示范、走在前列的"两争一前列"实践中交出优异的发改委答卷。

再过几天，将迎来党的百年华诞，从嘉兴红船上启航的红色政党，冒着枪林弹雨，一路劈波斩浪，不仅打下了红色江山，而且建成了巍巍中华。今天，这个百年大党正带领全国亿万党员干部和近15亿中华儿女，在改革开放的新征途上披荆斩棘，勇往直前，为实现中华民族伟大复兴的中国梦不懈奋斗。尽管前方还会有激流险滩，还会遇到各种挫折困难，但任何力量都阻挡不了中国人民前进的步伐，一个富强、文明、繁荣的盛世中国，正在昂首阔步地向我们走来。

也衷心祝愿每位老党员、老前辈都能健康长寿，颐养天年，共同见证百年大党正青春、百年风华向未来的崭新风采。让我们永远铭记老党员的历史贡献，在光辉荣誉的感召下，握紧"接力棒"、扛起"使命旗"，以坚定的信念、优良的作风、实干的精神，奋进新时代，融入新格局，逐梦新征程，奋力开拓全县经济社会发展新局面，为实现中华民族伟大复兴、迈向世界舞台中央奉献更多的智慧，做出更大的贡献！

我们还专门制作了短视频《传承》，通过对光荣在党50年老同志的跟踪采访，展示他们深藏功名、坚守初心的鲜为人知的精彩人生，号召机关全体同志向老党员学习致敬。这个短视频在县直机关引起热烈反响。

在我离开工作岗位两年后，一个偶然的机会，我遇见盐城市政协姜友新副主席。她是我敬重的领导，曾任射阳县委常委、宣传部部长，后又担任盐城市委宣传部副部长、组织部常务副部长等职，对我一直关爱有加，对宣传工作更是充满感情。我没想到，我们制作的《传承》和举办的"光荣在党50年"活动，她不仅看过，还给予了极高评价，认为一个县级机关单位举办如此高品质的活动，将党的主题教育搞得如此多姿多彩，实属难得。虽已时过境迁，但面对姜友新副主席如此高的评价，我还是受宠若惊且倍感荣幸的。个别老同志参加完"光荣在党50年"活动就离开了人世，我想他们一定会含笑九泉的。

2019年5月28日，射阳县发改委（原县物价局）退休干部沈海滨老人听到楼上有救火的叫声，二话没说，立即冲上楼去。由于自己几次冲向火海，造成脸部和膀子大面积烧伤，连头发也被烧掉了，但在120赶到送医治疗前，他竟忘了疼痛，毫无知觉。

沈海滨冒险扑火救人的感人事迹迅速在当地传开，人们盛赞这位67岁退休干部舍身忘我的见义勇为精神。他的家人既为老沈被烧伤感到难过，又为他临危不惧、奋不顾身救火的英雄壮举感到骄傲和自豪。

被烧伤的沈海滨同志

第二天，我就和班子其他同志登门探望，送去组织上的慰问、关怀和温暖，还以组织名义将他见义勇为的事迹向上级推荐。在机关内部，我们也开展了向沈海滨同志学习的活动，彰显一个平凡人的英雄壮举，使优秀者更优秀，让平凡者不平凡。沈海滨同志最终获评"射阳县见义勇为先进个人"，并入选2019年"江苏好人"。

我常常对耄耋之年的长者致以深深的敬意。他们穿越世纪风雨，阅尽人世沧桑，生命显得格外凝重、豁达，暮色苍茫的景色，分外从容！对落日余晖的珍

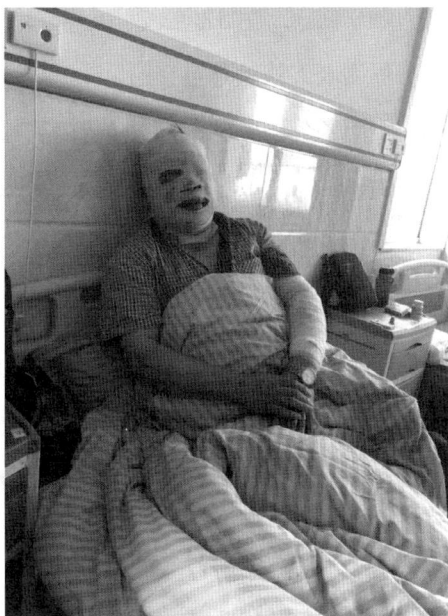

爱，是终其一生的享受。如今，我们已经步入老龄社会，老年人成为我们这个社会庞大的群体，他们需要年轻人的关心关照，更需要得到社会的尊重关爱。尤其对于我这个年纪的人来说，我们已经站在中年人与老年人的门槛上，我们今天如何尊重老同志，也决定了后来人如何尊重我们。因此，老吾老以及人之老，是我们的题中之义。年轻时我们可以说，有一天我们也会变老，如今的我更有资格说，尊重老人就是尊重自己。

在中华人民共和国迎来七十周年大庆的日子里，我动员机关同志挖掘鲜为人知的历史小故事，让每个人都找一个建党百年或新中国成立七十年的小故事，用自己的语言讲出来并汇编成册，专门制作了微视频《我和我的祖国》，让机关全体同志用一句祝福中华人民共和国成立七十周年的"名言"串联成篇，极具纪念意义，让大家珍藏。我们还组织机关人员慰问老红军、老党员、农村困难老人。这些看似平常的做法，却能寓教于乐，潜移默化，让大家不忘历史，不忘老人，珍惜现在，珍惜青春，让事业薪火相传，让人生更有意义。

五、打造优秀团队

任何一个单位，要想工作出色出彩，都离不开团队的优秀优异和团结一心。我特别欣慰于自己在发改委工作的这几年，团队的战斗力爆棚，不仅得到县委、县政府的充分肯定，也收获了社会各界的极高评价。

到发改委工作后，我感到这里确实藏龙卧虎，班子同志要么资历深，曾担任过镇区党政正职或部门一把手，具有丰富的工作经验和决策能力，许多时候能够从一把手的角度谋划工作，出金点子；要么业务水平高，深耕发改工作多年，深得县委、县政府主要领导的信任；要么工作作风实，心无旁骛做工作，从不计较个人得失，兢兢业业任劳任怨。团结这样一个班子队伍，只需要把人心凝聚起来，把工作的积极性调动起来，把每个人的潜能充分释放出来。

列宁说过，一个行动胜过一打纲领。思想工作莫过于此：与其有口无心地学习、照本宣科地说教，不如推心置腹地交流，心有灵犀地沟通。行胜于言。我对班子提出的唯一要求是向我看齐。我觉得论年龄，我是班子中的老大哥，没有人资历比我更老；论加强学习，我算是勤奋的一个，没有人比我更如饥似渴地恶补业务；论工作敬业，我加班加点是常态，假日休息是例外。有一天，闻以军同志告诉我，当工作成为快乐，人间就是天堂。我告诉我的同事们，闻以军同志这句话，应该成为大家的座右铭，把工作当作快乐的事情做，享受人间天堂的美好。闻以军说，这是莎士比亚讲的，我说我只知道是闻以军同志说的呀。

我把班子建设放在首位。一有工夫，我就跟大家拉家常，扯工作，发表自己对某件具体事情的看法，倾听同志们的意见，让班子同志心甘情愿地传递正能量，齐奏大合唱。我认为，团队建设的关键看一把手，必须做到公平公正、正直无私、身先士卒、精通业务、清正廉洁。唯其如此，才能公生明、廉生威，在团队中树立起威信威望，得到大家的认可。我以快节奏的工作、高标准的要求对待每一件事，用自己在每件事上的精益求精要求自己，影响他人，鼓励大家不放过任何一次展示发改委实力的机会。金无足赤，人无完人，我从不奢望自己成为"完人"，但工作中我努力矫正自己的不足。古人说，君子之过也，如日月之食焉。过也，人皆见之，更也，人皆仰之。我在跟同事们一起学习中不断充实完善自己，悟以往之不谏，知来者之可追。

初到县发改委时，中层干部相对薄弱，特别是机关人手少，一批老同志占去不少公职人员编制，人员流动性极差，新进人员难上加难。所幸的是，一批年轻的同志迅速成长，成为我们开展工作的中坚力量。

我对年轻同志提了12条工作要求。我认为能够获得一份满意的工作是幸福的，能够拥有一个舒适的环境是快乐的，能够成就未来精彩的人生是值得期待的，因此建议他们：

1. 不要对工作和未来充满畏惧，要对自己满怀信心；

2. 不要纠缠起步薪水高低，相信你能创造多大价值就有多少回报；

3. 不要过分追求学有所用，中国式就业常常是专业不对口而又能大有建树的；

4. 不要忽略了琐碎小事，那是最能检验你细心程度的地方；

5. 不要对加班心存厌倦，这是对工作敬业忠诚的最直接表现；

6. 不要养成迟到早退的坏习惯，守时是每个人一生都要坚守的良好习惯；

7. 不要对别人要求苛刻，友谊是最宝贵的精神财富；

8. 尊重你的上司，你才能快乐地享受工作的乐趣；

9. 用心做好每件事，甘于在平凡的岗位上创造价值；

10. 不要忽视了虚心向别人学习，你才能不断充实完善提高；

11. 经常参加有意义的活动，提高适应社会的能力；

12. 收获如意的事业与爱情，活出一个完美自信的自己！

这是我的经验之谈，也是阅历总结，没有多少说教，却让年轻人很受用。我告诉我亲爱的同事们，任何时候、任何事情，没有一种持之以恒的动力，没有一种锲而不舍的精神，没有一种挑战自我的勇气，没有一种舍我其谁的气概，是难以获得最后的成功，难以成就精彩的事业和人生的！

一位曾在射阳担任过县委副书记的老领导告诉我，团队建设的核心是三句话：正职要正直，副职要负责，中层要忠诚。我深有同感，遂加了一条：办事员要办事。在此基础上成文的《机关作风建设的四句"金玉良言"》发在公众号"尤子吟视界"上，引起省发改委领导的关注，还专门作了点评。

我还认为，无论是谁，都要珍惜合作共事的缘分，都要爱惜单位的集体荣誉。这反映的是一个人的品格品质。那些当面不说、背后乱说，人前一套、人后一套的"两面人"，最终必将聪明反被聪明误。

在一个团队里，扮演怎样的角色，就有怎样的格局：优秀的人体现担当，智慧的人展示能力，平庸的人表现低俗，肮脏的人心理阴暗。因此对领导者而言，要成就一番事业，关键要用好优秀人，尊重智慧人，转化平庸人；对每个人而言，要实现人生价值，则要有个人努力、贵人扶持、高人指点和小人监督。我之所以强调"小人监督"，是想告诉同志们，再优秀的团队中都会有少数"另类"，就像有"愚公"就有"智叟"一样。这不是坏事，提醒我们时时处处自觉接受监督，规范自己的一言一行。

我在发改委工作期间，正好经历一次机构改革，原粮食、物价部门并入发改委。粮食部门年轻人是主体，物价部门老同志居多。我把原先负责粮食的仇立祥同志和负责物价的刘荣同志分工做了对调，将其他人员"拆散"分工到发改委的其他科室中。他们不仅很快融入机关群体，工作也大见起色，都走在全市前列。

让我感到欣慰的是，我们还是这个班子，还是这些人，但大家的精神状态、工作态度，却脱胎换骨似的。祁庆同志工作的细致程度和敬业精神，堪称机关同志的楷模；杨兴远同志从机关到乡镇、再从乡镇回机关，对工作认真负责的态度令人称道；江一龙同志对审批工作一丝不苟，承受了不少误解和委屈；胡汝宏同志一直是机关老黄牛，他的性格温和让大家有口皆碑；李志龙同志虽然负责纪检工作，但分管的服务业也在全市遥遥领先；张知波同志说，他过去很少加班，现在每天都不好意思不加班。一批中层岗位上的老同志也和我一样，有了枯木逢春的感觉。王成超同志善于团结同事，工作的原则性和容人雅量令人敬佩；李见同志是原物价系统"智多星"，他业务熟稔的程度和秉公办事的执念让人印象深刻；支如潮同志是老秘书出身，他牵头搞的材料得到县领导的充分肯定；唐清同志每天上传近200条农业信息，连我都感到不可思议。

说实话，我看机关的绝大多数同志都感到特别"亲切"，他们身上总有许多长处让我印象深刻：丁冬芳同志做事的认真劲和不怕吃苦的精神，周豪同志研究工作的热情和精益求精的韧性，项达阳同志从不畏难的乐观和逆来顺受的智慧，王彬同志豪爽率真的性格和大智若愚的气量，孙艺涵同志极端负责的态度和近于执着的较真，唐颖同志活泼可爱的性格和与人为善的心地，王蕾同志少年老成的稳重和腹有诗书的灵气……恕我不能一一列举，我常常为他们的平凡和努力而感动，把他们当作自己的家人一样呵护。

我对我们机关辛苦工作的同志比较包容，有时甚至"护短"。因为我们工作的特点决定了许多同志经常加班，第二天迟点到班情有可原。但与上级要求和纪检部门明察暗访相冲突，我在问明缘由后也帮同志们据理力争。有一次，县作风检查单位在机关大门拍摄的迟到人员视频中，有我们发改委的同志，听说还要通报批评甚至处分。我了解到他们前一天晚上加班后，不仅没有责怪他们，还帮他们说明情况。那一年10月2日，国庆长假期间，我到单位，发现杨兴远、王少华、丁冬芳等好多同志都在加班。我没有打扰他们，"偷拍"了他们的工作照发朋友圈。我认为，那种认真工作的样子才是最美的。

我告诉我亲爱的同事们，无论自己多么平凡，每个人的一生都是限量版，每个人的人生都不会重来，人与人相识的缘分都值得珍惜。我曾满含深情地写过一首小诗，献给发改委全体同仁，读懂者视为知己。题目是《在最美的季节，遇见最美的你》，诗中写道：

在最美的季节／遇见最美的你／邂逅或者重逢／在缘分的天空里芳香浅醉。

你是山间的一条小溪／流淌着欢快的旋律／我站在岸边／倾听你浪花跳跃的浅唱低吟。

你是归来的一只春燕／飞翔着美丽的梦想／我驻足檐下／凝望你斜风细雨里动人的倩影。

你是复苏的一抹绿色／晕染着漫山遍野／我满怀深情／阅读你写在大地上隽永的诗篇。

你是含羞的一树蓓蕾／氤氲着迷人的气息／我流连林中／盼望你即将盛开的整个春天。

亲爱的，这是在最美的季节／我们最美的遇见／让我们彼此拥有彼此珍惜／在诗和远方的征程上携手并肩。

借助于公众号"尤子吟视界"，我还写了《你工作的样子，真的很美》《励志的人生光芒四射》《你的朋友圈，决定了你的格局》《心态阳光，你自超然》等一系列励志文章，也算是心灵鸡汤吧。在这样的潜移默化、润物无声的影响下，每个人的心中都会升起一个属于自己的小太阳，温暖自己，照亮他人。

有一种相识，只因志同道合，无关贫贱富贵；有一种相知，只要感情相通，无需深情表达；有一种相爱，只求心灵守望，无需厮守缠绵；有一种相助，只是用心付出，不求投桃报李；有一种真情，不思量，自难忘。茫茫人海中，在对的时候遇到对的人，一见倾心并确认眼神是幸福幸运的！与有缘人，做快乐事，我们的发改委团队，不是天团，胜似天团！

六、守住底线

在生活中，我是一个极其简单、不拘小节、更不计较枝末节的人，但在原则问题上我始终坚持底线，从不越雷池半步。

时常看到从中央到地方，贪官被查的信息扑面而来。有的权倾一时，有的威震八方，结果成为人民的罪人，被称作"老虎"；也有些普通办事人员，同样以权谋私，贪得无厌，成为"硕鼠"而锒铛入狱，被叫作"苍蝇"。还有我身边的一些人，有些还是我很好的朋友，目睹他们接受组织调查、家庭支离破碎的样子，我真的为他们难过，为他们惋惜，同时也不断告诫自己：任何时候、任何情况下都要守住底线，千万不能被金钱迷惑了双眼。

我曾在几个部门担任正职，也曾牵头过几个项目，与所有工程老板之间，我既保持"亲近"，又保持"距离"。亲近是为了保证工程的时间和质量，距离是为了防止被糖弹砸中。我刚到县委办工作时，一位县委领导在干部大会上义正词严地说：小瓦刀砍死人，小妇女害死人，不要说我没提醒，谁碰谁倒霉！

话糙理不糙，这句话让我印象特别深刻，并根植于我的脑海里。

在我到发改委工作前，县里就在全力打造风清气正的政治生态。戴荣江书记明确要求所有镇区、部门同志到他办公室汇报工作，不允许拎包进出，汇报工作不允许照本宣科。他还加大对重点行业、工程领域以及招投标市场的治理力度，狠刹吃喝风和各种奢靡之风，来客接待必须严格执行中央八项规定和省市纪律制度，从县四套班子领导到镇区、部门负责人，各级领导干部一门心思干工作的氛围初步形成。

到县发改委工作后，我深知自己手中的权力大了，接触客商企业机会多了，上级各类项目补助资金也多了，权力寻租的空间一定很大，自己一定要做到"诸葛一生唯谨慎，吕端大事不糊涂"，绝不向身外之物伸手。我给自己约法三章：

1. 绝不利用手中的权力谋取私利，不插手任何工程招投标，不做任何昧良心的事。

2. 帮助向上争取的任何政策支持都要不图任何回报，不仅自己过得硬，也绝不允许发改委机关同仁出现任何"吃拿卡要"现象。

3. 有条件为别人服务，多做善事好事，多为企业、为镇区、为群众着想，吸取射阳历史上血的教训，时刻警醒自己，廉政建设上严守规矩，坚决守住底线。

我这样做，绝不是为了标榜自己如何洁身自好，不食人间烟火，如何当个完人。我只是希望无论在工作还是生活中，不要因为自己的平庸无能被别人指指点点，不要因为自己的口是心非被别人说三道四，不要因为自己廉政建设上出了问题而被千夫所指。既要在原则问题上保持清醒，态度坚决，又要在非原则问题尤其是生活的细枝末节上难得糊涂。为官之道，可以不成功，但绝不能失败。做多大的官才叫成功呢？！在县级政治舞台上，当上部门负责人，已经让许多人羡慕了，而一旦"失败"，成为阶下囚，则声名狼藉，人财两空，名誉尽毁。

记得许多年前，单位一个下属跑到我办公室，想让我关心重用他。论业务水平和能力，他已经进入组织视野，也很得我的赏识和器重。谁知他从包包里拿出很大一个牛皮纸信封，放到我办公桌上。我问这是干吗？他说这是一点小心意，主要是出于对领导您的尊重。我立马收敛起笑容，非常严厉地告诉他：对我最大的尊重是把工作干好，你这样做不是尊重领导，你是要我不再当这个领导啊！谁知他执意要留下来，还说仅仅是一点心意。我说你放这里我也会让办公室同志退还给你。但这个下属就是犟，到最后也没有将信封带走。

我知道他是一个极要面子的人，但我的原则性他也从来没有领教过！我以更加坚定严肃的口吻发了短信给他："如果你还想我关心你，就立即回来把东西取走。如果你真的希望我还做你的领导，你就不该这样做。如果你不在今天把东西取走，该关心我也不会再关心你！"他看我如此决绝，最终折返取走了，我也一下子如释重负。

走过几个单位，也曾协助或牵头建设过几个"中心"，包括筹建县职教中心、行政服务中心，建设县文化艺术中心、法治惠民中心等，不同程度地要跟工程老板打交道。我始终保持高度警惕，让他们既感到"亲"，又觉得"清"。有一次，一位项目经理告诉我，他的一个亲戚在纪委担任领导干部，问他我这个人怎么样。这位项目经理说我原则性很强，什么礼都不收。他的纪委亲戚对此将信将疑。"你可以怀疑任何人，但他（指我）真的自我要求很严格"，这位项目经理用他的坚定证明了我的清白。我想，别人怎么认为不重要，重要的是我自己问心无愧，对得起自己从事的这份职业和良知。

我不是要在写作这本书时为自己脸上贴金，我想让更多的人知道，清清白白为官、坦坦荡荡做人其实并不难，关键看你想不想做。在我离开县文广新局前，组织上收到反映我"情况"的人民来信。我记得走马上任时就说过，到文广新局前从来没有人写过反映我的信，到文广新局工作后准备接受对我的举报信。谁知一语成谶。一个劣等的射手，打出的劣等霰弹，却偏偏击中毫无防备的鹰。我在向县委主要领导汇报思想时表达了自己的观点：天下唯庸人无咎无誉，我愿接受最高标准的组织审查和最严格的离任审计。很感谢县文广新局和电视台的同事们，在我调离半年后、本人缺席的离任审计动员会上，我的测评满意率竟达95%以上。

我的父亲是一个地道的农民，他的思想觉悟一点也不落后。我到县发改委工作后，父亲也不知道发改委是什么单位，反正就是叮嘱我：千万不能犯错误啊！看到我们因为工作需要加班加点，他特别"通情达理"，要求我们不能耽搁工作，要把工作放在第一位。父亲常常告诉我们，几个孩子能有今天的幸福，全靠共产党的好，任何时候都不要忘本、不要忘恩。他还反复告诫我们，一定要守共产党的规矩，千万不能犯错误。每次跟我们聊天，总是说共产党不会容忍腐败。

在父亲的谆谆教诲下，我们小心翼翼地走好人生每一步，不求大富大贵，但求无愧于心，不求飞黄腾达，但求一生心安。父亲期许的目光落在我们的身上，似乎一刻也没有走远。记得有个周末，我中午到家，看到床上有一个红包。我问妻子是谁给的，她说她也不知道。我问有没有人来过，她说父亲早上带个人来过，看到我不在家就回去了，没说具体什么事。我立即打电话给父亲，他说一个远房亲戚、辈分上是我的堂兄弟，在镇里搞搞小工程，想找我帮个忙，疏通疏通关系。我问他知道不知道红包的事，父亲说还真的不知道，只看到我那远房亲戚到房间里站了站。我赶忙跟父亲要来那人电话号码，通知他立即来取走。谁知那人在电话里说：一点小心意，只是表达对兄弟的尊重。我说你不是尊重兄弟，你是叫兄弟犯错误吧？！在我的严词拒绝下，那人悻悻地取走红包，再也不敢造次了。从此以后，父亲再也没有当过这样的"掮客"，他说不能因为自己的大意影响到孩子们的声誉和前途。

在我平静地写下上述文字的时候，我心坦然。我知道自己并不是个冰清玉洁、一尘不染的人，我也有自己的三朋四友、七情六欲。好朋友们总是笑话我活得不通透，而我总觉得以自己喜欢的生活方式过一辈子，也自得其乐，惬意无比。我发现自己骨子里还是很有书生气，闲暇时还是喜欢翻点文艺书，对古代文学情有独钟。别人也许根本看不下去二十四史，我却能津津有味地寻章摘句。许多人对曾经背诵过的古典诗词很陌生，我至今诵读如初。创办自己的公众号后，我更把应酬当作负担，不是至交的应酬就是浪费时间，无效无趣的应酬离我渐行渐远。

我离开工作岗位以后，从上到下反腐力度不减，几乎每天都有贪官落马的新闻，尤其是一批已退休多年的"老虎"被抓。既为他们晚节不保感到痛心，又为他们在任时的胡作非为感到愤慨，还是那句老话：出来混，总是要还的。我很庆幸自己一路走来战战兢兢如履薄冰，光明磊落行稳致远。无论反腐倡廉采取怎样的飓风行动、雷霆手段，我都心里坦然睡得安然，不做亏心事，不怕鬼敲门。

工作实录：在最美的年华 做最美的事业

——与青年组工干部的一次交流

很高兴有机会跟组工条线的同志作一次深入的思想交流。田海波部长交给我这项任务时，我既感光荣又感到诚惶诚恐，唯恐自己才疏学浅，辜负了田部长和组织上的一片厚望和期待。我请示部长讲什么，部长说主题你自己定。我思来想去，觉得部长是要我结合工作实践跟大家交流一些身边人、身边事。黄钟大吕只能由专家大家来演奏，我充其量只能作瓦釜雷鸣，我讲的不是高山流水、阳春白雪，而是民间俚语、下里巴人，同时为了避免落入俗套，组织条线的文章我一篇也没有看，可能讲的都是外行话，所以，讲得不对的地方，请大家务必包涵。

我跟大家分享四个方面的体会：

一、基层干部需要怎样的素养？

基层干部有三个显著特点：一是朝气蓬勃。年轻人居多，心中充满阳光，又都从最基层做起。二是扎根基层。与人民群众最近，是中国最小的干部，否则怎么会叫基层干部呢。三是藏龙卧虎。中间有一批青年才俊，必将在艰苦环境中得到磨炼、锤炼、锻炼，将很快在事业上崭露头角，脱颖而出。宰相必起于州郡，猛将必发于卒伍。

组织部门评价一个干部的标准是政治过硬、德才兼备、实绩突出、群众公认。这是从结果来看的，我认为从干部的成长过程来看应该有十个方面：

1. 胸中有丘壑，腹内自乾坤——有大局意识。胸有丘壑，是指对事物的判断自有高下，也就自然能够胸怀全局了，用时尚的话讲，政治站位就高了。这里主要讲大家的政治立场要坚定。作为党的基层干部，要有崇高的政治品德，要学政治理论，守政治纪律，懂政治规矩，有政治觉悟，这不是大道理，是渗透在骨子里的信仰。作为党的干部，要姓党，为党工作，始终与党中央保持高度一致。要胸怀全局，时时处处维护好党的形象、组织的形象。我们有些同志乱发议论，牢骚满腹，甚至传递一些负能量的话，我是坚决抵制的。

2. 封侯非我意，但愿海波平——有高尚情怀。语出戚继光《韬钤深处》，这里不是要追求封侯做官，而是要国家太平。我借用这两句诗，希望大家都能有这样的境界和情怀。官大与官小不要看得太重，关键是要有目标追求，把眼前的事做好。有情怀的干部无论在怎样的岗位上，都有强大的气场，格局大，既能仰望星空，又能脚踏实地；视野宽，既善谋全局，更善谋一域；志趣雅，思想活跃，灵魂有趣；心路高，生活即使苟且，但心中有诗和远方。这样的干部卑微如小草，志向在蓝天，哪怕是野百合也有春天。

3. 我将无我，不负人民——有奉献精神。这是习近平主席在出访意大利期间回答友人提问时表达的一种情操、境界，所倡导的奉献精神，应该成为基层干部的行为自觉。说实在的，我看到这个报道，心里特别激动。"无我"是全身心地投入，也可理解为牺牲奉献精神，是道家的一道哲学命题。"不负人民"是目标和归宿，让人民幸福，不辜负人民的期望。如果我们处处都坚持以人民为中心的发展思想，为人民服务，让人民满意，要在工作上鞠躬尽瘁，不计较名利得失，同时有高尚的民本情怀，与群众打成一片，我们的各级干部就会赢得人民发自内心的尊敬和爱戴。你把群众放在心上，群众把你举过头顶。

4. 不驰于空想，不骛于虚声——有实干本领。这也是习近平主席在2018年新年贺词中的两句话。我们每个基层干部，都要有求实务实、真抓实干的优良作风，做任何事情都要扎扎实实，千万不能只说不做，或者多说少做。列宁讲：一打纲领不抵一个行动。坐而论道，不如起而行之。要在抓落实上狠下功夫。对每件事都要一抓到底，直到完成为止。当然做事也要有层次和质量，同一件事，不同的人去做，也会有高下之分。每个同志都要有真抓实干的功夫本领，千万不能夸夸其谈，坐而论道，眼高手低，只说不做，或者胸无点墨，毫无章法，南辕北辙，一事无成。

5. 天下兴亡，匹夫有责——有进取动能。一个人的个体是极其微弱的，人的一生是漫长的也是短暂的，是伟大的也是渺小的，是高贵的也是卑微的。在历史的长河中看人生只是须臾一瞬，在浩瀚的宇宙里看人生只是微尘一点，但人是一根会思想的芦苇，是万物之灵长，宇宙的精灵，我们又是儒家的传人，需要位卑未敢忘忧国啊。每个同志都要有这种天下兴亡匹夫有责的进取动力，要始终保持上进心，以出世的态度做人，以入世的态度为官，居庙堂之高为百姓造福，处江湖之远替组织分忧。要始终保持责任心，真正把我们的责任担当起来，把射阳建设好，就是为国家强盛、民族复兴做贡献。要始终不忘初心，任何时候都不要放弃自己的梦想和追求。

6. 周虽旧邦，其命维新——有创新魄力。创新是一种能力，也是社会发展的必然要求。《大学》里有一句"苟日新，日日新，又日新"，意思就是能每天更新，天天更新，每天都更新，一句话，要不断创新。实践告诉我们，要将工作干得风生水起，让人刮目相看，创新、创优、创特色是极其宝贵的经验。在创新的过程中，他山之石，可以攻玉，要学会借鉴；积极探索，大胆实践，要善于开拓。小平同志说，看准了的，要大胆地试，大胆地闯。我们的一切工作，都要以开拓、创新、创特色为主基调。射阳的联耕联种、一全员四托底、河长制、康居工程等，都极具特色，大家还要善于在创新基础上总结和提炼。

7. 海纳百川，有容乃大——有宽阔胸襟。有一副写佛的对联：大肚能容，容天下难容之事；开口便笑，笑世间可笑之人。我们每个同志，都要培养自己的相容、宽容、包容之心。有人说，每个人的成长进步都离不开"四个人"，即个人努力、高人指点、贵人扶持和小人监督。个人努力是前提，要将自己修炼得足够优秀；高人指点是关键，只有你足够优秀，才能有人指点你，接触到更优秀的人；贵人扶持是外因，同等条件下你可以优先胜出；小人监督必不可少，不要仅理解为常戚戚的小人，要把他们当作反对者，存敬畏之心。看一个领导干部的胸襟，就看他对待异己者的态度，要闻过则喜、则改，从谏如流，经得起监督。

8. 心有猛虎，细嗅蔷薇——有生活情趣。这是英国诗人西格里夫·萨松的经典名句，要表达的意思是，即使再忙碌而远大的雄心也会被温柔美丽折服。我觉得每个人都应该热爱生活，崇尚自然，感恩时代，有情有爱。有情，就是要有情商、情趣、情怀、情义、情调，有爱就是要爱党、爱国、爱生活，爱单位、爱家人、爱自己，以一颗感恩的心，爱人世间的一切美好。鲁迅先生说"无情未必真豪杰，怜子如何不丈夫"，借此希望大家懂得享受生活，有声有色工作，有滋有味生活，有情有义交往。

9. 博观而约取，厚积而薄发——有学习能力。习近平总书记讲过：学史可以看成败、鉴得失、知兴替；学诗可以情飞扬、志高昂、人灵秀；学伦理可以知廉耻、懂荣辱、辨是非。《旧唐书·魏征传》里也说，"以铜为镜，可以正衣冠；以古为镜，可以知兴替；以人为镜，可以明得失"。大家在任何时候，都不要丢了学习这个根本，持续学习是一种能力，持续学习也提升能力。现在基层干部中存在的一个普遍现象是守得住清贫，耐不住寂寞，对学习充满感情，却不能持之以恒。我写过一篇《阅读，将我们的灵魂照亮》，人生的前半场赛智商，后半场赛情商，贯穿一生的是持续学习，才能不断进步。

10. 不要人夸好颜色，只留清气满乾坤——有浩然正气。这是元代王冕的《墨梅》诗："我家洗砚池头树，朵朵花开淡墨痕。不要人夸好颜色，只留清气满乾坤。"这是作者借梅自喻，表达高尚情操。我们作为基层干部，要做到"清气满乾坤"，就要有一身正气，养吾浩然之气。要廉洁奉公，做到淡泊明志，宁静致远；要严守作风纪律，勿以善小而不为，勿以恶小而为之；要处处以身作则，若有尘瑕须拂拭，敞开心扉给人看。要守得住清贫，官到能贫乃是清。方志敏说，清贫、洁白、朴素的生活，正是我们革命者能够战胜许多困难的地方。人不可能没有私心，但一定不能放纵贪欲，公与私之间，其实只是一个转身的距离。所以说，浩然正气需要持久养成。

二、怎样当好新时期的组工干部？

组工干部是干部中的干部，是关键少数中的关键少数，人们自然会高看一眼。事业成败，关键在人，关键在干部。老人家讲，政治路线确定之后，干部是决定的因素。无数的事实也证明，一个优秀的干部，能让再差的地区好起来；一个平庸的干部，能让再好的地方差下去。而我们从事组织工作的同志，一项重要职能就是选拔任用干部，所以说，我们组工干部身上的担子重啊！

1.输肝剖胆效英才——要全身心投入工作。任何人、任何时候都要对单位充满感情，对岗位充满敬畏，对工作充满激情。单位是你事业上的家庭，岗位是你人生中的驿站，工作是你旅途上的伴侣，要热爱工作，投入工作，享受工作。

一要坚信工作着是美丽的。莎士比亚说，当工作成为快乐，人间就是天堂。组工干部更要有工作的自觉，快乐地工作，享受工作。大家都知道享受生活，可是当你懂得享受工作，你就不会感到工作的劳累和辛苦，你就能够在不知疲倦的工作中享受到无穷的乐趣。老佛爷卡尔·拉格斐一生快乐工作，85岁去世，工作了64年。当代最杰出的翻译家许渊冲一生投入工作，96岁仍在翻译莎翁作品。许多人工作一辈子，也享受一辈子。他们缘于对工作的热爱，也就做出了不平凡的业绩。

二要培养对工作的感情。从事行政工作不同于经商干企业，许多人都必须经过多岗位历练，百炼成钢。有些工作可能喜欢，有些业务可能陌生，喜欢的，埋头去干，不喜欢的，培养感情去干。做自己想做的事是幸福的，你的心里会荡漾着快乐无边的满足；做自己能做的事是幸运的，你是用成就展示着人生价值的美丽；做自己该做的事是难能可贵的，你所获得的褒奖体现了一份神圣的责任和担当；将自己所做的事做到极致是妙不可言的，因为艰辛曲折的过程更能体现出你的坚毅执着和完美追求！唯有对工作充满感情、真情和激情，才能在任何岗位都保持一颗进取心、上进心，才能不断地要求自己、逼迫自己加强学习，提升能力。

三要做奔跑的追梦人。习近平总书记说过，我们都在努力奔跑，我们都是追梦人。每一个不曾起舞的日子，都是对生命的辜负。在这样的奋斗的新时代，你自认为努力了，但优秀的人比你更努力。希望大家都能够看到这一点，在平凡的岗位上奋力拼搏，砥砺奋进，既然选择了前方，就只顾风雨兼程，努力到无能为力，拼搏到感动自己。

2. 江山代有才人出——要拓宽用人视野。一个优秀的组工干部，应该随处能看到人才，因为每个人都有长处，都有优点。关键看你有没有发现，能不能用人所长。唐代的陆贽就讲过一句话："若录长补短，则天下无不用之人；责短舍长，则天下无不弃之士。"拓宽用人视野，要做到三条：

一要有伯乐相马的慧眼。最重要的岗位要用最优秀的人。马都能跑，平时都能用，但关键时候、关键岗位还是要用千里马。诸葛一生唯谨慎，但他失街亭就是因为用了马谡，饱读兵书却夸夸其谈，纸上谈兵，是诸葛亮用人失察的一个经典案例。组工干部既要有用人之长的眼光，又要有发现人才的慧眼。曾国藩说，可以不识字，但不能不识人。组工干部既要识字又要识人。

二要创造人尽其才的环境。为什么总有人说，某某人关键看谁用，看用在什么岗位上。马云当年当老师，我到今天除了发现他口才好外，没有发现他在教师岗位上有多大建树，但他在互联网领域展现了天赋。除了他自身努力外，中国改革开放的大环境给了他大显身手的舞台。决定龟兔赛跑成败的核心在于规则和环境。我们射阳现在的环境非常好，大家都要珍惜。田部长的成长论坛，创造选才环境。不是每个优秀人才都有用武之地，都有展示的舞台。所以在座的各位，组织上给你舞台了，你就不要再在站台上等、在看台上看了，要在舞台上尽情展示你的才艺、才华、才能。我们发改委机关整合，我让大家自己选岗位，大家都满意。

三要有惜才爱才的情结。这一点非常重要，一个领导重视人才，人才就有用武之地，一个阶段、一个地方尊重人才，人才就会充分涌流。1978年科学的春天到来后，"臭老九"开始吃香，中国科技事业突飞猛进。唐太宗重视人才，所以唐初人才济济。唐初人口只有现在江苏的一半，4000万左右，千古留名的文官武将如云。有些领导看到人才如获至宝，千方百计引荐。有些领导对优秀人才很漠视，事业上就干得平平。清朝第一个睁眼看世界的人魏源讲过：人材者，求之则愈出，置之则愈匮。

3. 不拘一格降人才——要注重用人长处。尺有所短，寸有所长，这是在考验组工干部知人善任的智慧。用人长处，我看体现在四个方面：

一要用人如器，不求全责备。器是器皿，不同的器皿有不同的用处，用错了就不能发挥应有作用，甚至闹出笑话来。"君子用人如器"是唐太宗提出来的。唐太宗让他的宰相封德彝帮他找人才，封大人找了半天说，真的没有您要的人才了。太宗心里很不爽，就问他，古人治理江山，难道是从隔代去找人才的吗？贞观之治之所以成为中国历史上最辉煌的岁月，就在于人才济济，群星闪烁，凸显了唐太宗的正确用人观。我们今天也要有这种科学用人观，实现人尽其才。常德市委书记周德睿讲：你把周围的人才当个宝，你就是个聚宝盆。你把大家当根草，你就是个大草包。

二要用人兴趣，不强人所难。兴趣是最好的老师。历史学家吴晗数学考零分，大文豪钱钟书数学考15分，但他们都在文史方面展示出才华和天赋，都被清华破格录取。钱钟书有过目不忘的本领，每周一抱书，横扫清华图书馆。毕业后老师劝他留下读研，他说了一句很霸气的话：关键是清华没有能指导我的导师。我的文化情结，我们走过的单位，包括现在班上的同事，都是兴趣使然。

三要用人特长，不乱点鸳鸯。兴趣是兴趣，特长是特长，特长是一个人的硬功夫，而兴趣仅仅是一个爱好而已。刘邦在总结自己成功的原因时，很得意地说："夫运筹帷幄之中，决胜于千里之外，吾不如子房；镇国家，抚百姓，给馈饷，不绝粮道，吾不如萧何；连百万之军，战必胜，攻必取，吾不如韩信。此三者，皆人杰也，吾能用之，此吾所以取天下也。"刘邦的可贵之处在于把他们三人的特长发挥得淋漓尽致，可见刘邦是个出色的组工干部啊。刘邦的特长就是用人？刘备何德何能？整天哭哭啼啼，又不会写出师表，隆中对里只当毕恭毕敬的小学生，但他恰恰驾驭了诸葛亮，得到了关羽、张飞，成就了三分天下有其一的霸业。刘邦与刘备，共同特点是知人善任，并且为我所用，这其实是更大的能力。

四要五湖四海，不任人唯亲。吏治腐败是最大的腐败，用错一个人，伤害一批人。产生的是劣币驱逐良币的效果，是一种恶的示范。我们不反对用红二代、红三代人才，坦率地说，他们的家风、家训、家规都值得我们去推崇去敬仰，他们中的一批根正苗红的后代，就应该提拔重用。也不反对领导用身边人，同等条件下用身边人更顺手、更知底。但反对的是封官许愿、卖官鬻爵，任人唯亲，搞小帮派、小团体，把官场搞得乌烟瘴气，挫伤大多数同志的积极性。希望组工条线的同志，都能本着对党的事业负责的精神，从我做起，杜绝吏治腐败。

4.世事洞明皆学问——要在实践中锻炼才干。组工干部千万不要把自己定位在只能做或者只会做组织工作这一行上。管干部的干部，首先要成为优秀的干部，管干部的岗位，最容易锻炼出优秀的干部。《红楼梦》里说，世事洞明皆学问，人情练达即文章。要世事洞明，不锻炼，不实践，不研究，不思考，是绝不可能洞明的。我这里讲四句话：

一、谋划工作要有格局。想做什么事，你要有格局，有层次，有高度。最近两件事：一件是组织部门搞的"你我他"，我看了以后觉得有趣、生动、创新，虽是县级活动，达到省级以上层次。另一件是风电产业论坛，国际知名企业负责人来了一批，央企国企来一批，不是来装门面的，是要来投资的，这样的活动，让人感到高大上。

二、推进工作要有能力。任何事情，大事、难事、要事，甚至是不可能办成的事，交给你做，要让领导放心。这就考验你的能力了。希望大家不要只会选人用人，还要在工作中提升能力，向书本学，向实践学，向领导学，向群众学，锻炼自己各方面的能力，特别是组织经济工作的能力、应对各种复杂局面的能力、对不同岗位的研究适应能力。每个干部都要成为工作上的行家里手，当内行而不是外行，树权威而不是淫威，是指导而不是误导。一个不懂业务的干部讲话无人听，群众瞧不起，还会被别人当作傻瓜看。大家一定要研究工作，当一个流浪在基层干部队伍中的大师。

三、提升工作要有智慧。既要有解决问题的好办法，又要有抓落实的好作风。遇事要多动脑筋，没有条件要创造条件去做。我在争取国家、省发改委审批的事项中，有些阻力非常大，但最终都解决了。做任何事，大家都要养成抓落实的习惯，要有布置，有检查，坚决落实到位。总书记对秦岭违建六次批示，一直扭住不放。我们也不能指导工作装腔作势，推进落实装模作样，遇到问题装聋作哑。

四、出色工作要有情商。把一件难做的事做得完美，特别是把不可能变成可能，智商之外还要有情商。领导衡量一个人优秀不优秀，不完全是听你讲话是不是让人觉得舒服，关键看你是不是优秀到让他赏识你。这就是情商问题。一要准确领会领导意图，二要创造性地贯彻落实，三要高质量地把事办成。我说从事组织工作的人自身一定要特别优秀，当然大家都是很优秀的，但你要不断磨砺自己，变得更优秀。要下意识地培养自己的高情商，只有自己足够优秀，才能进入更优秀的人的朋友圈，今后的事业才能更加长足发展。

三、我工作以来的几点工作体会

1. 不负组织，无愧于心。我觉得，每个人都要认真工作，无愧于心。佛家说，不负如来不负卿。我们作为党员干部，应当不负组织不负心。

一是追求卓越。我筹建县行政服务中心，经过三年努力，建成全市一流。我以一本《感受服务的美丽》完成了我在行政服务中心工作的使命。

二是创造辉煌。我在县文广新局期间，硬是将之前矛盾丛生的淮、杂两团打造成有影响力的文艺团体，现在的《良心》《扇舞丹青》《羽》都是我任期内大家努力的成果。文广新局在万人评议机关中从全县第77位上升到第16位，每年受国家、省、市、县表彰奖励上百项。

三是不忘初心。到县司法局后，我觉得人总是有所追求的，没有冷门的单位，只有冷门的领导。我研究二十四史中的刑法内容，阅读司法资格考试书籍，在法治宣传、法治驿站建设上创造特色，从全省第90位上升到第49位，完成了司法体制改革，也被表彰为全国先进个人。

四是砥砺奋进。现在在县发改委工作，我可以负责任地说，凡是向国家、省、市发改委争取的事项没有不获批的，去年还史无前例地获得全省发改系统综合先进奖，省、市、县三级大满贯。

"历尽天华成此景，人间万事出艰辛。"归结到一点，我觉得组织上对得起我们每一位同志，不好好工作，对不起组织上对你的信任，更对不起自己的良心。

《戒石铭》有十六个字："尔俸尔禄，民膏民脂，下民易虐，上天难欺。"封建时代的官员尚且如此，我们更要对得起组织的培养和人民的这份俸禄。

2. 为者常成，行者常至。做任何事情都要有一种意志力，更需要有一份责任心！越是充满挑战的事情越有攻坚克难的价值，越是布满荆棘的道路越能看到意想不到的风景，越是感到无望的努力越能收获柳暗花明的惊喜。不要畏惧困难，先检点自己的努力程度；不要回避矛盾，先查验自己的方法路径；不要抱怨他人，先反思自己的恒心毅力；不要半途而废，先考验自己的坚定信念！相信自己，有一种成功叫天不负我；相信他人，有一种相助叫金石为开！认准的事，刀山火海也要上，而且要坚决做成。讲三个词，再分享几个小例子。

一是使命。就是说，我们要知道自己应该做什么，做到什么程度，在你工作职责范围内，是否已做到极致？去年招商，省里同意向沿海布局钢铁产业，县委策应省市部署，招引重大项目，我们三人团队，在全市率先组织规划评审。去年7月2日下午，我们去高邮签协议，克服了一切困难签下来的。当然后来由于规划布局调整，这个项目放弃了，但强大的招商能力让上级领导刮目相看。县委、县政府的决策部署就是我们的努力方向，也是检验我们执行力的关键。

二是执着。对认准的事，真的要克服千难万险，吃尽千辛万苦，不达目的不罢休。盐射高速、5万吨航道进入省"十三五"综合和专项规划，国投15亿元企业发债等，如果没有恒心毅力，都有可能流产，也就没有现在的下文了。我当时就想，我是在为射阳的未来做事，千万不能放弃。

三是坚持。无论做什么事情，坚持到底就是胜利。有人说，成功的路上并不拥挤，因为坚持的人并不多。所以我说，坚持是人生最美的修行。王安石讲，"世之奇伟、瑰怪，非常之观，常在于险远，而人之所罕至焉，故非有志者不能至也。尽吾志也而不能至者，可以无悔矣。"鲁迅讲："纠缠如毒蛇，执着如怨鬼。"李大钊也说过："绝美的风景，多在奇险的山川。绝壮的音乐，多是悲凉的韵调。高尚的生活，常在壮烈的牺牲中。"所以我希望大家，对认准的事，一定要坚持做到底。任正非专注于通讯，马云做互联网，都是持之以恒的结果。

3. 心态阳光，我自超然。从筹建县行政服务中心开始，我每到一处都讲三句话：拥有阳光心态，从事阳光工作，享受阳光生活。我认为，一个人只要心里有阳光，他的生活到处是阳光。

首先，无论在怎样的环境中，做最好的自己是关键。我希望大家都懂得一个道理，生命是用来享受的，你可以享受生活，享受工作，享受成功，当然也享受逆境，享受挫折，甚至享受苦难。当年支援北大荒的那一代人没有不说那段经历是财富的。

其次，不要埋怨命运不公，人生随处是风景。我在离开文广新局的时候，尽管我最喜欢的职业被骤然中断，但我还是在办公桌上给继任者留下两句话："欢迎您来到美丽的文广新局，从事美好的文广事业。"我认为，每个人都该做到宠辱不惊，闲看庭前花开花落，去留无意，漫随天外云卷云舒。刘禹锡曾写下《陋室铭》，苏东坡也有"一蓑烟雨任平生"。我到县司法局工作的那一段时光，是我人生中最诗意的时光，让我看到了不可错过的最美风景。

第三，用尽洪荒之力，回报组织上对你的关怀。不是每个人都有施展才华的舞台，如果有了这样的机会，希望大家都能珍惜。我原以为自己会在县司法局安度时光，所以就认真学习司法资格考试内容，想着退休后当个律师也不错。组织上让我到县发改委工作后，我掐指一算，还有三年多有效工作时间，便跟其他几位同志相约：用我们的共同努力一起见证组织上的神奇慧眼。说实话，我一点儿不敢懈怠，誓言绝不在我这一任上为射阳未来发展留下遗憾。

四、珍惜当下，奋发有为

一要珍惜干事创业的环境。人在职场，不会万事遂愿，不该怨天尤人，不能率性而为，不要轻言放弃。因为最大的快乐是努力，最美的过程是坚持，最好的结果是无悔，最后的成功是必然！忙碌不一定是负担，安逸也未必是自在，付出绝不应是吃亏，回报也不该是目的。以什么样的态度对待工作，反映出一种心境，一种觉悟，一种责任和担当；将工作做到什么样的程度，折射出一种能力，一种智慧，一种恒心和毅力。当你觉得工作是一种快乐，即使疲惫也不会感到劳累；当你认为做事是一种负担，即使轻松也很受委屈。曾经以为，工作着是美丽的；现在知道，快乐而无悔地工作，才是真正的美丽！

初入职场有三件幸事：一是有好岗位。相信大家都该知足；二是有好伴侣。成立幸福的家庭，我祝愿有情人终成眷属；三是有好领导。这是可遇不可求的。这几年射阳最大的幸运是有好领导，领导着我们射阳的事业蒸蒸日上，风景这边独好。我们组织部连续几任领导都特别优秀，许多人被提拔了自己都不知道，说明射阳的政治生态好。射阳现在发展气势如虹，城市建设、社会事业、项目建设、主要指标、绿色发展、特色产业等，都是独步高格、抢占先机的。希望大家珍惜，希望大家努力！

二要珍惜担当作为的舞台。要奋发有为。我在公众号上的文章《送给机关人员的四句"金玉良言"》，希望大家有机会读一读。前提是，一把手要做得好，一把手要当好表率。

三要珍惜拼搏奋斗的年华。我今天的主题就是在最美的年华，做最美的事业。年轻人就像现在的季节一样，桃花灼灼，桃叶蓁蓁，繁花似锦，芳香四溢。今天，青春是用来奋斗的；将来，青春是用来回忆的。希望在座各位，一起建功新时代，奋斗致青春！

（2019 年 5 月）

第四章

长风万里

乘新时代长风，破高质量发展万里浪。全县百万人民以奋斗者的豪情砥砺前行，只争朝夕。各条战线捷报频传，后发再起的新射阳气势如虹。

一、为规划奔波

有许多事情，总结时一句话即可概括，过程却极其艰辛；有许多工作，费九牛二虎之力，也未必能够如你所愿。我们不能因为困难重重就选择绕道，不能因为前景渺茫就选择放弃，不能因为前人栽树后人乘凉就选择不闻不问，不能因为事不关己就选择高高挂起，更不能因为没有带来眼前利益就不负责任。将重大项目和事项列入上位规划，最能反映一个地方主要领导工作的眼界、视野、格局。在这一点上，我特别佩服新一届县委、县政府的远见卓识。

2016年是"十三五"的开局之年，也是"十三五"规划的落地之年。各地为了推进重大工程、重点基础设施建设，都高度重视将重大基础工程列入市、省乃至国家级规划盘子。因为不列入上位规划就无法开工建设，不列入省级以上规划就无法争取到国家和省里的政策支持和资金扶持。不列入规划的项目，在审批上都会遇到大麻烦。

按照县委、县政府的设想，射阳"十三五"至少有三项工作要进入江苏省规划：一是打通射阳出口、连接北京—上海的盐射高速，二是提升射阳港能级的5万吨航道码头，三是通往射阳港的疏港铁路支线。但从前期工作对接来看，射阳港铁路支线和射阳通用航空机场已经写入省交通专项规划和"十三五"综合规划中，射阳人盼望已久的盐射高速，在交通部门的努力下，已经通过盐城市交通局评审并经盐城市政府同意，需要补充列入省交通厅牵头编制的交通专项规划和省发改委牵头编制的"十三五"综合规划。

射阳长期以来都处于交通末梢位置。G15沈海高速建成后，交通状况虽有改观，但射阳人出行唯有高速和高等级公路，从射阳县城到盐城市区，仍有一个多小时车程，交通仍是制约经济发展的瓶颈。从港口来看，射阳港虽然在20世纪

80 年代就获批国家二类开放口岸，但由于种种原因，多年来一直停滞不前。由于港口拦门沙淤积，港口能级一直保持在万吨左右，"十二五"虽然建成 3.5 万吨级航道码头，但是迟迟未通过验收。而射阳港新能源产业迅速崛起、2×100 万千瓦火电项目有望落户、河海联运格局初步形成，以及即将获批的国家一类开放口岸，均对港口能级提升提出新要求。在此期间，基础条件不及射阳港的大丰港快马加鞭，建成 10 万吨大港，"十三五"已将其 15 万吨港口列入规划；滨海港更是后来居上，建成 10 万吨大港，"十三五"开始向 30 万吨深水良港冲刺。

随着外围交通条件的根本改观，特别是宁盐高铁、盐通高铁建成通车，盐城南洋机场扩容扩线，射阳若能建成盐射高速，融入盐城半小时通勤圈，则后续可融入上海 2 小时经济圈和北京 3.5 小时经济圈，其经济价值不言而喻。射阳港若能建成 5 万吨并规划 10 万吨码头，则产业港的支撑更强、前景更广阔。

到了 2016 年 7 月份，省级规划均已进入送审阶段。我从江苏省发改委了解到，这两个事关射阳长远发展的重大事项均未列入省综合规划。为此，我们和交通部门开启了艰难的对接工作。

记得是 9 月份的一天，我下午 6 点多钟刚到南京，还没来得及入住宾馆，省发改委办公室的领导告诉我，陈震宁主任带领主要处室领导已到盐城。我闻讯立即折返盐城，晚上 10 点多才找到市发改委领导。他们告诉我，在第二天的盐城市政府工作汇报中，会提到将盐射高速建设作为"十三五"储备项目，但不会提到射阳港 5 万吨航道。我在时任射阳县委常委、纪委胡国良书记帮助下找到市委办领导，软磨硬泡到凌晨 1 点多，才答应第二天帮助修改下 PPT 和汇报材料，增加汇报射阳两个项目。但到了第二天早上，我又接到消息，说市里主要领导汇报材料没法改，PPT 也不好修改，只能请参加会议的射阳领导临时提出诉求了。

会后我了解到，在我县领导提出将盐射高速、5 万吨航道码头列入规划后，市发改委领导予以附和，陈震宁主任明确表态予以支持，省里规划将在9月底前报江苏省政府研究印发，希望我们抓紧对接。

省"十三五"综合规划中列入的项目尤其是重大基础设施项目，前提是列入相关部门牵头编制的专项规划中，就是说，盐射高速和5万吨航道要写进综合规划，须先写进省交通专项规划。我从省发改委与省交通厅的联系中了解到，在县交通局的不懈努力下，盐城市政府已出具盐射高速项目上行文，等待省交通厅报请省政府分管领导签字后即可入规。但5万吨航道依然没有出现在省交通厅的专项规划中。其时两个规划均已经省政府常务会研究原则通过，已到了内容再作微调完善的扫尾阶段，时间非常紧迫。

无奈之下，我直接向陈震宁主任求援。那天他恰好在办公室，我冒昧进去向他汇报工作，主要提及射阳港5万吨航道问题。由于有盐城会议作铺垫，再加上他对射阳情况很熟悉，陈主任明确指示省发改委：支持射阳港5万吨航道列入规划！

陈主任的态度至关重要！有他支持，我心中更有底气。我便电话联系县有关部门，查询5万吨航道没有列入省交通规划的原因。原来是省交通厅下属部门一位领导认为射阳港3.5万吨航道尚未通过验收，遂不同意再列入5万吨规划，无论怎样做工作都不松口。县港务局的一位同志还在电话里劝我：县领导及有关部门已反复沟通都不起作用，你就死了这条心吧！

从省发改委大门出来，我的心中喜忧参半。喜的是省发改委从主要领导到处室负责人，都特别理解我作为一个县发改委主任的难处，都千方百计地帮我们基层排忧。但我心里还是觉得有缺憾：如果5万吨航道不能写进规划中，我实在不甘心！我忽然想到德高望重的省委副秘书长胥爱贵同志。许多年前，我还在县委办工作，有幸在县里的活动上认识他。他是一个非常随和大气、平易近人的领导，没想到他还记得我。那天他恰巧就在省委大院，我硬着头皮冒昧造访。说明来意后，胥副秘书长当即帮我联系上省交通厅一位主要领导，请求支持射阳的港口建设，并转达了省发改委意见。省交通厅领导表示一定关心支持。

我把对接的情况向正在日韩招商的戴荣江书记电话汇报后，他立即请盛艳副书记带队，县发改、交通部门一起参加，再次赴省交通厅作专门汇报。这次对接非常理想，在省交通厅主要领导的亲自过问和有关处室的鼎力支持下，将项目相关内容写进了省规划。

将射阳项目列入省规划，虽然只有寥寥几句话，却费尽周折。后来的事实证明，这件事不仅做得有价值、有必要，而且对改善射阳的交通状况、营商环境乃至今后的长远发展，都起到了极大的推动作用。

"十三五"期间，射阳通用机场项目顺利建成，成为华东地区首家仪表导航的通用机场；盐射高速虽然作为储备项目列入省级规划，却是全省"十三五"期间唯一在建并建成的高速项目。需要赘述的是，在县交通局和相关部门的不懈努力下，实际建设的盐射高速在规划基础上作了较大调整，在东西狭长的射阳县城增设了三个互通接口，真正成为拉动射阳经济发展、惠及射阳百万人民的康庄大道。更重要的是，为了尽快建成盐射高速，射阳县下定决心，以地方出资70%、省交通控股出资30%的比例完成了20多亿元的投资。射阳港5万吨航道正在扎实推进，特别是"十三五"期间射阳港获批国家一类开放口岸、国际海上风电名城建设快马加鞭、2×100万千瓦火电项目顺利开工、射阳港与盐城港完成重组等等，都对射阳港能级提升提出越来越高、越来越紧迫的要求，射阳港10万吨航道码头也列入"十四五"规划。唯一没有进展的是疏港铁路支线，这多少是令人遗憾的。

2017年1月14日，在第一期《射阳发改》扉页上，戴荣江书记作了如下批示：

"县发改委紧扣中心、服务大局，突出要点重点，谋成难事大事，应该得到充分肯定。特别是盐射高速、五万吨航道、疏港铁路支线等一批本无可能的事项变成可能，列入了省政府的相关规划，为射阳当前，尤其是长远发展做出了卓有成效的努力，付出了辛勤的汗水，取得了显著的成绩。希望各镇（区）、各部门及各有关单位认真学习借鉴。"

书记的批示是动力，也是鞭策。我常常想，一个人的能力与努力极其重要。有能力不努力，一事无成；光努力无能力，一败涂地。将难做的事做成了，那叫才能；易做的事做成了，那叫职能；难做的事没有做成，那叫本能；易做的事未做成，那叫无能。其中，努力必不可少，能力决定成败。因为才能展示的是担当，职能体现的是责任，本能让人在惋惜中看到希望，无能让人在唏嘘中敬而远之！人人都渴望成功，但失败在所难免；个个都追求完美，但常有缺憾相随。

换一个角度看，做自己想做的事是幸福的，你的心里会荡漾着快乐无边的满足；做自己能做的事是幸运的，你是用成就展示着人生价值的美丽；做自己该做的事是难能可贵的，你所获得的褒奖体现了一份神圣的责任和担当；将自己所做的事做到极致是妙不可言的，因为艰辛曲折的过程更能体现出你的聪明才智和不懈追求！人在职场，不会万事遂愿，不该怨天尤人，不能率性而为，不要轻言放弃。因为最大的快乐是努力，最佳的财富是智慧，最美的过程是坚持，最好的结果是无悔，最后的成功是必然。

为规划奔波的这些日子，取得的这些成效以及留下的这些遗憾，无不证明这一点。

二、挺进百强县

衡量县域经济发展水平和质量，有两个最显著的标志：一是能否创造全国有影响的经验和特色，如当年的温州模式、昆山之路、苏州经验等等，二是能否进入全国综合实力百强县（市、区）。截至 2016 年，江苏省在全国各类百强县评选中，入围近 30 个县市（县级市）。在全国百强县中，盐城的东台、建湖都已入围，大丰、盐都在设区以前都入围过，而射阳因为多种原因，一直跟百强县无缘。

2017 年，国家发改委为了规范国家级、省级开发区运行，决定重新编排发布省级以上开发区名录。射阳县除了一个成立 20 多年的省级射阳县经济开发区外，另一家已获得省商务厅批文的射阳港经济开发区也希望入围国家名录。照理来说，射阳港经济开发区万事俱备，入围没有问题。但后来发现，邻县跟我们同样的情形，一个省级开发区和一个省级高新区都进了国家发改委名录，而我们只能进一个。对接后才知道，人家是全国百强县，可以进两个，我们没有入百强，只能进一个。

我又把邻县的指标找来研究，发现除了一般预算收入等少数指标略高于我们、GDP 指标非常接近外，有些指标还不及我们。但为什么人家就是百强县，我们就不是呢？为了弄个究竟，我们开启了百强县的对接工作。

当时全国百强县最权威的评定，一是中国社科院牵头的评价体系，主要评价经济发展规模、一般预算收入、城乡居民收入、绿色发展质量等，特别是对是否体现高质量发展尤其看重；二是工信部下属的赛迪研究院，侧重于工业经济研究和县域经济的创新能力、发展潜力等，对规上工业增加值、进出口总额、利用外资等指标权重较大；另外一家最早的研究发布机构中郡研究所，原隶属于国家统计局，后转变为社会组织，尽管仍然每年都发布信息，但其权威性已大打折扣。

我们先后对接了中国社科院、中郡研究所，都无功而返。特别是中国社科院的领导说，我们的财政收入没有达到 20 亿元，这是硬杠杠。不过，他们在听取了我们的汇报后也很震惊，说如果射阳的发展情况真的如我们所说，中国社科院是非常有兴趣做深入研究的。

其时我们的一般预算收入确实不高。特别是 2014 年新一届县领导到任后，下决心挤掉水分，轻装上阵，结果当年的财政收入不足 16 亿元，在全省垫底。接下来的两年尽管增幅高居全市第一，税比也很高，但因为基础不厚实，总量迟迟没有太大突破，到 2016 年底仍未达到 20 亿元。

但射阳人以一种不服输的精神气概奋力爬坡，艰难前行。

从 2016 年开始，全县的招商引资，尤其是重大工业项目开始呈现向好发展势头。在我到任发改委后，每月的项目备案数和计划投资额都跃升到全市前列，工业项目的实际投资额增势强劲。这一切不仅为一般预算收入的提高夯实根基，也为争创全国百强县积聚实力。

记得我们去北京对接后，被告知几个刚性指标不达标，没有参评百强县的资格，内心极度失落。但我们也安慰自己：射阳县离全国百强县越来越近了，我们已依稀看到曙光在前，就差最后一公里。

那次，我带着失落回来，跟戴荣江书记报告了北京之行的收获和争创百强县的情况。戴书记说：这个不要遗憾，说明我们的发展水平跟百强要求还有差距，继续努力，补齐短板，明年再争取。他不仅没有批评责怪我，还反过来安慰我：连你都觉得有难度，说明真的有难度啊。

从那以后，我认真反思，我们跟百强县目标相比，到底还存在哪些差距和短板。除了一些主要指标方面的差距外，我们围绕经济发展、改革开放、城乡建设、文化生活、生态环境、民生幸福"六个高质量发展"的指标逐一比照，找到与先进地区的差距，补齐短板，力争早日跻身全国百强。按照我们的构想，也是一个三年行动计划：一年打基础，两年抓完善，三年进百强。

就在我们扎实推进的过程中，2017年6月份，县经信委（县工信局前身）吴吉祥主任那里就传来好消息，由赛迪研究院发布的全国工业经济百强县，射阳已成功入围，且邀请县领导戴翔同志9月份到北京领牌。赛迪研究院排定的百强县主要突出工业项目建设，以绿色发展为导向，射阳新的产业定位跟赛迪的研究方向高度契合，与高质量发展要求不谋而合。

县委、县政府在反复调研论证的基础上，确立了发展新能源、电子信息、农副产品深加工、新型建材、通用航空和高端纺织六大产业，以三区（省级射阳经济开发区、拟培育的省级射阳港经济开发区和拟培植的省级高新区临海高端纺织染整区）为主阵地。其中，县经济开发区突出"高新"，确立电子信息为主导产业，同步发展通用航空产业；县港开发区突出"高大"，确立新能源为主导产业，同时发展农副产品加工和新型建材；临海高端纺织染整区以高端纺织为主，形成了"三区"并驾齐驱、"三高"齐头并进、三大主导产业竞相崛起的良性发展格局。与此同时，射阳县在大力推进环境治理过程中，下大力气淘汰落后产能，对传统小化工、小作坊式企业关停并转，严把项目准入关，凡属于高污染、高能耗项目一律禁批，成为盐城市屈指可数的"无化"县。通过驰而不息的努力，射阳县工业经济开始"龙抬头"，特别是远景能源、长风海工等一批高产出、高回报率的企业落户并迅速形成开票销售。从2017年初开始，射阳县各项考核指标全线"飘红"，多项指标增幅列全市第一。2018年唐敬同志升任县委书记后，干脆提出"视第四为耻辱"，要求所有牵头部门都要保三争二冲第一。

以赛迪评选的全国百强县为标志，射阳参评全国百强县工作捷报频传。特别是2017年下半年，射阳一般预算收入突破20亿元，县财政工作获得财政部表彰奖励和省委、省政府"真抓实干"激励，在盐城市综合考核中也昂首进入全市第一板块。全国百强县的桂冠，历史性地戴到射阳县头上。除赛迪外，射阳还加入了包括中国社会科学院、人民日报社等牵头评定的全国百强县俱乐部，后来的排名逐年前移。

中国社会科学院在百强县评选过程中，坚持与时俱进，将高质量发展的核心指标和营商环境相结合，将射阳作为高质量发展样板县份进行跟踪研究，形成了具有较高价值的研究报告，并在北京成功举办了研究成果发布会。那一天是 2019 年 3 月 23 日。县域经济研究的专家们应邀参加，十多家央级媒体参与报道。发布会的当天，媒体推出重磅报道，有影响的包括新华社记者王立彬的报道《绿色发展正成为县域经济后发优势》、中国社科院网站《探秘高质量发展之路上的"射阳现象"》以及新华网、《光明日报》等文章。与会专家盛赞"射阳现象"是党的十八大以来中国经济社会发生历史性巨变的产物，是中国经济由高

中科院举办"射阳现象"研讨会

速度发展向高质量发展转变、进入新常态的重要县域经济样本。中国社科院副院长蔡昉在课题研究报告《区域协调共潮起，绿色发展伴鹤飞》的序言中说："发展理念的正确引导、健康的政治生态、改革创新精神、经营机制完善的国有企业和强烈的民生关怀，是射阳现象之所以能发生的根本原因。"中国社科院农村发展研究所党委书记杜志雄研究员认为，射阳现象的本质特征是绿色崛起、协调发展，核心价值在于为面广量大的后发地区快速崛起探索出一条高质量发展前提下的高速度发展之路。江苏省政府研究室主任郑焱认为，"射阳现象"对后发地区更有标本意义和引领价值。

在今天看来，获得全国百强县也许无足轻重，尤其是对于江苏省这样一个全国最发达的地区来说，一半以上的县份早已跻身百强。在全国百强县排名中，进入前十的有一半以上，人们对进入全国百强县已经失去了当初的热情。但作为县域经济发展综合实力的象征，百强县是一个标志，更是一个新的起点。一年一度的评选和位次的进退，确实带给我们一种竞争的危机感和进位的获得感，成为推进工作的持久动力。在射阳发展的历史上，这是永远无法磨灭的美好记忆。

三、竞逐招商赛道

一个地区经济发展的程度，关键看招商引资的实绩和项目推进的成效，尤其是新兴产业的崛起和重大项目的落户，对各项经济指标的拉动是颠覆性的，对综合实力的支撑也是决定性的。

为了更好地融入大市区、接轨大上海，除了县里常态化在上海开展招商引资活动外，我们县发改委也积极主动与上海嘉定区发改委联系对接，签订了区域合作协议，为射阳优质农副产品进入上海开辟新渠道，也为上海产业项目转移射阳打开新空间。

与上海嘉定区发改委朱健民主任（右）签订合作协议

在县发改委工作，我对招商工作形成了一些感悟和启示：一要确定产业方向。一个地方的发展，必须鲜明地选准最适合、最具前瞻性的新兴主导产业，然后研究相关央企、国企、世界500强以及上市公司的并购重组、战略布局、投资意向，精准招商，减少敲门招商的盲目性；二要主攻重点区域。毫无疑问，珠三角、长三角是高新技术扎堆、日韩港台投资集中、产业外溢需求旺盛之地，更重要的是，在合适的时机找到合适的商机最能一拍即合；三要持之以恒发力。招商不是一阵风，不摆花架子，不能重形式，要真正沉下心来，盯着项目，拿出诚意，锲而不舍，才能在竞争中赢得合作；四要全力打造产业链。发达地区项目集中度高的核心要素是上下游配套，各类服务功能协调，后发地区要抢抓先机，致力提升高端产业要素集聚的吸附力，打造产业高端落地开花的产业链；五要营造诚信环境。天下熙熙，皆为利来。客商投资不能赚钱、招商引资成为骗局，这样的项目，不要也罢！环境包含着自然、区位、人际、治安、政务等多方面，但诚信最不能缺失；六要突出重点重抓。一些重点部门、重点区域的重要领导，掌握着优质招商资源，要从事务、会务、书斋中走出来，集中相当精力招商，他们因为决策果断、彰显投资生态，客商认可度高，容易产生特效。

发改委作为综合经济部门，参与招商引资是本职工作。而这几年的招商工作，我觉得最值得大书特书、津津乐道的是推动新能源产业的快速崛起和蓬勃发展，县领导和射阳港经济开发区劳苦功高，但我们也是尽了绵薄之力的。许多人认为，新能源产业是靠资源招商，不算本事。我觉得，有天然资源固然是优势，但只靠资源就能招到优质客商，做大做强支柱产业，未免天真。射阳过去释放了那么多风电光伏资源，几乎没有一个产业项目落地，如今仅仅释放了70万千瓦的海上风场，新能源产业就初步形成高端、完整的产业链。而两个海上风场的投资主体都是央企，他们根本没有在射阳落户产业项目。我想表达的是，招商是一门学问，需要用大智慧招引大项目，用好资源吸引真客商。

2016年6月底的一天，县委书记、县长都在参加盐城市委、市政府半年工作推进会。我突然接到戴荣江书记的短信："远景到哪里去了？"老实说，我刚到发改委工作两个月，还不知道远景的具体情况，便赶紧电话联系时任港区主任的张者森同志。他告诉我远景副总方翛就在射阳，他正在陪同。我回复书记短信："远景副总现在就在射阳。"书记重重地回我一句："不要人家都签约了，你们还在做梦！"事后我才了解到，在那天的工作交流会上，盐城的另一个板块汇报了远景项目的签约情况，而射阳也一直跟踪这个项目，却始终没有进展。我能体会到书记在交流会现场的心情。当天下午，我就赶到港区，和张者森主任一起接待了方总。那时我才了解到，远景是一家新能源装备企业，国际化程度非常高。作为风电整机制造企业，远景无疑是一个"香饽饽"，成为大家争抢的对象。

当时的远景，虽然跟另一板块签了约，但心心念念的仍是射阳，因为海上风电整机制造需要港口支持。射阳既有射阳港作为产业港的区位优势，又有已列入规划的 90 万千瓦待开发海上风场的资源优势。按照欧洲的开发技术，可放大至 150 万到 200 万千瓦的规模，这对远景来说还是极具诱惑的。此前，射阳跟远景多有接触，但始终没有实质性突破。我跟张者森同志商量，他提出：将欲取之，必先予之。我们可分三步走：第一步，释放 30 万千瓦的海上风电资源给远景，只要远景能在射阳建设一个云平台项目。这个投资不大，射阳提供场所，远景应该能够欣然接受。我们这样做，目的是建立起双方之间实质性的关联，便于后续更深入地接触；第二步，我们将海上 90 万千瓦的风电资源"许配"给远景，推动资源与产业联动开发。所有跟我们洽谈的风电开发企业，我们都推荐跟远景洽谈；第三步，邀请远景技术团队介入，跟华勘院一起商讨 90 万千瓦风电场"扩容"问题，引进欧洲开发技术，最大开发规模可达 200 万千瓦。这对远景来说，诱惑力也是巨大的。

张者森同志刚到射阳港经济区时任主任，后来改任书记。射阳港升格为省级开发区后，他又被提拔为副处级，仍担任港区书记。我们之间的配合相当默契，按照县委、县政府的要求，我们"合谋"了一场招引远景的"大戏"。

射阳港经济开发区的同志们暗暗使劲，远景海上风电云平台悄无声息地推进。到2016年底，射阳海上风电云平台项目实质性建成运营，有几家有意参与射阳海上风电开发的央企找到县委、县政府，县领导又推荐到我们发改委先洽谈，我们再把他们跟远景"撮合"。我们的条件是：既实现海上风电资源利用最大化，又让远景风机制造项目在射阳落地。

当年10月份，龙源集团项目负责人韩建兴同志在电话里告诉我，有一个天大的喜讯！我问是什么喜讯？他说龙源和远景主要负责人已达成协议，充分利用远景先进技术和龙源资金实力，联合开发射阳海上风电，建成国内首家最先进的百万千瓦级海上风电示范项目。同时远景整机制造项目落户射阳，年产值不低于50亿元，税收不低于2亿元。

说实话，射阳迄今为止还没有工业税收超亿元的制造业项目，如果前景真的如此美好，无论对于远景还是射阳来说，都是共赢的好事。随后，我让龙源和远景提供了详细的合作方案，并分别向戴荣江书记、唐敬县长报告。我跟戴书记汇报时，分析了射阳海上风电现状。我认为海上风电已进入大开发的风口期，远景是走向国际的民营制造企业，具有雄厚的技术实力和国际化背景；龙源是能源央企，他们之间强强联手对射阳海上风电的开发利用以及未来经济发展，都有支撑和示范效应。再说对海上风电资源，存在许多不确定性，不如尽快出手，争取主动，希望书记能支持我们90万千瓦整体开发的设想。书记毫不犹豫地表示："我有什么理由不支持你们呢？"他要求时任县委常委的戴勇同志带领港开区、县发改委同仁立即前往上海跟远景商谈。我说今天已是腊月二十九了，远景都已放假了，只要书记同意，这个项目跑不了，我们春节后一上班就出发。戴勇是一位学者型官员，他从南京大学毕业后选择留校，后挂职射阳县副县长，又改任县委常委，招商是他分管工作之一。对于有价值的项目信息，他从来不会错过。他是工作上的拼命三郎，在他的带领下，射阳项目战线好戏连台，捷报频传。

唐敬县长也对这个项目表示坚定支持，他还在2017年3月16日亲自带领我们赴上海跟远景签约，这也是他担任射阳县长期间唯一亲自签约的项目。

2017年5月18日，射阳远景整机制造项目隆重举行开工仪式。我作为服务部门代表被安排作表态发言，真是感慨万千。正如我在远景项目开工时所言：

> 远景选择射阳就是选择财富、选择未来，射阳牵手远景就是牵手希望、牵手成功！这一刻虽然短暂，但绽放的光芒将照耀远景的美好未来，也照亮射阳后发再起的锦绣前程！我们县发改委有幸见证远景落户射阳的全过程，也将全程参与到远景全产业链项目建设的服务中。借此机会，我愿代表所有服务部门郑重承诺：第一，只争朝夕服务项目建设。我们将会同射阳港经济开发区、远景建设团队和相关部门，秉承"今天再迟也是早，明天再早也是迟"的服务理念，科学制定推进项目建设的时间表、路线图、责任书，愿以我们的合心合力、优质服务催生更加快捷高效的"远景速度"，在射阳重大项目建设史上留下堪称经典和浓墨重彩的印记。第二，不遗余力搞好项目申报。远景项目是一项宏大的系统工程，投入巨大，链条粗壮，向国家、省、市发改及能源部门申报、对接的工作量大、任务繁重，我们将组建强有力的服务团队，认真扎实做好规划修编和项目申报的各项工作，确保所有项目都能够按照既定的时间节点如期完成。第三，千方百计做好项目争取。远景新能源作为高新技术产业和战略新兴产业，引领着新能源建设方向。我们将按照打造全国规模最大、科技含量最高、配套产业最优的风电设备研发、制造产业基地的目标定位，抢抓政策机遇，积极帮助申报各类政策资金，争创各类品牌荣誉，努力为射阳远景全产业链项目建设锦上添花！

有些项目，无需吹嘘，自有精彩；有些画面，无需定格，自留心间。关于远景，我们只需畅想愿景，与希望同在；我们只需高效服务，让梦想成真！

当年 12 月份，远景项目初步建成并接受了盐城市"家家到"观摩；2018 年开票达到 30 多亿元，税收近 2 亿元；2019 年开票 40 多亿元，税收近 4 亿元……

在全球新能源领域，远景能源是不可或缺的存在。它虽然是中国的一家民营

远景（射阳）项目隆重举行开工仪式

企业，却是一家国际化的科技公司，有中国风电行业的"小华为"之称。作为行业"新贵"，远景能源和CEO张雷，备受全球关注。

远景落户以后，射阳首次以"东道主"身份参加了2017年10月在北京举办的全球风能展。金秋首都，到处洋溢着喜庆气氛。在京召开的国际风能大会更是商贾云集，高朋满座。射阳首次派出高规格团队与在射阳投资的远景能源相继举办远景风机展、新品发布会及射阳新能源产业投资说明会等重磅活动。远景以其卓越的智慧能源和技术优势惊艳全场，从产品展销到智慧物联，从签订战略合作协议到助阵射阳产业招商，远景成为行业新贵，射阳获得无限商机！在此期间邀请几百位客商参加新品发布、30多家企业参加招商推介，拜访数十家中外参展企业。西门子、LM等知名跨国公司强烈表达了来射阳投资的愿望，英国、德国等行业协会将组团来射阳寻找合作商机。我们诚挚邀请并致敬所有已经签约和即将来射阳考察投资的中外宾朋，让我们一起聆听"风"的絮语，讲述"能"的故事，畅想未来愿景，在碧海蓝天间感受射阳的无限风光和地久天长。

在那次全球展会上，我作为一个县区发改委主任，第一次睁眼看到世界风能如火如荼的发展大势，感到特别震惊和兴奋。北京国际风能大会云集世界行业精英和前沿技术，也给我们打开了瞭望全球的窗口。风能展上的远景光彩夺目，携国际高端客户，集科技智慧一身，仿如端庄少女，举手投足尽显高贵气质，毫无疑问是能源行业的大家闺秀，令人着迷！也正是在那次风能展会上，我兴奋地通过朋友圈告诉每一个朋友：远景，拉近了射阳与世界的距离！

再后来，在远景的穿针引线下，我们多次赴欧洲考察，造访了丹麦埃斯比约港、英国格林姆斯比港等重要能源港，拜访了一大批世界500强的能源企业，参加了盐城市在欧洲举办的能源招商活动。射阳港还多次举办中丹合作论坛等活动，并与埃斯比约港结成友好港。

除了远景，亨通海缆项目的落地也充满戏剧性。那年全国两会期间，江苏省盐城代表和苏州代表分在同一组讨论。作为全国人大代表的亨通集团崔根良主席、远景 CEO 张雷和盐城市委主要领导因缘际会，一拍即合，初步确定亨通到射阳投资。市委主要领导致电射阳县委唐敬书记，要求两会结束后立即到亨通总部拜访。真是山重水复疑无路，柳暗花明又一村！此前射阳港到亨通登门招商，被拒之门外，如今在高层引领下又梦想成真，真是天不负射阳。两会结束的第二天，唐敬书记就跟市发改委王旭东主任带领相关部门同志赶到吴江。崔根良主席热情接待并当即安排相关部门来射阳实地考察，洽谈项目落地细节。踏破铁鞋无觅处，得来全不费工夫，一座现代化的亨通工厂很快在射阳港破土动工。

随着远景能源、长风海工、亨通海缆等一批风电制造业企业落户，时代新材、天顺风能、大连重工、LM（艾尔姆）、ZF（采埃孚）、保利泰克等更多国际国内龙头企业纷至沓来，一个新兴的能源产业港在射阳拔地而起。国际风电名城的大幕已经开启，拥有千万千瓦级海上风电宝藏的射阳，更加热烈地张开双臂，拥抱"长风破浪会有时，直挂云帆济沧海"的新时代。

当然，从招商角度来看，部门无论怎样使力，都只是"配角"，新能源产业招商的主战场、主阵地在射阳港，主力军仍是射阳港的一班人。在县发改委工作的这几年，我时常为他们不辞劳苦的拼搏精神所感动。这些年射阳港一班人，个个成为风电行业的全能专家。风电全产业链的龙头企业有哪些？全球知名企业分布在哪些国家和地区？国内风电产业现状、未来走向是什么？国家风电产业政策动态怎么样？新能源产业的新赛道在哪里？从产业链条到具体零部件，从行业地位到市场占比，他们对这些都了如指掌，了然于胸。为了确定新能源产业的招商方向，他们把国际国内的上下游配套企业都研究透了，反复筛选，锁定目标企业；为了让客商熟悉了解射阳，放下各种顾虑到射阳投资，他们不怕千辛万苦，踏遍千山万水，精准出击，敲门招商。他们还组织各种招商活动，搭建各类招商平台，先后举办新能源峰会、海上风电论坛、中丹论坛等。他们完全用自己的贴心服务赢得客商的信任。

需要特别说明的是，在射阳港落户的项目，是没有什么优惠政策可言的。许多地方要么实行税收减免，要么土地价格低廉，要么给予投资补贴，要么变着花样奖补。但在射阳港人看来，那些在优惠政策上争小利的客商，要么格局小，要么实力差，这样的项目，不要也罢。奇怪的是，在射阳港投资的客商不仅没有因为缺少优惠政策而放弃投资，相反，已在这里落户的企业还不断扩大投资，招引上下游项目产生蝴蝶效应，新能源产业园、新型建材产业园、港口物流园渐成气候。由此可见，射阳港最大的优惠就是最贴心的服务。资料显示，近年来在射阳港投资的项目，没有一个夭折，没有一个倒闭，没有一个不赚钱，这才是射阳港的魅力所在。

在中丹建交 70 周年（2017 年）之际，国内最大的安徒生童话乐园项目在射阳正式落户，来自丹麦王室成员和安徒生故里的客人们都应邀来射阳参加开业庆典。射阳杂技团在中国文化部组织的中丹文化交流活动中，多次代表中国赴哥本哈根演出，远景在欧洲的研发中心也设在丹麦的埃斯比约港。而后随着保利泰克加盟，射阳跟丹麦的合作将锦上添花、更上一层楼。

在招引制造业项目的同时，我们和射阳港一道，将目光投向储能、氢能、海水淡化、新能源产业研究院、零碳经济园区等先导、新兴、前卫的配套项目上，利用"十四五"规划契机，对射阳深远海风电项目进行新的规划，争取国家和省、市发改委支持，列入国内为数不多的千万千瓦级大基地和百万千瓦级远海示范项目，谋求拓展"十四五"更大的发展空间。

一个地方的经济发展水平、改革开放程度，很大程度上取决于招商引资的实际成效。远景落户射阳后，我们得以"跟着蜜蜂找花朵"。2018 年和 2019 年，我们相继赴欧洲考察了丹麦埃斯比约港，将射阳港与格雷诺港、曲博伦港结为友好港口；考察了德国储能项目，并首次参加了在英国举办的全球风能装备展；在远景的邀请下，英国前首相卡梅伦还参加了在盐城举办的全球风能大会并发表热情洋溢的致辞。

放眼今后的射阳，海上风电仍将是一块巨大的宝藏。根据"十四五"发展规划，射阳将拥有 500 万千瓦的近海和 1000 万千瓦的深远海风电资源，开发千万千瓦级、投资超千亿、产值超千亿的产业发展目标一定能够实现。新能源产业将助力射阳崛起，成为射阳最靓丽、最精彩的产业名片。

有许多东西，放在自己手里一钱不值，而在别人看来则是无价之宝！易经对于普通人来说仅是玄学，对博古通今者而言则是经典；文物对于无知者来说无异于废品，对于考古学家而言则是鲜活的历史；眼下备受追捧的风、光资源，不能科学开发利用就一文不值，而在拥有开发实力的商贾巨头看来则比巨大金矿更有价值。即便是金子，也未必到处都能发光，只有在合适的时间、合适的环境里遇到淘金人才能大放异彩。

射阳风电资源，何尝不是如此？依托风电资源，射阳正加快建设享誉全球的国际风电名城。如今，我虽已退居二线，但蓬勃发展的新能源产业仍如火如荼地发展。一任接着一任干，一任做给一任看，期待着世界风电之都、国际风电名城早日建成！

四、指标全面"飘红"

县发改委的一项重要职能是一年一度向县人大汇报国民经济和社会发展计划的执行情况，尤其是各项经济指标的完成情况。我一直有一种渐入佳境的感觉，汇报起来也底气十足，信心倍增。

在发改委工作的这几年，我不仅自己感到忙得不可开交，各镇区也被一根无形的"鞭子"抽着、赶着，不停地奔跑着。

每年省、市下达给各县区的考核指标，基本上都是在上年完成任务的基础上体现一定增幅，而射阳这几年的发展，恰恰进入高速度与高质量并举阶段。不仅仅是全县，许多镇区如果按照市里下达的指标进行分解，就可以轻轻松松完成全年考核任务，工作压力就会释放一大半。怎么办？我们根据县委、县政府主要领导的"意图"，编排了两套指标体系，一套用于上级对县区考核，一套用于县里对各镇区的考核。县里所有考核指标增幅均高于市对县的考核指标，特别是体现经济运行速度和质量的财政收入、工业税收、利用外资等指标，实行"层层加码"，甚至达到50%以上，以此传导压力，让各镇区"跳起来摘桃子"。譬如说，下达给县经济开发区的利用外资任务，就是"一区保全县"，一区只要能够完成任务，全县就能完成市下达任务；下达给射阳港经济开发区的工业开票销售、工业税收任务，占到全县的一半以上，这样的指标，即使跳起来也未必能摘到桃子。而由县发改委牵头编排的指标完成情况，又作为县里对镇区考核的主要依据，搞得所有镇区都泰山压顶，气喘吁吁，忙得不亦乐乎。

虽是指标"造假"，搞了"两本账"，但考核却归真，严格兑现奖惩，当然"后遗症"也来了。

市里对射阳的考核，因为各项指标全面"飘红"，主要指标增幅一直在全市前列，多项指标的增幅列全市第一，每年最多一至两项列入市对县考核指标增幅低于前三，但肯定还在前五以内。尽管如此，县领导依然提出高要求，明确提出"视第四为落后"，要求所有指标都要进入全市前三，已进入前三的位次要前移，已是全市第一的要千方百计保住第一，每月查点指标完成情况，查找薄弱环节，研究对策措施。

但县内的考核，却非常"难看"。两极分化非常明显，有些镇区在某些领域成绩非常耀眼，但工业税收、外资外贸、一般预算收入等核心指标总有些欠缺，能够全部完成任务的凤毛麟角。而我们的考核分值占比又较大，接近"一票否决"，不少镇区使出浑身解数，全部完成任务依然十分困难。这也成为县领导"问题导向"的切入点，还每季度开展考核红黄旗竞赛，扛红旗者喜形于色，得黄旗者愁眉苦脸。

2017年底，对照考核结果，县里的核心板块——"三区一镇"（县经济开发区、射阳港经济开发区、县高端纺织区、合德镇）对照指标完成情况，要么财政收入未完成任务，要么利用外资存在缺口，要么重大项目招引欠缺，都不能得到县里的综合奖。这可让县领导犯难了，当时出现三种意见：一种认为严格考核，都不给；一种认为大家都不容易，都给；还有一种认为，完成财政收入和外资任务的可以优先考虑得奖。县委主要领导左右为难，"三区一镇"领导也满腹委屈。

为此，我专门找县委戴荣江书记为三区一镇"求情"。我问书记，我们发改委的工作强度怎么样？书记说当然很辛苦。我说我们再辛苦也没有镇区辛苦，"三区一镇"就更辛苦了。书记听出我的话外音，问我对"三区一镇"考核结果怎么看？我说三区一镇的经济总量达到全县70%以上，其他板块都能得到综合奖，三区一镇作为独立板块，一个综合奖都没有，不能服众啊，说明我们的考核机制出了问题。至少，我们发改委在年初下达的考核指标出了问题，偏高了啊。

书记立马收敛了笑容，"谁说指标出了问题？越是这样越不能给综合奖"。我赶忙解释说，不是镇区的同志讲的，是我们发改委这样认为的。书记脸上这才阴转晴。"我们觉得他们全都超额完成市下达任务，都得综合奖都不过分，任何一家不得奖都感到委屈"，我继续为镇区据理力争。"来年可在制定考核办法时做加法，今年建议领导能考虑到三区一镇的努力辛苦程度，一年忙到头，基层同志都眼巴巴地望着呢。"我知道书记对基层的辛苦看在眼里，他心里更是明镜似的，我此时的建议触碰到他心中最柔软的地方，跟他不谋而合。"马上再听听其他同志的意见"，书记最后说。

后来，无论是县委常委会还是党政联席会，大家都对"三区一镇"获得综合奖没有异议。那一年全县首次跻身盐城市综合考核一等奖行列，18项单项考核中有16项获奖，收获了史无前例的大丰收。全县当年的 GDP 规模也首次突破 500 亿大关，各项工作全面进位争先，高歌猛进，气势如虹。

当然，我们的指标"双标"是建立在真正的数据打假基础上的，同时也不是好高骛远、遥不可及的，通过努力完全能够实现。新一届县委开局就一改过去的浮夸风，崇尚求真务实，在推进工作过程中坚持把事情做实，把水分挤干。利用外资工作的跳跃性很大，只要引进好的外资项目，就能实现裂变式增长，如果仍等同其他指标一样温和式增长，有些板块根本无需努力即大功告成，这绝不是县委想要的结果。财政工作也一样，一般预算收入的增长幅度高于全市，但县里更重视财政收入中的税收占比，因为这才是衡量财政运行质量的风向标。这就要求各镇区重视招引重大项目，落户税收贡献大的真项目、好项目。比如 2017 年远景落户射阳港，当年开工当年建成，第二年就实现税收超亿元，最高年份接近 4 亿元。

在成绩面前，县委始终保持戒骄戒躁的工作作风，清醒地认识到我县与经济发达板块存在的差距，并反复告诫大家，我们的增幅是低水平基础上的高增长，与市内好的县市区相比，总量仍偏低，基础还十分薄弱，与苏南等发达地区相比，差距就更不是一般的大了。希望全体同志始终保持清醒头脑，不沾沾自喜，不盲目乐观，把过去的成绩归零，以开局就是决战的姿态，一年接着一年干，一任接着一任干，埋头苦干，不事张扬，卧薪尝胆，再创辉煌。

在项目编排过程中，我们也按照县委要求，同样加大压力，牵头编排的"两重一实"项目，不仅要求镇区亿元以上项目完成签约数、开工数、竣工数，对重点板块还要求投资达 10 亿元、30 亿元、50 亿元项目，两个省级开发区每年还要向 100 亿元以上项目冲刺。以考核为导向，逼迫镇区始终确立项目为王的理念，始终绷紧招商这根弦。全县每年编排的亿元以上投入项目超百个，列入市考核的重大项目数尽管只占县里项目数的五分之一，但绝对数一直居全市前列。

一个地方的发展，关键看项目，看招商引资的实际成效。所有数据的背后都靠项目支撑，射阳这几年脱胎换骨的变化，跟大力度招商引资、项目推进密切相关。

数据"双标"绝不意味着弄虚作假、好高骛远，真抓实干也不意味着脱离实际、盲目蛮干。在那样一个你追我赶、只争朝夕的年代，我认为善意的"双标"就是创新，是抬高标杆的自加压力，是高目标追求的题中之义。许多年以后回想这段峥嵘岁月，依然会津津乐道，回味无穷。

五、生"财"有道

云南省东川区党政代表团慕名到射阳参观考察，我受邀作了题为《解读高质量发展之路上的"射阳现象"》的讲座。来宾们好奇地问我：射阳在江苏省并不是发达县份，一般预算收入不算高，却做了那么多基础工程，办了那么多民生实事，钱从哪里来？债务有多少？这是经济欠发达地区遇到的共性问题，也是如何摆脱困境的灵魂拷问。

而戴荣江书记在射阳工作期间，大家对他挂在嘴边的一句话记忆犹新："射阳缺钱吗？"乍听他这么一问，觉得很可笑。有哪个县不缺钱的？再说射阳并不是一个发达县份，连富裕县份都说不上。2014年底，射阳财政一般预算收入列江苏省末位，长期以来的入不敷出、寅吃卯粮造成债台高筑，保工资、保运转十分困难，连机关的正常办公经费都无法保障，怎么不缺钱呢？

我在县司法局工作时，按照省、市、县要求，新建法治惠民中心，将机关绝大多数人员安排到窗口办公，并将法律援助、司法公证、医患纠纷调解等都集中到窗口。在即将运行前夕，戴荣江书记前来调研，问我还有什么困难。我考虑到县财政十分困难，对我们的支持已经非常大，便支支吾吾，欲言又止。戴书记让我有话直接说，我便告诉他，新装修单位，还有些甲醛污染，检测和清除甲醛还需大约10万元。谁知戴书记要求财政局立即安排，他说没有什么比来这里工作的同志健康更重要。他还反问我："射阳缺钱吗？"后来我才知道，他到射阳深入调研后发现，只要把射阳的资源科学利用好，就真的不缺钱。他还叮嘱我："没有钱怎么做事情？你把所有经费需求都提出来，安排到县财政的年度预算中，我让你们'一劳永逸'。"在他的大力支持下，乡镇司法所破天荒地将办公经费列入县级财政预算，法制宣传费严格按照上级规定的人均1元标准拨付，这在全省司法系统也传为佳话。不只是县司法局，所有机关单位的预算都不同程度地增加。县委、县政府的要求是：前门开足，后门堵死，预算之外无支出。当然另一个要求是，任何单位，再也不得以没有钱为借口不做事。同时，预算的宽裕并不意味着只开源不节流，相反，对机关的公用经费大规模压缩，公款旅游、吃喝风得到有效遏制。

戴荣江书记来射阳工作前，便是盐城市财政局局长，不得不佩服他丰富的财政经验。他看到了射阳的遍地财富，也看到了射阳财政捉襟见肘的原因所在。"射阳缺钱吗？"成为一段时间的流行语，尽管当时有许多人把它当成玩笑话，但后来发现，射阳从此真的不缺钱了，关键是领导要有生财有道的真本领。我对财政工作是外行，但到县发改委工作后，我觉得我们不仅有效防范和化解了可能存在的金融风险，而且取"财"有方，生"财"有道，一些科学理财的路径，成为推动全县经济社会发展，打造幸福射阳、美丽射阳的源头活水。

做强国有企业是重要支撑。在市场经济体制的架构中，国有企业是国民经济的重要板块，在关键时候发挥关键作用。"6·23"风灾发生后，为了帮助灾民重建家园，县国投集团、城建集团和开发区裕华公司各领一块，仅用短短3个多月时间就建成三处高品质的示范点，让灾民兴高采烈地搬进新居，也成为新农村建设样板小区。一些地方国有企业之所以未能发挥应有作用，关键是没有推动国有企业实体化运行，而仅仅将其作为融资平台。新一届县委高度重视县属国企建设，配强领导班子，鼓励他们对国有资产重组并购、打包赋能，参与市场竞争，明确年度目标任务、考核办法，为他们量身制定经营方向和重点。如县国投集团主要承担政府工程，参与重大社会事业项目建设，做强做优射阳大米品牌和新能源产业；城建集团以经营城市为主业，重点参与重大基础设施建设和房地产开发，既有利于房地产市场的平稳发展，还可获取适度利润。这些国有企业全部走实体经营之路，将资源变资产，资产变资本，资本变资金，资金形成现金流。大量政府想做而没法做的工程得以实施，真正做到事情做起来，债务降下来。在此过程中，我们发改委对国有企业的 AA 评级、企业发债、项目立项、对上争取政策资金扶持等全力以赴，县旅游投资集团一次性争取国家 30 亿元的林业长期低息贷款，我们还配合争取到国家发改委的贴息支持。

国有企业不仅要错位发展，而且要配强班子，这是关键的关键。县级国有企业没有实体支撑，就会成为融资平台和债务陷阱，增加县级隐性债务。

学会经营城市是关键举措。经营城市是一篇大文章，既要科学有序，又要节约集约，千万不能一哄而上、大拆大建，留下一大批烂摊子，也不能不计后果搅乱市场，对后续发展遗患无穷。而是需要有大智慧，稳扎稳打，点石成金。县城千鹤湖公园建成后，周边地价应声看涨。新城区人民医院、港城中小学、幼儿园等项目建成后，同样实现周边土地增值。包括盐射高速增加县城入口，都带动相关地块价格攀升。土地财政作为县级财源的重要构成，要依靠而不依赖，有序、集约、高效、科学开发，实现效益最大化。同时，有国有企业参与的房地产开发，既避免了房市过热、房价过高，造成房地产市场畸形发展，又避免房价过低、房产过剩、去化周期过长、房地产市场无人问津的尴尬局面。射阳县这些年在推进农村城镇化、大规模拆迁危旧房屋、鼓励农民进城方面的探索是积极的、有益的，取得事半功倍的效果。

招引重大项目是持久财源。发展是硬道理，招商是硬实绩，税收是硬财源，唯有重大项目不断落地，才能源源不断地厚实财政家底，实现可持续发展。射阳这几年招引的重大项目陆续见效，县经济开发区的电子信息板块、射阳港经济开发区的新能源板块、临海高端纺织区的纺织板块以及合德镇工业园区的专精特新板块，每年的税收都稳步增长，对财政的贡献份额也逐年增加。特别是新能源板块的税收增幅惊人，全县税收超亿元企业也持续增加，对财政的支撑作用凸显。

争取上级支持是必要补充。县领导凭借在财政系统工作的丰富经验，加上县财政局一帮人的努力和射阳特定发展阶段的状况，全县每年争取省财政转移支付的资金也相当可观。不仅如此，射阳财政工作连续几年获得省政府"真抓实干"奖励，2017年还获得财政部奖励，而全国仅有26个县区获此殊荣。

全县还积极推动化解镇村债务和清理国有企业民间借贷工作，制订了三年化债计划。高息的民间借贷全部清退并不得举借新债，少数国有企业工作不力，县纪委强势介入，确保清理到位。经过驰而不息的努力，射阳县级政府债务是全市最低的两个县区之一。

由于全县财政家底逐步殷实，财税结构合理，每年列入支出预算高达百亿元。我们看得见摸得着的是，村组干部的收入三年翻两番，机关工作人员的考核绩效大幅提高，连环卫工人、社会弱势群体的收入都成倍增加，过去建成却无法装修、工头跑路的烂尾楼全部投入运行。每年1月10日前，所有工程款都必须足额垫付到位。新城建设、旧城改造、农村城镇化步伐不断加快，射阳作为海滨小城的形象越发靓丽。

当然，做好财政工作是一门大学问，对各级政府都是一个大考验，考验着地方政府的理财能力和管理水平。财政的真正实力是靠发展硬支撑，那种土地财政、转移支付财政终究是不长久的。特别是随着市场行情的变化和国家财税体制的调整，财政"返贫"的现象也会说来就来。如果超出发展条件许可搞政绩工程、靠增加罚没款维持运转，则可能既恶化干群关系，又破坏营商环境，更是理财大忌。

六、进位争先

所有的努力都是用成果来展示的，所有的成果都是通过荣誉来见证的。

我到县发改委工作的第一年，即2016年底，盐城市公布了年度考核办法。除了党建和精神文明建设外，"六个高质量"的考核牵头部门主要在市发改委，特别是经济发展高质量、改革开放高质量所占的分值较大，又是我们增幅较大的优势所在。我觉得全县人民的付出一定有回报，这个回报首先体现在年度考核中。我们认真研究市对县考核细则，对刚性考核的指标、项目部分，满怀信心和期待。我深知，这一年来，无论是我们发改委内部的革故鼎新、流程再造，还是全县经济的触底反弹、全面复苏，都已展现出蓬勃生机。这一年尽管全县爬坡的过程艰难，但毕竟曙光在前，希望在前，在新一届县委、县政府的带领下，全县上下励精图治、砥砺奋进的氛围逐渐形成。在县政府的大门上，"今天再迟也是早，明天再早也是迟"的醒目标语，仿佛在提示每个人，争分夺秒干工作，只争朝夕做贡献。

县发改委负责项目的立项备案审批，项目的备案数和计划投资额逐月上升，到2016年底已追平盐城市最多的板块，2017年起，在全市处于前列。列入全市考核的重大项目，尽管投资规模与先进县市区仍有差距，但项目数和当年实际投资额已跻身前列。一些主要经济指标的增幅在全市遥遥领先，实际利用外资连续几年在上半年即完成市下达的考核任务。这样喜人的发展势头，让我这个县发改委主任当得干劲十足、扬眉吐气。越是如此，我越要求我们部门的全体同志更深入地研究每项指标，更密切地关注全市的先进板块，更精准地研判我们的薄弱环节，与有关镇区密切沟通，在市对县、省对县的考核中努力不失分，力求多得分。

后来，由于远景能源、长风海工等重大项目建成并产生效益，射阳主要经济指标结构发生颠覆性变化，发展势头更加迅猛。在这个过程中，我们始终咬定绿色发展不动摇，绝不以牺牲环境为代价换取经济发展的增速，绝不走宁愿被毒死、不能被饿死的老路。在我担任县发改委主任的 5 年多时间里，没有审批过一个有污染的项目，射阳还是全市少有的既没有化工园区也没有化工项目的县份。

2016 年，射阳从上年度的全市排名垫底前移 4 位，时隔 12 年后，首次获得盐城市综合考核奖。要知道，在县区之间犬牙交错的擂台赛上，在进一位都难于上青天的激烈比拼中，一下子前移 4 位是个怎样的概念！射阳仿佛一位大病初愈的人，尽管做任何事情都吃力吃劲，但毕竟"沉舟侧畔千帆过，病树前头万木春"，元气正在逐步恢复中。

2017 年，射阳的发展更是势如破竹，锐不可当，再次以前移 4 位的速度获得盐城市综合考核第四名，列二等奖第一名，让标兵不敢懈怠，让追兵望而兴叹。

2017 年元旦那天，我静坐在办公室里。冬日暖阳透过窗子照射到我的案前，盆景植物即使在这样的季节依然蓬勃着绿色，春意盎然。我一直浮躁焦虑的内心，终于得以沉静下来。在这个时光交替的日子，想及全县一年来发生的巨大变化，不由自主地写下了我的新年献词——《撸起袖子加油干》。我编发在内刊《射阳发改》上，在全县上下引起强烈共鸣，掇录于此：

不经意间，2017 翩然而至。也许是背负太重的行囊，也许是承载太多的期望，我们所感知的时光是那样短暂，我们所经历的日子是那么匆忙，以至于还没来得及细细品味"时间去哪儿了"，2016 便赠我们以背影。却顾所来径，苍苍横翠微。过去的一年，全县人民在县委、县政府的坚强领导下，励精图治、奋发图强，写下了后发再起的崭新篇章——

辉山乳业精彩绽放，题桥纺织铿锵落子，航空产业横空出世，远景能源牵手射阳……重大项目纷至沓来，点燃了我们跨越发展的激情和梦想；

城乡环境持续改善，民生实事扎实推进，教育卫生人民满意，党风政风百姓点赞……天蓝水绿、政通人和勾勒出鹤乡大地的秀美画卷；

射阳服务催生辉山速度，康居工程打造全市样板，多措并举推进债务化解，"四个托底"撑起幸福蓝天……

一批可复制、可推广的特色工作成为引领改革发展的标杆和时尚；魅力港城赢得宾朋夸赞，清清河水留住游子乡愁，凡人善举演绎真实故事，抗灾救灾凝聚射阳精神……当灾民乔迁新居，当危房变成楼宇，开心的笑容质朴而俊美，快乐的日子幸福而甜蜜！

在奋斗的征程上，汗水比泪水更有营养，奉献比收获更有力量！我们曾经历挫折，但创塑全新印象的追求如朝阳喷薄；我们也曾经历心痛，但总有一种后发再起的希望如皓月之恒！我们留恋过去的辉煌，却在不甘落后中创造了新的奇迹；我们怀念美好的过往，却在实干争先中谱写新的乐章。

放眼今日射阳，干群干劲最足，政治生态最佳，发展速度最快，运行质量最优，社会评价最好，射阳腾飞的轨迹从来没有像今天这样放射出耀眼的光芒！发展和改革，是后发再起的永恒主题。

我们庆幸，能够在发展的大潮中中流击水；我们自豪，能够在改革的巨浪里浪遏飞舟！

凡是过去，皆为序曲。2017年已经到来，县党代会提出了"项目强县、兴业富民、实干争先"的新要求，吹响了加快"跻身全市第一方阵"的号角。重大项目布局拉开帷幕，"1120"引领工作方向；港海经济大潮汹涌，海港渔港空港竞相崛起；全面小康建设步伐矫健，射阳后发再起前景辉煌！

身为发改人，我们自当谋大局、做大事，开拓创新，在加快后发再起中展示我们的责任和使命；敢担当、善作为，履职尽职，为跻身全市第一方阵做出我们不懈的努力和奉献！让我们和全县人民一道，在县委、县政府的坚强领导下，苦干实干拼命干，撸起袖子加油干，不断刷新更高更新更美的新纪录，不断创造富庶富裕富足的新辉煌！

在当年的新春团拜会上，这篇短文还被文艺工作者们加工成一个朗诵节目，为参加团拜会的领导和嘉宾作汇报演出。

回望这一年，我真的是南征北战，东奔西走，风雨无阻，星夜兼程，尝遍酸甜苦辣，但也收获累累硕果。最重要的是，整个射阳从"形"到"神"，都发生了脱胎换骨的变化：农村面貌得到根本治理，河道变得清澈，家前屋后不再脏乱差，新农村示范点建设次第铺开，村庄绿化渐成气候，新建乡村等级公路300公里以上，基本实现村村通。新城建设快马加鞭，新港城小学、千鹤湖公园建成，安徒生童话乐园、妇幼保健院、新城商务大厦开建，老城区改造亮化、绿化、美化、净化、文化同步推进，步行街、时光隧道成为网红打卡地。横穿县城的小洋河连续多年列入政府一号工程的臭水治理问题，也在这一年得到根治。

经过这一阶段的锤炼，射阳各级干部的精神状态发生深刻变化。优秀人才纷纷进入组织视野，许多年轻干部压根就没想到会被组织提拔。记得有一次，县委要求各镇党委书记实名推荐一位镇长人选，可以跨镇区推荐，结果推荐票集中在两位乡镇副书记和一位副镇长身上，最终这三位同志同时走上一把手镇长岗位。这些完全靠组织推荐、提拔、任用的干部，更是怀着一颗感恩的心，一门心思用在工作上，加班加点毫无怨言，吃苦受累在所不辞。

还记得在2015年初的党代会上，新一届县委班子提出"十三五"的奋斗目标是："一年打基础，两年进位次，三年争先进，三年干成五年事，力争

'十三五'期间进入全市第一方阵。"当时谁也没有把这个目标当回事，仅仅当作一个鼓舞人心的口号而已。但短短三年时间，射阳人不仅干成五年事，还从2016年起就进入先进行列，连续三年跨上三个大台阶，2018年即跻身全市一等奖行列，接下来的2018—2020年连续三年中，全县均跻身全市第一方阵，连续获得一等奖。这在射阳县的历史上是空前的，在此期间，全县的财政工作获财政部表彰，我们县发改委工作也破天荒地获得省发改委综合表彰。

2018年初，在全县进入一等奖行列后，我们开始谋划更高的目标。我们发改委在比较江苏沿海三市南通、盐城、连云港的经济指标后认为，尽管我们的综合实力跟市内的东台、大丰相比仍有一定差距，但从经济运行质态、绿色发展水平、居民人均收入、群众幸福指数、社会事业发展等方面来看，完全可以在更高层次、更大舞台上树标杆、找标兵，确立新的参照系。

既要抬高标杆，又不能好高骛远，既要仰望星空，更要脚踏实地。为此，我们着眼于江苏沿海市县，准确找到射阳的定位。按照县委领导的要求，我带领机关同志，在市里大部队参观学习之前，提前到南通市县"取经"，并选定我们部门的追赶目标。

我们在考察南通时发现，作为江苏沿海发展的排头兵，南通市"十三五"期间真的是大干快上，一骑绝尘。所有县市区GDP都突破千亿，都进入全国百强，全市GDP规模即将跨越万亿门槛，较"十二五"末接近翻一番，百亿以上的重大项目年年有突破。射阳要想在短期内经济总量超越南通任何一个县市区，都是天方夜谭，坐井说天阔。但我们也有自己的优势和长处，我们的产业方向非常清晰，尽管没有大炼油、大化工、大钢铁，但我们选择的生态产业化和产业生态化方向没有错，绿色发展成为主色调；尽管我们在总量上无法超越南通，但在指标增幅和特色产业上有望走在前列，在高质量发展中争得主动。特别是新能源产业，南通如东起步早、发展快，但也面临着招商引资没有选资、配套产业低水平重复等现实问题，而我们尽管起步迟，但落地的都是国际国内头部企业，且运行质态优良，加上储备资源充足，有望超越南通。同时，我县的城市建设、道路交通以及教育、文化、卫生、养老等社会事业尽管仍存在短板，但人民群众的幸福指数节节升高，足可跟经济发达地区媲美。

回来以后，我们专门形成了南通考察报告，向县委建议"十三五"后期的奋斗目标是，再通过三年左右的努力，"跻身江苏沿海高质量发展第一方阵"，得到县委认可，也与后来省委吴政隆书记寄语盐城"争当沿海高质量发展排头兵"不谋而合，异曲同工。

特别欣赏"财富黑马"严介和说过的一段话：脚不能到达的地方，眼睛可以到达；眼睛不能到达的地方，心可以到达。我们在不断憧憬着美好的未来，我们想的是壮志凌云，却又要脚踏实地。我们对未来真正的慷慨，是把所有给予现在。

始终确立高目标追求，就是把未来给予现在。我觉得，射阳这几年的变化，关键在于县委确立了高目标的追求，核心在于以持之以恒的坚韧、脚踏实地的坚持、抓铁有痕的坚定推进各项既定目标的落地、落细、落实，从而在全县形成进位争先的浓烈氛围。"没有比脚更远的路，没有比人更高的山"！

工作实录：解读高质量发展之路上的"射阳现象"

——云南省东川区党政代表团考察射阳时的汇报

今年3月23日，中国社会科学院在北京举办县域经济高质量发展重大课题研究发布会，重点发布了对"射阳现象"的研究成果。这是首次提出"射阳现象"这一概念，与会专家、学者对"射阳现象"给予极高评价，认为"射阳现象"是党的十八大以来中国经济社会发生历史性巨变的产物，是中国经济由高速度发展向高质量发展转变、进入新常态的重要县域经济样本。中国社科院副院长蔡昉在课题研究报告《区域协调共潮起，绿色发展伴鹤飞》的序言中说："发展理念的正确引导、健康的政治生态、改革创新精神、经营机制完善的国有企业和强烈的民生关怀，是射阳现象之所以能发生的根本原因。"中国社科院农村研究所党委书记杜志雄研究员认为，射阳现象的本质特征是绿色崛起、协调发展，核心价值在于为面广量大的后发地区快速崛起探索出一条高质量发展前提下的高速度发展之路。

一、发展历程和五年蝶变

射阳是一个年轻的县份，建县于1942年。皖南事变以后，新四军在盐城重建军部，华中工委也在我们射阳成立。刘少奇、陈丕显等老一辈无产阶级革命家都在射阳生活、战斗过。所以说，射阳是一个革命老区，是红色根据地。

有人说，射阳因后羿射日而得名，因精卫填海而成陆。这都是神话，但我们射阳这个名字确实有神话色彩。在中央电视台中国谜语大会上，著名小品演员蔡明出了一个谜面：后羿弯弓九日落，打江苏一个县名。北京市一名中学生，脱口说出射阳。蔡明问他：你知道射阳、去过射阳吗？小朋友回答：从来没有听说过。蔡明说，那是一个特别美丽的地方，是丹顶鹤的故乡，希望你早日去看看。射阳这片土地就更神奇了，许多年前是一片茫茫大海，经过沧海桑田的变迁成为陆地，现在每年还以 5000 亩左右的成陆速度向大海生长。虽说是大自然的伟力，但我们更相信是精卫填海。

新中国成立以后，射阳县在盐碱滩上种出水稻、棉花，粮棉二元结构是成为农业大县的基本特征。加之我县境内沟河纵横、水网密布，被誉为鱼米之乡。直到今天，射阳大米仍然是我县享誉全国的农业著名商标，品牌价值达到 185 亿元。大家喜欢吃的大闸蟹，70% 以上的出生地都在我们射阳，优良的生态环境和海淡水交汇的滩涂湿地，特别适合蟹苗繁育生长。历史上连续多年皮棉超百万担，成为全国产棉第一县。清末状元张謇从南通带来了纺织技术，直到今天纺织产业仍然在全县工业经济中占有一席之地。

改革开放以来，射阳进入加速发展的快车道。射阳是全国首批对外开放县，射阳港获批国家二类开放口岸。现在已成为一类临时开放口岸，即将获批一类扩大开放口岸。县属工业和外向型经济在全市一枝独秀，农业的外向度也很高。"将农业推向世界，让市场与国际接轨"成为射阳响亮的口号。射阳成为盐城市值得骄傲的"三驾马车"之一，老百姓口口相传的是"金东台、银大丰，射阳是个小富翁"。

遗憾的是，到了"十一五""十二五"期间，射阳发展速度放缓，与先进地区差距越拉越大，到 2014 年底彻底崩盘。各类经济指标跌无可跌，全县一般公共预算收入跌至全省倒数第一，广大干部群众陷入焦虑迷茫、苦闷彷徨之中。

这样一个特殊的背景，注定我们五年来的努力不同凡响，注定我们新时期的"射阳现象"充满艰辛和传奇色彩。

2015 年底，射阳县在时隔 12 年后第一次获得全市综合奖，尽管位次靠后，但对射阳人来说已是喜出望外，获奖的价值不只是提振了信心，更让全县人民看到了希望。到了 2016 年底，射阳在全市综合考核中又前移四位，进入二等奖前列，外界对射阳的评价进一步改变，射阳人自己也变得更有信心。2017 年，射阳发展气势如虹，各项主要经济指标全面"飘红"，增幅跃居全市前列，以超预期的方式获得综合考核一等奖，可以讲是跑步进入全市第一方阵。2018年再次获得考核一等奖。今年上半年，主要经济指标增幅继续领先，23项高质量发展考核指标中有21项居全市前三位。地区生产总值、一般预算收入、利用外资等反映经济运行质量的核心指标，增幅或序时都排全市第一位。四月份的全市园区载体项目建设观摩，我县提供的三个项目现场，让与会领导赞不绝口。

我们射阳这几年的快速崛起，得益于党的十八大以来好的方针政策指引，得益于县委、县政府的坚强领导，得益于全县百万干群的不懈努力，得益于我们射阳探索出一条人与自然和谐共生、产业生态化与生态产业化相得益彰的高质量发展之路。

我可以毫不谦虚地说，我们全县上下真的是"撸起袖子加油干""拼搏到无能为力，努力到感动自己"。在我们机关大楼的正门玻璃上，有两行醒目的提示语："今天再迟也是早，明天再早也是迟。"这是作风建设的根本要求，也是机关效能的真实写照。每天晚上政府大院灯火通明，从领导干部到机关一般的工作人员，从县里到镇区，大家都养成了一种夙夜在公、无怨无悔的习惯和自觉。总书记说，幸福是奋斗出来的，今天是用来奋斗的，明天是用来回忆的。莎士比亚说，当工作成为快乐，人间就是天堂。网络上也说，每一个不曾起舞的日子，都是对生命的辜负。

我在总结我们射阳发展取得初步成绩的时候，写过这样几句感言：在奋斗的征程上，汗水比泪水更有营养，奉献比获得更有力量。重放异彩的射阳大地到处生机勃发，进入更好更快的发展时期；重拾自豪的百万人民更加意气风发，迈向自信自强的芳华时代。

二、发展目标和战略谋划

2015年初召开的县委十四届五次会议，是射阳历史上一个非常重要的会议，会上对今后五年目标作了规划。直到今年，许多机关干部对当年提出的目标耳熟能详："一年打基础，两年进位次，三年争先进，三年干成五年事，'十三五'期间进入全市第一方阵。"对于外县市来说，这样的目标也许并不高，但对射阳人来说，已经是天方夜谭、高不可攀了。为什么呢？因为射阳已连续十多年与先进无缘了，对全市排名倒数心安理得。我跟许多同志讲，在当时看来，这样的目标是激进的，充满"革命的浪漫主义色彩"，但今天看来，这样的目标又是相对保守的，具有"鲜明的现实主义风格"。

围绕实现五年目标，县委、县政府在决策谋划上也是苦心孤诣、颇费思量的。

2015年，县委提出"提神聚力谋发展，攻坚克难求实效"。为什么要提神聚力？因为射阳人已是精神崩溃、一盘散沙了；为什么要攻坚克难？因为射阳已满目疮痍、百废待兴。新一届县委、县政府真是"受任于败军之际，奉命于危难之间"。要从根本上转变观念、转变作风，必须猛药治疴、重典治乱。当年县委提出要打赢"九场硬仗"，首先把改造精神状态、改善城乡环境、改变落后面貌作为首要任务，也与"一年打基础"的目标对应。

2016年的"加快后发再起，跻身全市前列"，是在上年获奖基础上的信心倍增，也是对"两年进位次"的理性回应。"后发再起"是说射阳历史上曾经辉煌过，今天要再创辉煌，要下决心重返盐城第一板块。这样的雄心壮志，已经在这一年初露端倪了。

2017年的"项目强县，兴业富民，实干争先——为加快跻身全市第一方阵而不懈努力"，是在上一年跃升至第二板块前列基础上吹响的新号角；不仅如此，全县的工作重心由思想变革和队伍建设转向了奏响强县富民新乐章。

2018年的"全力强产业，全心惠民生——高质量开启跻身江苏沿海县域第一方阵新征程"，是在"三年干成五年事"基础上的新跨越、新提升，我们已不满足于全市第一方阵，我们要跳出盐城看射阳，在江苏沿海12个县市中找位置、争先进，向江苏沿海县域第一方阵冲刺。

2019年，县委进一步提出"聚焦项目强县，聚力开放创新"，深入实施产业提升、城市提质、乡村提优、改革提速、民生提档、党建提标"六提工程"，努力建设实力射阳、活力射阳、魅力射阳、幸福射阳。我们党代会提出的"两聚"表明我们已经在高质量发展的道路上踔厉步稳，可以讲是"潮平两岸阔，风正一帆悬"了。许多地方在为安全稳定犯难，在为环境信访发愁，我们射阳却一门心思抓项目，聚精会神谋发展。我们的目标是突出项目建设，加快形成具有核心竞争力的现代产业体系，推动产业迈向中高端。

现在看来，我们分步实施的五年谋划既立足实际，又与时俱进，既突出重点，又统筹兼顾。这些年度目标与总体目标一脉相承，体现的是完整的战略布局。在实现总体目标的过程中，坚持一张蓝图绘到底，一个战略抓到底，同时也根据不同时期的新情况、新变化、新特点，层层递进，步步登高，体现了县委、县政府决策的科学性、前瞻性。实践证明，我们"射阳现象"的发生，得益于目标和方向的完全正确、速度和质量的高度统一。

三、发展重点和推进举措

在战略谋划的基础上突出重点，统筹推进，在产业、城市、交通上持续发力，坚守生态底线，坚持问题导向，成为我们工作的底色。我重点汇报如何构建现代产业体系、做大做强国有企业、融入长三角一体化、兴办民生实事以及不断优化营商环境、推进思想变革和作风建设六个方面的内容。

第一，构建现代产业体系。

我县的产业体系，经过了艰难的探索过程。一方面，作为传统农业大县，传统产业需要转型升级；另一方面，推进动能转换，发展战略新兴产业又是大势所趋。与此同时，又要突出主导产业，坚决防止和杜绝所谓门类齐全的小而散、小而全的产业布局。我县构建现代产业体系走了四步棋：

一是明晰产业定位。在反复研究、不断探索的基础上，提出了"3+3"的产业格局。前一个"3"，是指三大传统产业转型升级。我们以科学严谨的态度对待传统产业，继续扬长优势，实现提档升级，从过去的农副产品深加工向健康食品和大健康转变，从过去的机械加工向电子信息产业转变，从过去的纺织产业向高端纺织转变。后一个"3"，是指三大新兴产业的快速崛起，即大力发展新能源及其装备产业、新材料、航空产业。其中新材料和航空产业都是"无中生有"，尽管目前规模还不大，但未来有着广阔的发展空间。

二是确立主导产业。现在，我县的新能源产业可谓异军突起、势头迅猛。我可以豪迈地预言，在三到五年之内，也就是"十四五"期间，中国新能源产业的第一块牌子，一定是在中国射阳。一方面，我们有广阔的风电资源，未来开发潜力在千万千瓦以上；另一方面，我们已成功招引了一批全球重量级的项目落户。远景能源技术全球领先，华能集团预计在射阳投资800亿元以上，配套产业项目包括中国中车、时代新材、ZF（采埃孚）、LM（艾尔姆）、西门子、长风海工等。我们绝不搞低水平重复，落户项目全部是国内领先或全球前三强。远景智能工厂八个月建成，去年第一年开票近40亿元，税收过亿元，今年预计开票80亿元、力争百亿元，税收3亿元、力争4亿元。

三是推进错位发展。我县有两个省级经济开发区和一个市级高新技术园区，在盐城市是独一无二的，我们县内统称"三区"。其中省级射阳经济开发区批复最早，定位"高新"，主要发展电子信息和航空产业。园区入驻的电子信息产业已基本形成一部手机的完备产业链条。通用机场是华东地区首个A1类仪表导航机场，配套产业加快发展，我们正在积极争创国家级通用航空示范区。射阳港经济开发区是近两年江苏省唯一新获批的省级开发区，立足"高大"，依托港口优势，规划建设国际海上风电新城和新能源产业港。高端纺织区立足于传统纺织业提档升级，推动纺织业走上现代高端、绿色智慧之路。目前，总投资60亿元的题桥纺织，一期投资22亿元、建筑面积40万平方米，已建成投产。拥有国际最先进技术的康平纳智能工厂已建成投产，中欧纺织产业园正在加快建设。

四是加快动能转换。我们在构建现代产业体系的过程中，十分重视企业的科技进步和新动能的转换。目前，全县84%的规上企业建立了产学研合作关系，仅2018年新兴产业产值就增长了36%；持续深化与大院大所的对接合作，在"三区"相继建立南京大学科技园、东华大学纺织研究院等，正在与华北电力大学、欧洲国家探索新能源领域的合作办学。我们欣喜地看到，海普润与摩根士丹利的合作是科技与资本融合的示范样本，远景智慧能源成为引领世界能源革命的科技先锋，朱嘉纳米黑金材料水纯化技术的推广被誉为"为世界解渴"。我们射阳有两个落户企业被美国列入实体清单——开发区的中科曙光、港开区的中广核。美国的"黑名单"，就是中国的"光荣榜"。换一个角度看，我们招引项目的科技含量是很高的。

第二，做大做强国有企业。

许多领导、客商、朋友到射阳来，对我们的城市建设、交通设施、民生投入、社会事业发展赞誉有加。钱从哪里来？事情谁来做？在防范金融风险、严控政府债务的新形势下，如何做到事情做起来、债务降下来？我们射阳县的一条成功经验，就是做大做强国有企业，通过建立现代企业制度、参与实体化经营，壮大国企实力，在推动经济社会发展中做出积极贡献。

一是推动国有企业市场化经营。许多地方的国有企业仅作为融资平台存在，我县从2015年组建6大国有企业（现已合并为5家），全部实行市场化运作，对其主营业务作了非常明晰的定位。国投公司参与新港城人民医院、养老中心等开发建设，主要投向经营性的基础设施项目，以降低城镇化成本和获取更大城镇化收益。城建集团参与城市道路建设和开发商住楼宇等，主要投向资本密集型的公共设施和房地产开发，将更多利润锁定在公有制经济体系内，防止房地产企业获取暴利并加重城镇化负担。我们的交通投资、旅游投资、水利投资公司等，都主要围绕主营业务推进项目建设，壮大自身实力。六大国有实业公司最初组建时，注册资金只有50多亿元，至2018年，县属国有企业资产规模突破550亿元，主营收入近70亿元。

二是与城市资源开发共成长。我们按照资源变资本、资本变资产、资产变资金的城市经营思路，积极参与城市建设。例如，我们以国际化视野，打造魅力新港城，以千鹤湖公园、安徒生童话乐园为核心商圈，招引知名品牌房地产企业参与开发，不仅提升城市品位，也提升了城市资源开发的综合效益，还提高了参与投资建设的国有企业经营效益。同时，我县的国有企业还可参与城市综合体、重大文旅项目、新能源项目的招引，并以合资参股方式参与建设，壮大自身实力。比如沿海投资参与盐射高速投资建设，城建集团参与安徒生童话乐园建设，投资回报都是非常可观的。

三是在城市的有序开发中持续受益。我们吸取过去无序开发的教训，优化土地市场供应方式和结构，强化对土地市场的监测，把握土地出让的序时、节奏和总量。努力做到科学规划、有序开发，集中连片、组团开发，注重配套、高效开发。同时借鉴大中城市开发经验，不断提高国有企业配套基础设施的投资效益。

当然，许多地方的国有企业发展并非一帆风顺，存在平台化运作、增加政府隐性债务的风险，需要通过建立完善的现代企业制度、深化薪酬制度改革、加强监督管理等予以规范。在这方面，我们射阳也做了很好的探索，有机会再作进一步交流。

第三，融入长三角一体化。

我们射阳区位优势非常独特，处于中国大陆南北分界线的东部起点，被誉为"中国的正东方"。盐城作为长三角城市群的一个重要节点，随着盐射高速建成，射阳融入盐城半小时通勤圈，盐城机场、高铁站到射阳都只有半小时车程。盐通高铁通车后，射阳将融入上海1.5小时经济圈。随着长三角一体化上升为国家战略，接受上海的产业转移和产业辐射，是我们融入长三角、接轨大上海的现实路径。盐城市委提出"两海两绿"，上海对于我们射阳来说，确实具有磁铁一样的吸引力。

一是打造与上海合作"示范区"。毗邻的区位优势让我们能够捷足先登，与上海的交流合作日益频繁。现在，我们有20多支招商小分队常驻上海，每月都要在上海开展招商引资、招才引智活动。我县先后成功招引了远景能源、益海嘉里、题桥纺织、安徒生童话乐园、吾悦广场等一批重大项目，都是接轨上海的成果。与此同时，两家省级开发区与上海嘉定、莘庄签订共建协议，高端纺织区与东华大学合作建立国家级染整工程技术研究中心。

二是加快"三大基地"建设。即上海优质农产品供应基地、上海科创成果转化基地、上海生态旅游康养基地。射阳有120万亩优质稻米基地，年产射阳大米80万吨，向上海市场销售50万吨，占上海市场的四分之一。另外，我们的庆缘康蜂产品、苏菊、水产品等常年供给上海市场，我县的辉山乳业常年为上海星巴克提供优质奶源。旅游方面，我县正在加快建设安徒生童话乐园、日月岛生态旅游度假区等一批项目，努力打造上海市民休闲康养的后花园。科技方面，远景能源、庆缘康、华稼生物、怡美食品等一批企业在上海建立工程技术离岸研究中心；同时也吸引上海创新要素向我县流动，现在，上海的一大批专家，都在我县有研究课题和项目。

三是共享两地优质公共服务资源。挂牌成立了由同济大学副校长、中国科学院院士陈义汉领衔的院士工作站和江苏首家县级国医大师石学敏院士工作站，建立十多个名医工作室。在不久的将来，随着新港城人民医院建成投入使用，射阳人民即可与上海共享先进的医疗资源。另外，我们在教育文化方面也建立了更加密切的合作关系，更好地造福全县人民。

第四，大力实施民生工程。

我们一切工作的出发点和落脚点，都是为了强县富民，让发展成果由人民共享。人民对美好生活的向往，就是我们努力的方向。应该说，我们射阳这几年补短板、强弱项的民生投入是空前的，取得的成果也是丰硕的。现在无论你在哪里，跟出租车司机、环卫工人或者街上老百姓随意攀谈，没有一个不说县委、县政府好的。我们的书记、县长在老百姓心目中的威望高着呢。民心是杆秤，你把老百姓放在心上，老百姓把你举过头顶。我们这几年到底为老百姓做了哪些事呢?

一是大力兴办民生实事。每年都要通过反复向社会各界征求意见，确定 20 项左右的民生实事工程，每年将财政收入的 80% 以上用在民生实事上，全部是人民群众急需急盼、社会反响强烈的，小洋河整治、黑臭水体整治等过去多年解决不了的难题，本届政府彻底解决。我记得 2015 年的农村环境整治，真的是一场人民战争，随后建立长效管护机制。那年春节，《新华日报》一位记者回乡过年，在省报头版发表了一篇见闻录《清清河水，勾起我美丽的乡愁》。2017 年，我们当年建设农村公路 505 公里、农桥 250 座，现在县镇公交、村际公路已实现全覆盖，包括教育、文化、卫生、残疾、养老、家政服务在内的基层基本公共服务项目也已全覆盖。

二是加快推进康居工程。2016 年 6 月 23 日，我们射阳和邻县阜宁遭受特大龙卷风袭击，损失惨重。县委、县政府在这次风灾中感觉到，凡是被狂风吹倒的，都是农村的低等级房子，从那年起，我县下决心改善农民住房条件。在全市率先实施农村康居工程，对鉴定为 D 级危房的 3996 户农户当年全部实施搬迁，完成 2.58 万户危旧房改造，去年底又有 4500 多农户搬进新居。

三是全面发展社会事业。县委提出打造人民满意的教育、文化、卫生事业。

在教育方面，投入 10 多亿元建成新港城实验小学、港城实验幼儿园、县第三中学等一批教育重点工程；建立了教师增量绩效奖励、教师培训经费和基础教育质量奖稳步增长机制。应该说，我们教师的待遇是全市最好的，尊师重教已经变成良好的社会风气。我县的高考、中考成绩多年稳居全市前列，江苏省射阳中学高考本科达线率 100%，全县中考高分段人数在全市各县市区中遥遥领先，越来越多的人选择来射阳买房上学。在卫生方面，投入 30 亿元，新建总建筑面积 26 万平方米的新港城人民医院，主体即将封顶。新建的妇幼保健院、改造的县中医院即将投入使用。在文化方面，我县的文化事业也蒸蒸日上，淮剧团、杂技团每年送戏下乡近千场次，编排的精品节目在国内外大赛中屡获大奖，县杂技团连续多年代表江苏省参加国内外比赛，杂技《扇舞丹青》斩获多项国际大奖；淮剧《金杯·白刃》今年首次荣获上海电视节"白玉兰"主角奖。

四是实施"一全员四托底"。为策应中央提出的打好三大攻坚战，加快全县精准扶贫工作。我县从 2016 年开始，对城乡低收入群体实行"四个托底"。即对贫困儿童和学生从出生到大学毕业期间的生活、学习费用实行财政全额托底，对患病支出医疗费用额度超出家庭承受能力的实行财政全额托底，对过不起节的城乡低保对象等所有社会困难群体实行财政全额托底，对无房可居、无力建房的特困户实行财政全额托底。简单地说，就是对读不起书、看不起病、过不起节、建不起房的困难群众全部由县财政托底，几年来已投入 3.08 亿元，有 7 万多困难群众受到救助。江苏省民政厅在全省推广我县做法，国家发改委领导在射阳检查工作时称赞我们在做"一件方向性大事"，希望继续探索，在更广范围推广经验。2017 年 10 月，实施全民免费体检工程，参加体检人数达 60 多万，占全县常住人口的 80% 以上。

五是持续增加居民收入。几年来，县委、县政府坚定不移提高城乡居民收入。村组干部的报酬实现三年翻两番，环卫工人的收入每年都有提高，机关干部的待遇与先进地区差距逐渐缩小，各行各业特别是一线员工普遍建立收入增长新机制。我认为，这也是县委、县政府受到老百姓欢迎的重要原因，虽然钱不是万能的，但群众没有收入或不能增加收入是万万不能的。

早在2017年，我们就在县城规划建设了105座高标准的公共厕所。每座投资近50万元，每个公厕的配套设施齐全，管理公厕的每个环卫工人月薪都在2000多元，既能解决困难群众再就业，又美化、净化了城市环境。习近平总书记批示"厕所革命"的时候，射阳已高标准地完成了"厕所革命"，不能不说我们县委、县政府是有先见之明的。

第五，不断优化营商环境。

营商环境是一个地方经济发展的晴雨表，同时也是个系统工程，涉及许多方面。几年来，我县始终把优化营商环境摆在十分突出的位置常抓不懈，2018年获评中国十佳最具投资营商价值城市，再次入选县域营商环境百强县。

一是深化"放管服"改革。我们江苏在深化"放管服"改革中，在全国率先推行不见面审批和"3550"的审批要求，即3个工作日内完成注册开业，5个工作日内获得不动产权证，50个工作日内拿到工业项目施工许可证。现在，我们射阳在执行的过程中还在压缩时间，缩短流程，减少程序，降低收费。我们的工业项目零收费在全国有一定影响，就是通过财政补贴的方式，对工业项目行政审批零收费，努力提供优质高效服务。

二是打造服务软环境。构建清亲的政商关系，实行领导干部和部门联系挂钩服务企业制度，对列入省市县的重大项目、重点工程，实行全程代办服务。对镇区新引进的工业项目一律实行全程代办制，我县引进的辉山乳业项目，需要到省级部门审批，县里的相关部门主动与省里对接，九天时间办理了两个关键手续，感动了客商，用不到一年时间建成投产，创造了"射阳服务"和"辉山速度"。

三是打造社会诚信体系。射阳在过去相当长一段时间，社会诚信度极低，现在，这种状况得到彻底改变。每年的元月十日前，所有政府拖欠的工程款、农民工工资都必须足额兑付，如有反映且被调查属实，坚决实行问责。县里召开政银企对接会，市里所有三十多家金融单位的一把手都亲自到射阳来寻找合作机会。

第六，推进思想变革和作风建设。

推进各项事业，关键在人，关键在干部。在大力度推进各项工作的同时，我县始终把改造精神状态、重抓作风建设摆上十分重要的位置。我们思想变革上的"射阳现象"也是可圈可点的。

2015年初，全县组织了为期两天的"提振精气神、奋力求作为"学习会。这是在特殊时期的一次思想变革，相当于我们射阳县的整风运动。磨刀不误砍柴工。经过两天的学习、讨论、交流，在新一届县委的思想引领下，大家的精神面貌焕然一新。一位政法机关的干部说，为前天的射阳自豪，为昨天的射阳汗颜，为今天的射阳担当，为明天的射阳护航。

2016年初，我县专门邀请焦裕禄的女儿焦守云来射阳传播焦裕禄精神。千人礼堂座无虚席，泣不成声，许多同志流下感动的泪水。焦守云说，她带着父亲走遍中国，射阳最认真。我在那一天的日记上，也留下了这样的感言：他的身影离我们越来越远，他的精神却离我们越来越近；他没有改变一个地区的落后面貌，但他改变了几代人的精神风貌；他没有惊天动地的英雄壮举，但他可歌可泣的感人事迹穿越时空震撼灵魂！

为了驰而不息推进作风建设，我县在推进"两学一做""不忘初心、牢记使命"等主题教育的同时，相继开展了一系列活动，包括："十问射阳"大讨论（一问精神状态好不好、二问宗旨意识牢不牢、三问肩上压力大不大、四问争先意识强不强、五问干事动力足不足、六问工作作风实不实、七问创业本领高不高、八问干群关系密不密、九问发展环境优不优、十问自身要求严不严），整治五种不良习气（为官不为、吃喝、赌博、玩圈子、老好人），整顿"三装"现象（装聋作哑、装模作样、装腔作势）以及近期开展的"五不比五比"（不比表态比状态、不比唱功比做功、不比盆景比风景、不比痕迹比实绩、不比职位比作为）竞赛。

精神状态和作风是一把尺子，能够量出一个地方党风政风民风的纯洁度；是一面镜子，能够照出每个党员干部担当作为的态度和敬业奉献的精神。由于我县在较长一段时间出现干部队伍青黄不接的断层状态，县委狠抓干部队伍建设，许多有能力的干部被使用到重要岗位上，许多年轻干部被提拔了自己还不知道。良好的政治生态，涵养了干部的优良作风，也推动了各项事业的蓬勃发展。

另外，几年来，射阳县抓工作一个显著的特点，就是每年的党代会、人代会报告，都要把提到的每件事情，通过项目化的形式进行分解，明确时间表、路线图、责任书，以抓铁有痕的决心推进，真正做到件件有落实、事事有结果。我觉得这是一条很重要的经验。

四、发展成果和未来愿景

射阳已经走过了一段不平凡的历程，创造了不平凡的业绩：

主要指标持续突破。近五年来，地区生产总值从 370 亿元增至 535 亿元，银行存款余额从不到 270 亿元增至 500 亿元以上，实际利用外资达 1.35 亿美元，外贸进出口近 5 亿美元。即使在当前中美贸易战延续的情况下，射阳的外资工作仍实现较大幅度的增长。

"三个口袋"更加殷实。我们说的"三个口袋"是指财政收入、居民收入和企业利润。全县一般公共预算收入从 17.5 亿元提升到 26.36 亿元，国库存款从不足 2000 万元增至 50 亿元以上；居民人均可支配收入近 2.6 万元、年均增长 9% 以上，增幅从全市末位跃升至全市前列；企业增长面长期保持 60% 以上，有五大主导产业销售和利润实现正增长。

"射阳蓝"这个生态名片更加靓丽。我们坚决将污染项目拒之门外，以壮士断腕的决心彻底关停影响生态的企业。大力开展植树造林，退耕还林，全县林木覆盖率达到29%；通过发展"生态+"经济，推动产业生态化、生态产业化；打赢"蓝天碧水净土"保卫战，全县年均空气优良天数超过310天，空气质量走在全国前列。

人民生活更加美好。不仅在教育、医疗、收入、住房、养老等基本保障上发力，还增加对精神生活、绿色生活和高尚生活的关注，射阳的高质量生活更加全面。

五年来，我们除了获得盐城市综合表彰外，还连续三年被赛迪研究院评为全国百强县，位次逐年前移，去年首次入围中国社会科学院全国县域经济综合实力百强县。

2018年，我县被国务院办公厅、财政部等表彰为"全国真抓实干财政工作先进县"，获此殊荣的仅有26个县市。

"射阳现象"只是一个阶段性的符号，一个新征程的起点，我们正在将"射阳现象"注入新内涵，将射阳的高质量发展推向一个新高度。

展望未来，我们也充满信心：

射阳将成为一座具有全球影响力的海上风电新城。随着我县海上风电资源的大规模开发，海上配套产业的高速度发展，特别是全球海上风电市场的爆发式增长，更多的国际巨头将选择射阳、投资射阳，千亿产业集群呼之欲出。在全球海上风电资源配置中，射阳国际海上风电新城将拥有足够的话语权，射阳港将成为东方海上风电之都。

射阳将成为有远程号召力的旅游目的地。我们拥有世界非物质文化遗产的黄渤海湿地公园、世界级珍禽丹顶鹤自然保护区、享誉全球的安徒生童话乐园等，叠加成射阳旅游目的地的远程号召力，加上日月岛的高水平开发，两个高尔夫球场的旅游潜力释放，中外游客不来射阳也难。

射阳将成为中国最幸福的海滨小城。这里风景优美，环境优良，人民富裕，社会安宁。人们在这里愉快地工作学习生活，可以徜徉鹤乡菊海，享受河风海韵，每个人都以大美鹤乡、人间天堂为骄傲和自豪，可以面朝大海，春暖花开，生活不再苟且，而是拥有更多的诗和远方。

（2018 年 11 月，与张知波同志合作）

第五章

驭风前行

全球风电巨头铿锵落子，央企、国企抢滩登陆，海港、渔港、空港竞相崛起，日月岛、千鹤湖、安徒生乐园次第绽放。随着政治生态向好和营商环境改善，射阳到处热火朝天，呈现一派繁荣景象。

一、射阳港：打造"东方埃斯比约港"

我对射阳港一直有一种割舍不断的情结，作为 20 世纪 60 年代出生的射阳人，特别了解射阳港的前世今生。

打开射阳港的履历，她的历史特别值得骄傲！在孙中山先生的《建国方略》中，射阳港是列入中国沿海建设的 50 个港口、24 个渔港之一。当时所称的新洋港，我曾专门查证过，就是今天的射阳港、黄沙港一带，以射阳河入海道口射阳港为主。1958 年，在苏联援助下，射阳河上游（今天的海通镇境内）修建射阳闸，彻底改造下游水系，同时实施射阳河裁弯工程，将万顷盐碱滩地改造成良田。凡事有利便有弊，射阳闸的兴建改造了良田，却造成天然港口的拦门沙淤积，久而久之，射阳港的天然良港遇上了治理难题。20 世纪 80 年代初，不甘落后的射阳人，在条件极其困难的情况下，在餐风饮露的盐碱滩地上修路架桥、移民垦荒，在港口建码头、兴水利，造电厂、办大学。射阳港迅速声誉鹊起，一枝独秀，是盐城市最具知名度的港口，也成为江苏沿海港口中的后起之秀。

遗憾的是，在 90 年代以后的相当长一段时间里，射阳港沉寂了。外面的港口建设热火朝天，如火如荼，而射阳港却躺在万吨级集装箱、件杂货码头的"功劳簿"上沾沾自喜，丧失了大好的发展机遇。市内大丰港区位、建港条件均不及射阳港，但在国家和省市的支持下迅速崛起。射阳港裹足不前，让出了盐城市第一良港的宝座。今天的我们没有任何资格评价过去的是非功过，但一个不可回避的事实是，射阳港不进则退的十多年，丧失的不仅是发展的机遇，更为后来人的奋力追赶增加了无限的阻力和压力！在短短的十多年时间里，南边大丰港从 5 万吨到 10 万吨，正在规划建设 15 万吨港口码头，疏港铁路支线也已获批开建；北边滨海港起步 10 万吨，目标是建设 30 万吨的深水大港。

但射阳港作为一个曾背负盛名的海港，终究是要发展的！新一届县委乘着全省加快沿海大开发的东风，确立"以港兴县"的发展战略，从人力、物力、财力上举全县之力，重振射阳港雄风。在人事布局上，由时任射阳县委副书记的盛艳同志兼任射阳港开发区党工委书记，调派原省级射阳经济开发区主任张者淼同志任射阳港开发区主任，并从全县范围内选拔骨干力量充实射阳港班子成员，打造了一支特别能吃苦、特别能战斗的朝气蓬勃的干事创业团队。在体制机制上，支持射阳港成立沿海投资集团和港口开发股份有限公司，充分赋予自主经营权，全部进行实体化运行；在财力支持上，县里用足用活财政政策，向港开区倾斜。励精图治、不甘落后的射阳港人憋着一口气，使出浑身劲，以"吃三睡五干十六"的壮志豪情，迅速改写了射阳港的落后面貌：从签约到开工建设到建成运行，辉山乳业仅用一年时间，一座现代化乳品加工厂便拔地而起；射阳港口的拦门沙得到有效治理，3.5万吨航道码头全面建设；通往港口的高等级公路全面提升，港区的道路交通、配套基础设施迅速得到根本改观。

记得我刚到县发改委工作不足两个月，戴荣江书记要到射阳港调研，前一天晚上突然通知我，要我在会上发言，突出问题导向。我当时就蒙了！首先我对射阳港还没有来得及深度调研，停留在过去对射阳港的认知上，其次我觉得射阳港人很努力，他们的工作是开创性的，不讲成绩对他们不公平。但戴书记的行事风格大家都清楚，他的理念是成绩不讲跑不了、问题不讲改不了。我去向盛艳副书记请教，她刚到射阳时任县委常委、宣传部部长，我那时任宣传部副部长、文广新局局长，我们曾有过一段合作共事的缘分。她给我最深刻的印象是特别善于学习，勤于思考，才情丰沛，做事果断，是一位腹有诗书气自华的才女。作为射阳对外宣传名片的"一个真实的故事，一座有爱的小城"这句教科书式的宣传语，就是她的杰作。我本向她求教答案，她却让我想讲什么就讲什么。那天晚上我绞尽脑汁，到夜里两点钟打电话给张者淼同志，他说他也在准备汇报材料。

第二天的会场气氛几乎是凝固的，射阳港全体班子成员仿佛全都屏住呼吸，针掉到地上都能听到清脆的声音。刚开始由张者淼主任汇报，还没讲几句就被戴书记叫停了。他说你不是在找问题，你是在夸自己的成绩，我是来听你们表功的吗？成绩放到年底的表彰大会上讲，这次主要是剖析问题，请县发改委发言。

说实话，我对自己准备的发言稿也心中没底。我觉得尽管射阳港人已用洪荒之力，但历史欠债太多，发展的阻力不小，跟其他港口相比差距太大。我的发言便以此为切入点，侧重分析射阳港在江苏沿海港口中的地位、跟其他港口相比的短板和不足，至于对港口已经取得的成绩，我只能小心翼翼地用"虽然"概括，更多的篇幅突出在"但是"上。估计夸得也不是太刺耳，又是我第一次发言，戴书记竟让我全部讲完并给予肯定。

在后来的日子里，射阳港各项事业蒸蒸日上，进入了全面振兴的快车道：成功获批国家一类开放口岸，因为受到省政府"真抓实干"奖励，全省同一批次争创省级开发区中第一家获批，射阳港电厂 2×100 万千瓦火电项目获批建设。特别是新能源产业强势崛起，凭借射阳拥有 5100 多平方公里海域面积、海上风电资源达 1500 万千瓦的巨大优势，射阳港人面向全球大招商、招大商，落地的项目快建设、优服务。短短几年时间，射阳港新能源产业成为全县主导产业和盐城市四大支柱产业之一，国际国内风电巨头云集，远景能源、亨通光电、中车时代新材、长风海工、天顺风能、大连重工等一批大项目、好项目落地，基本形成完备、高端的产业体系。央企华能、龙源、中广核、大唐集团纷纷抢滩，ZF（采埃孚）、LM（艾尔姆）、保利泰克等新能源产业链条上的全球知名企业加持，并与道达尔、壳牌等能源巨头进行多轮洽谈，国家定点的新能源产业研究院、零碳工业园都在这里先行先试，射阳港已然具备风电之都的气派。对标全球第一的丹麦埃斯比约港，射阳港正在加快建设风电产业母港，打造全球知名的"东方埃斯比约港"。

与此同时，射阳港电厂 2×100 万千瓦火电项目也峰回路转。时任江苏省能源局副局长（后任省发改委副主任、省能源局局长）的戚玉松同志亲自召集盐城、徐州两地发改委、相关电厂单位负责人，找到最大公约数。能源局李义副局长亲自带队到射阳港电厂现场会办，协调矛盾。尽管过程曲折、艰难，但经过省发改委、能源局反复协调，以及跟国家能源局的多次对接，终于柳暗花明。2×100 万千瓦火电项目成功落户射阳港，由国信集团和徐矿集团共同投资建设。在这个项目落户的过程中，我特别佩服吴江同志不屈不挠的努力！在了解了前期工作错综复杂的背景和后期申报面临的艰难险阻后，我对这个项目最终能否获批心中没底，有一阵子还知难而退。吴江同志到任射阳港电厂总经理后，瞄准一个目标，坚定一个信念，以刀山火海也要上的决心和毅力，排除万难，争取到国家、省发改部门和省国信集团的支持，同时也协调化解了跟徐工集团之间的许多历史遗留问题，可谓劳苦功高。

2020 年 5 月 26 日，省发改委在批复射阳发改委的请示中明确，同意建设射阳港电厂 2×100 万千瓦煤电扩建项目，由省国信集团和徐矿集团各负责建设 1 台 100 万千瓦煤电机组，并按照统一设计、统一选型、同步建设和统一工地管理要求推进项目建设。同年 12 月 10 日，省发改委对射阳发改委的请示正式作出《关于射阳港电厂 2×100 万千瓦燃煤发电机组扩建工程项目核准的批复》，动态投资达 80 多亿元，致力于建成智能化、现代化的绿色低碳高效燃煤电厂。

"为有牺牲多壮志，敢教日月换新天。"射阳港能够取得今天的成就，完全是自力更生、艰苦奋斗的结果，是射阳港人顽强拼搏、永不言败杀出的一条血路。他们不事张扬，埋头苦干，脚踏实地，心怀梦想，愈挫愈勇，越是困难越向前。如今的射阳港人，继续发扬"四千四万"精神，踏遍千山万水，吃尽千辛万苦，对未来风电产业研究千遍万遍，提出了"打造投入、营收双千亿，建设千万千瓦级海上风电大基地"的目标。一张史诗级的宏伟蓝图正在射阳港成为现实。

随着射阳港临港产业的发展，对港口的需求激增，2×100万千瓦火电项目建成运行后，煤炭运输需要港口能级尽快提升。海上风电装备和大件物流也对港口提出新要求，尽快建成5万吨航道码头、加快规划10万吨航道码头已刻不容缓。

港口的发展有其规律性，越是形成港口集群效应越有利于推动所有港口的规模化、裂变式发展。大小港口之间星罗棋布、优势互补，美美与共、各美其美。习近平总书记在视察广西北海时，鲜明提出"要想富，先建港"。而射阳港作为盐城港的重要组成部分，是一个天然的河海联运优良港。任何一届政府向海图强，都必须做大做强港口经济。任何一位领导，都不能忽视港口的存在，抓工作厚此薄彼。

作为土生土长的射阳人，我对射阳港充满感情。我们依海而居，港口是我们面朝大海春暖花开的观景台；我们向海图强，港口是我们长风破浪、直挂云帆的启航处；我们以港兴县，港口是我们积聚产业、争霸全球的主战场。无论是谁，都应该设身处地为射阳的未来着想，为造福射阳人民着想，支持射阳港实现以港出海、走向蔚蓝的海洋梦。无论是谁，有什么理由不支持射阳港建设，有什么理由阻碍射阳港的发展步伐呢？

射阳港走过的路很崎岖，经历惊涛骇浪，但愿未来的路很平坦，胜似闲庭信步。如今的射阳港人还在努力，还在奔跑，他们笃信愿景已近，未来已来。"大鹏一日同风起，扶摇直上九万里"，只要咬定青山不放松，一张蓝图绘到底，一个目标干到底，射阳港终将用她的骄人业绩和举世瞩目的风电产业地位，让世人惊叹并刮目相看！

射阳港的前世今生，是射阳的一个缩影。与射阳港人一起招商，奔行天下，共创伟业，同喜同悲，曾经的我，也痛并快乐着。

二、乘长风，破万里浪
—— 窦建荣和长风海工的故事

在射阳县，有一家叫长风海工的装备企业，建成 3 年来，业绩连年翻番：2020 年销售突破 20 亿元，税收过亿元，跻身盐城市最高等级的"五星"企业俱乐部；董事长窦建荣接受央视著名主持人水均益专访，双方进行了长达近 40 分钟的精彩对话，在《大国重器》专栏播出。我撰写的《乘长风，破万里浪》也刊登在学习强国 APP 上。

×　　身边的榜样丨乘长风，破万里浪…　　…

学习强国
中共中央宣传部"学习强国"学习平台　　　　打开

身边的榜样丨乘长风，破万里浪
——窦建荣和长风海工的故事

江苏长风海洋装备制造有限公司
董事长 窦建荣

我因为在我们海工行业里面

在海上风电风起云涌的时代大潮中，长风海工专注海上，瞄准海外，生产的钢管桩、导管架等系列产品在市场供不应求，还与日本签订长达十年的供货协议，2022年一次性获得4亿美元的大单……机遇总是垂青有准备的人。让我们一起追寻长风海工崛起的足迹，领略窦建荣扬威世界的风采。

落子射阳，乘风破浪

4年前，窦建荣第一次考察射阳，他把目光久久停留在射阳港这个并不显眼的港口上。在中国绵长的海岸线上，他看到了这里广阔无垠的海域和得天独厚的海上风电前景；在中国沿海星罗棋布的大小港口中，他看到射阳港作为风电产业母港的无限价值潜能。当年孙中山先生在考察完射阳港后，在他的《建国方略》中将这里列入沿海50个可开发港口之一。窦建荣的"发现"，也让他有一种莫名的欣喜和冲动。这里是中国大陆南北分界线的东部起点，正好居于承南启北的中部节点上。随着沿海开发战略的实施，这里早已成为国家二类开放口岸，很快将获批国家一类开放口岸。更重要的是，射阳县拥有103公里的绵长海岸线，海域面积达到5000平方公里以上，拥有前途无量的海陆风电开发资源。起步于南通市的他，拥有先人张謇放眼世界的胸怀与胆识。当年的张謇实业救国、向海图强，如今的窦建荣凭借造船的硬实力，志在发展海洋重工，打造先进制造业脊梁。更巧合的是，张謇当年从南通来到射阳，"合心合力，施德于民"，成立了合德公司，造福射阳人民。如今，窦建荣也踏着先人足迹，从射阳扬帆起航，乘长风，破万里浪。2017年，窦建荣果断在射阳投资"江苏长风海工建设有限公司"。这是射阳新能源产业装备制造的开山之作，仅用8个月时间就建成投产，从此拉开了射阳走向世界的海上风电全产业链建设序幕。

短短三年时间里，射阳海上风电产业异军崛起，国际国内一流的远景能源、中车时代新材、ZF（采埃孚）、LM（艾尔姆）、天顺风能、亨通海缆、大连重工、禾望电气等配套产业纷至沓来，华能、龙源、中广核等大型央企助力开发，形成了从风机整机到叶片、塔筒、齿轮箱、零部件以及风场开发的完整产业链。截至目前，射阳新能源产业产值已近200亿元，射阳港海上风电出货量已超过200万千瓦，比肩全球最大的埃斯比约港，正在规划建设国际海上风电新城和风电产业母港。在不久的将来，射阳将成为全球知名的东方风电之都。裹挟着射阳新能源产业发展的大潮，长风海工也实现了裂变式发展——2018年，国内最大的1800吨造船龙门吊在射阳生产，中央电视台誉之为"大国重器"。

2020年5月，长风海工新上了三期焊丝和象王起重吊车项目，同时继续做大做强风电产业链；在盐城市"5·18云招商"项目签约仪式上，长风海工与日本伊藤忠丸红钢铁投资公司签订了长达十年的战略合作协议，每年向日本提供不少于1亿美元的海工装备。这意味着，未来的日本海上风电市场，长风海工已捷足先登了。

前瞻布局，赋能未来

一直从事海工装备的窦建荣通过对欧洲的考察，强烈地感受到海上风电已在欧洲兴起近二十年，而中国作为海洋大国，清洁能源革命风起云涌，海上风电开发的大潮波涛汹涌。他越想越激动，越想越夜不能寐。他用脚步丈量了中国沿海，用自己的眼光丈量了世界。提及为什么要投资射阳，窦建荣道出了个中奥秘：首先，根据他对欧洲市场的考察判断，中国的海上风电即将迎来爆发期，射阳是一块亟待开发的处女地，三年以后必然产生井喷效应；其次，射阳港作为一个天然良港，尽管当时只有3.5万吨能级，但因为避风条件优越，是常年不冻港，最适合打造风电母港；第三，射阳承南启北，与日、韩隔海相望，又与东南亚联系紧密，是最理想的投资福地。与此同时，他也有意跳出自己熟悉的造船行业。在他看来，做企业要有与时俱进、顺势而为的应变能力。他的理论是：果子熟的时候，危机就来了，不及时采摘，结果就会烂掉。窦建荣给自己确定的目标是，自己今天所做之事，必须是三年前规划的落实。他永远考虑的是，三年后的自己怎么办？他认为，将自己的人生用在对美好事业的规划和实现上，这样的人生会更美好。如今，长风海工取得了巨大成功，但窦建荣并不满足，他已将目光投向三年后的市场和世界。他看到了通州湾大开发的无限商机，果断在通州湾布局，与射阳基地形成产业互补、资源市场共享、错位发展的格局，一座现代化的工厂已在通州湾拔地而起；他还敏锐地瞄准射阳港南港区，联手国际国内跨国公司，借助于全球最先进技术装备，规划建设全球领先的海上风电总装基地，努力在平价时代抢得先机。如今，长风海工已取得风电行业的优势地位，完成了在中国沿海的科学布局，企业由强变大、成长为行业巨头指日可待。

窦建荣的目标是抢占海上风电两个市场：一个是中国沿海，一个是日本、东南亚国家。同时，他又抓紧谋划资本市场，加快了企业上市的步伐。他有一句名言："站在山脚下，你的目标是爬上山顶；当你站到山顶上，看到周围有更高的山峰，你会产生征服另一座高峰的冲动。"他就是这样一个追求永无止境、人生永不满足、攀登永不停止的人。

大国商道，守拙创新

江苏长风海工的崛起，是窦建荣创业生涯的一个新的里程碑。他的创业足迹，印证着大国商道，充满了创新活力。他的守拙创新让事业蒸蒸日上，经久不衰。他清楚地记得，初中毕业的他，尽管成绩优异，但因家境贫寒，父母实在无力供养他继续读书，便应招到上海江南造船厂，加入浩荡的农民工行列，成为一名电焊工。

他辍学了，但大学梦并没有中断。在担任焊工期间，他凭着初中所学知识，将一本厚厚的新华字典翻成了一个"球体"，用一年时间自学完了字典上的所有汉字。

打工的日子虽然清苦，但其乐无穷。他相继报考了江南技校、天津大学，硬是通过业余自学，从一个初中生变成了大学本科生。看到别人当老板的样子，他很是羡慕，一心一意也想当老板。于是刻苦钻研技术，每天勤奋工作，从来不知疲倦。在江南造船厂学电焊期间，他就有一个朴素的愿望：一定要有建树，要出人头地。他一直做最好的工人，每月奖金都是第一名。他对自己的要求是，老板具备的素质和才能，我都要具备，就想做老板。

1996 年，他义无反顾地从江南造船厂辞职，带领一帮人去胜利油田，做海工平台承包。初战告捷，他又先后承揽了大连中远船务、烟台来富士钻井平台业务。

凭着过硬的技术和诚信经营理念，窦建荣先后又拿下禄口机场、南浦大桥、鸟巢、上海大剧院等一批重大项目的钢结构业务工程分包。在钢结构分包领域，他一直占据国内第一位置。

与此同时，由他组建的超万人劳务大军，向包括中远船务、中海油、中石化、江南造船厂在内的 17 家大型造船厂派遣劳务分包，在业内声名鹊起。

多年来，他主要从事大型钢结构制造，海洋油气装备、LNG 储气罐、海上风电导管架与钢管桩等，特别是海上风电已成为国内第一品牌。

孔子曰：苟日新，日日新，又日新。窦建荣的血液里，流淌的是创新的基因。特别是在他独立创办企业以后，创新成为激发他前行的不竭动力。

在他看来，中国制造业的核心技术不强，大部分都被国外掌握，企业要把技术和创新放在第一位。转型发展海上风电以后，他高薪聘请欧洲顾问，借鸡生蛋。

尽管已经站到了世界制造业前沿，但他依然认为自己的理想还在路上。

在中国改革开放的这片热土上，每天都有故事诞生，各有各的精彩。窦建荣要不断攀登新的高峰，取百家之长，做国际领军企业，将创新进行到底！

天道酬勤，诚赢天下

诚信和感恩，是窦建荣获得成功的两个法宝，也是他一生引以为豪的忠实诺言。他一路走来，以真诚为基，以实干为要，以创新为本，成长为杰出的企业家和海上风电领域佼佼者。

他是一个笃守诚信的人。他永远不能忘记章立人老先生的恩情。这位新加坡蓝水海洋科技有限公司的掌门人，被誉为"华人的海工之父"，与马来西亚前总理马哈蒂尔有莫逆之交。他每年都邀请全世界超级富豪一起研究探讨，窦建荣从中受益匪浅。

窦建荣 29 岁那年，开始单干，得到章老的鼎力支持，无偿借资 2.34 亿元，不要一分钱利息，借期十年。窦建荣只用两年时间就全部偿还，在他刚 30 岁时就成了亿万富翁。

2013 年，他开始和日本伊藤忠丸红接触，得到伊滕和日本联合造船（JMU）的绝对信任和赞许，为日后深度合作打下坚实基础。

两年后双方开始合作制造风电塔筒、风电运输船舶。截至目前，窦建荣累计获得日方 20 多亿元的资金支持，没有担保抵押、全靠信用支持！

他是一个永不满足的人。他看到了海上风电的无限商机，看到了海工装备的美好未来。这就是他三年前投资射阳的"理由"。

如今，他反复学习习近平总书记关于"碳中和"的论述，更加强烈感受到海上风电是真正的幸福蓝海。致力于产业兴国的他，坚信已经取得的成就只是序言，还须继续扩大发展规模，加快企业上市步伐，不断巩固海上风电的领军地位。

在窦建荣看来，干任何事业先要做强，然后才能做大。只有在行业内天下无敌，才有可能强者恒强，因强而大，永远立于不败之地。

他是一个志存高远的人。他常常说，一个人世界观的形成，首先必须观世界。他几乎走遍世界的各个角落，对世界形势和行业大势的精准把握，让他对未来的投资充满信心和期待。在他看来，企业家的最高境界是价值投资、未来投资，善于谋全局者，才能在谋一域时游刃有余。

他更是一个知足幸福的人。他不仅拥有幸福的家庭，还拥有健康的生活方式和高雅的志趣。除了事业，他还喜欢种花养草，享乐田园。

他是一个极其自律的人，没有任何不良嗜好，生活低调从容，有茶为乐，从不喜欢出入娱乐场所、在觥筹交错中浪费时光。他毫不讳言自己是世界上最幸福的人，有幸生活在最好的时代，有幸成长在盛世中国，有幸成为一个成功的实业家，人生如此，夫复何求。

恬淡寻常的生活，折射出一个伟大企业家的精神涵养。窦建荣，愿你永远快乐幸福，事业之树常青！

三、胸怀在蓝天，深情藏碧水

—— 刘必前和他的海普润

2021 年，对于刘必前和他创办的盐城海普润膜科技有限公司来说，是一个收获满满的年份：刘必前获得为数不多的盐城市杰出人才贡献奖，海普润入选江苏省潜在独角兽企业榜单，产品获得盐城市市长质量奖。

站在我们面前的花甲老人就是刘必前，黝黑的脸庞，高耸的鼻梁，向后梳理的一头卷发，与大科学家爱因斯坦颇有几分神似，于是人们亲切地称他为"家乡的爱因斯坦"。他不善言辞，讷于言而敏于行，但举手投足充满自信，脸上总是挂着温和的微笑，待人谦逊随和，不事张扬，做事踏实认真，一丝不苟。

退休前的刘必前是中国科学院的化学研究员，他把生命中最宝贵的年华献给了科学研究事业，取得了 79 项发明专利和研究成果，在 2014 年获得国务院颁发的国家科技进步奖二等奖，2015 年获得国家发明专利奖和国际日内瓦发明金奖。2019 年，入围科技部创新人才推进计划名单。

4 年前，刘必前退休回到家乡——江苏省盐城市射阳县。

老骥伏枥，志在千里。刘必前虽然年逾花甲，但精神矍铄，精力充沛。他只争朝夕，领衔创办盐城海普润膜科技有限公司。在不到 4 年的时间里，就实现了企业的跨越式发展和裂变式扩张。"盐城海普润"也声

被誉为"家乡的爱因斯坦"的刘必前老师

名鹊起，成为膜科技行业的引领者，主打产品是超滤膜，成为细分行业的"单打冠军"。

"另类"刘必前

时光飞速倒转，回到 43 年前的那个高考前夕。

那是恢复高考制度的第一年。当年的高考先有预考，80% 以上的考生惨遭淘汰，刘必前成为幸运者。他辞去了射阳县小学校办工厂的临时工，到射阳县中学高考复习班，做考前最后一个月的"冲刺"。

刘必前偶然从亲戚家里看到刊登在《光明日报》上的一整版招生简章，从上到下浏览招生学校，他被一个"中国科学技术大学"的校名深深吸引。那是一个科学的春天即将到来的季节，而他，正是一个崇尚科学、追求梦想的热血青年。他毫不犹豫地填报了这所不知道地址在哪里、不知道学习什么课程的学校。

教物理的钱老师，关切地询问刘必前填报了哪所学校。刘必前告诉他是"中国科学技术大学"，老师简直惊掉下巴，说了一句让刘必前一辈子都记着的话："要想考上这所大学，除非长了两个脑袋！"

刘必前后来才知道，连续几年，这所坐落在安徽省的高等学府，录取分数线比北京大学、清华大学的分数还要高！

他糊里糊涂地用自己的一个脑袋战胜了别人的两个脑袋，成为那个时代的"天之骄子"。

大学毕业以后，他又如愿以偿地考取了中国科学院研究生，在中科院一干就是大半辈子。

刘必前的研究领域十分广泛，他所学专业是高分子新材料，但对精细化工、纳米技术都有浓厚兴趣。他曾研究出纳米领带，被国家领导人作为国礼赠送外国政要。

有一阵子，他对仿生学特别感兴趣。他认为蜘蛛网的强度非常高，对于膜技术有借鉴意义；竹子、芦苇的纤维强度高，既能代替棉花，又能降低劳动成本、解放劳动力。

他跨界研究纺织机械。在他看来，制造强国离不开纺织机械的不断创新突破。从中国最早的黄道婆发明织布机到英国工业革命，都是纺机带来的历史性突破。

他每年都要参加在上海举办的纺机展。除了观摩主流的大型机械装备外，他更专注于小纺机、新技术，有时盯着一台纺机琢磨半天。别人参观只是走马观花，刘必前却每次都有收获，百看不厌。

如今，在海普润膜生产车间，所有设备都是非标产品，都是刘必前自己"捣鼓"出来的拥有自主知识产权的设备体系，还真得益于对纺织机械研究的触类旁通。看上去有点"寒碜"，但产品是自己的，设备也是自己的，刘必前对自己的"发明创造"很满意、很得意！

聚焦膜技术

刘必前对于膜技术的研究，始于 20 多年前。

一个偶然的机会，他看到时任福建省省长的习近平同志在基层调研时的一则新闻，提出要将厦门打造成膜技术产业中心，还专门作了一段批示："膜技术是世界公认的 21 世纪绿色、节能的高科技产业技术，我省厦门市在发展膜技术方面已具有了较好的基础，在全国处于领先地位，应将大力发展膜技术作为我省抢占科技创新制高点和调高调优产业结构的突破点来抓。"这让刘必前非常兴奋，直到今天还保存着载有当年总书记批示的报纸。

他想到自己的专业研究方向与膜技术有着千丝万缕的联系，相信自己一定能够在膜技术领域大有作为。

刘必前研究膜技术，还有一个原因。

他家门前有一弯小溪，在他的记忆中，如同墨绿彩带飘向远方。站在高高的拱桥上，能够看到河水清澈透明，鱼翔浅底，岸芷汀兰，波光潋滟。一条小河，承载了他童年的快乐和长大后的乡愁。

但是，不知从什么时候开始，这个记忆中最美的河流不知不觉地消失了。河水不再清澈，夏天更散发出令人掩鼻的气味。刘必前下决心要用自己研究的膜技术，拯救家乡的河流，留住记忆里的乡愁。

从那时起，他专注于膜技术的研究，几乎到了痴迷的程度，包括电池膜、功能高分子膜、水分离膜等。

他有个叫陆建雄的发小，在上海经商，他好说歹说劝陆建雄做膜产业。记得有一次，刘必前专程从北京赶到上海，两个中年男人在地板上交流了一整夜膜技术。

刘必前在膜技术研究上不断取得突破，奠定了他在行业内的领军地位。以至于在他快要退休的年纪，国内许多上市公司都要聘请他，也有美国、欧洲的客商想让他退休后到国外合作创业，都被他婉拒了。

他有一个落叶归根的梦想，他告诉业界的朋友：如果想合作创业，请到我的家乡来吧！

创办"海普润"

2016 年底，盐城海普润膜科技有限公司在射阳成立，与他合资创办的是深圳福银董事长、原东方园林副总裁陈幸福先生。

刘必前与陈幸福的"一拍即合"，既源于刘必前技术上的硬核，更源于他对资本的运作。刘必前曾不止一次地向他儿时伙伴陆建雄推荐合作基金，但都"完美地错过了好几轮投资"。如今，他自己领衔创办企业，需要完美地把握技术与资本合作的机会。

最初创办是从租借厂房开始的，投入生产的第一年就上缴税收超千万元。

市场的"嗅觉"很灵敏。全球最大的投资公司摩根士丹利找上门来了，他们愿意出巨资与海普润合作。"真的很抱歉，我们是刚成立的小公司，规模不大，要投不能超过人民币 2 亿元，占比不超过 20%"，刘必前这样告诉对方。

大摩的代表很惊讶："您什么时候听说过摩根士丹利单笔投资低于 10 亿元的呀？"

"我还没有听说过大摩到中国一个小县城来投资的呢。"刘必前笑答。

就这样，刘必前最终只同意摩根士丹利投资 2600 万美元。大概，这也是大摩最小的一笔对外投资吧。

新加坡的淡马锡也希望合作。经过与股东商量，他也仅同意对方投资 1000 多万美元。

一个技术上硬核的科学家，就是这样有底气！他要把最好的技术与最好的资本结合，打造"盐城海普润"享誉世界的品牌价值。

除了大摩、淡马锡，海普润还吸纳了财政部及省市县财政部门下属的国有基金入股。他要让全社会对他创办的企业看到希望，他更对海普润的未来充满信心。

"最好的技术要有最好的资本才匹配。"刘必前这样评价海普润公司技术与资本的联姻。

一粒科技转化的种子，播撒在需求旺盛的市场沃土里，在劳动者的辛勤耕耘下，沐浴着政策的阳光雨露，迅速发芽破土，健康苗壮成长。

3 年多来，盐城海普润从最初租用厂房到一期自建厂房，资产规模不断放大，2019 年底净资产超过 5 亿元，资产估值达到 12 亿元。

3 年多来，盐城海普润形成了涵盖自然人、境内外投资基金、国有资本在内的多元化股东结构，成为科技与资本融合的典范，在战略性新兴产业与绿色融合发展上迈出了坚实步伐。

3年多来，海普润以自主知识产权的I-CIPS膜制备方法，自研自制的核心生产设备、生产工艺及铸膜液配方，获得了诸多专利和奖项，成为行业翘楚。伴随着海普润产品具有的不脱皮、不断丝、高通量、耐污染、出水量稳定、寿命长的优势，销售网络已经从全国走向全球。海普润技术已经在市政污水处理，工业污水、黑臭水体治理，养殖尾水治理以及乡村分散污水处理等领域起到了化腐朽为神奇的作用。

3年多来，盐城海普润的产品覆盖全国大中城市，金达莱、三达膜、万德斯、南通京源等上市公司成为海普润授信的"金牌客户"，还直接销往法国、韩国，上缴国家的税收每年翻番，累计超亿元。

落日故人情

在中科院工作大半辈子，刘必前除了对科学技术的热爱，更割舍不了的，是浓浓的故乡情结。他有一个"回归"的梦想，就是告老还乡以后，把自己的技术运用到家乡发展和美丽乡村建设上。

回报家乡，造福桑梓，这是绿叶对根的情意。刘必前的胸怀在蓝天，深情藏碧水。

他不仅要创办海普润膜科技公司，还要做膜产业园。除了专业制膜，将来还要专业制盐，让盐城做世界上最好的盐。

有趣的是，他将公司注册为"盐城海普润膜科技有限公司"，有人劝他冠名为"江苏"，这样显得"高大上"，刘必前执拗地选择"盐城海普润"。他说，今后发展了，可以在南京、北京、上海乃至国外设立分公司，总部必须在盐城射阳！

可喜的是，去年成立了北京销售分公司，接下来还会成立更多遍布国内外的分公司。

从 2018 年 11 月开始，盐城海普润以最快速度启动主板上市计划，中信建投投资团队、毕马威审计团队、北京市君正律师事务所法律服务团队陆续进场。

"刘必前老师夫妇就是一个传奇，探索出科技与资本融合、发展战略性新兴产业的新路子。"江苏省发改委领导如此评价。

海普润成立近 5 年来，总资产已达 6 亿元，累计实现销售 6 亿元，入库税收超亿元。公司已具有较强综合实力和影响力，成为国家高新技术企业、江苏省水处理分离膜工程研究中心，取得国家发明专利 11 项、实用新型专利 4 项，荣获江苏省科学技术三等奖等。

"盐城海普润创造了惊人的发展速度，如果能在上海证交所主板上市，将创造更多的奇迹。"当地分管工业的领导如是说。

"莫道桑榆晚，为霞尚满天。"刘必前迎来了生命中的第二个"创业青春期"。我们期待着盐城海普润主板上市那激动人心的一刻早日到来，期待着盐城海普润不断做大做强、享誉世界。

我们也期待着"世界上最好的盐"早日在盐城产出，让"盐城"这个名字更加名副其实，更加响彻世界！

祝福刘必前老师，愿您事业之树常青！

四、情定"安徒生"

2018年5月，射阳安徒生童话乐园正式奠基。消息经媒体发布，射阳人兴高采烈、奔走相告，外地人却惊诧莫名、疑窦丛生：安徒生童话乐园为什么会落户射阳？射阳有怎样独特的魅力让安徒生童话乐园在此"安家乐户"？

关于这个项目的审批过程，我已在《有一种境界叫担当》的章节中专门述及；关于这个项目的招引过程，我相信也是天时、地利、人和共同作用的结果。如今，国内规模最大、实体场景最多、最具安徒生故乡风情的安徒生童话乐园坐落在射阳县城，与驰名中外的丹顶鹤保护区、日月岛风情度假区、国际风情渔港黄沙港等，共同串起射阳文旅多姿多彩的风景线。每到假日，这里游人如织，络绎不绝，尤其是许多父母带着孩子，专程到这里体验亲子教育，感受异域风情。

县领导陪同丹麦王室成员参观安徒生童话乐园

不得不说，"安徒生童话"的确是大家闺秀，国内首家安徒生童话乐园就落户在国际大都市上海，但因为规模不大，与迪士尼等大型游乐园相比，就显得籍籍无名，没有形成太大的号召力。

射阳地处江苏沿海，在上海三小时经济圈范围内。随着现代交通的不断改善，射阳有望纳入上海1.5小时经济圈，成为上海的"后花园"。同时，射阳作为践行绿色发展的典范城市，正在全力打造中国最美海滨小城和全域旅游新格局，具备了承接安徒生童话乐园落户的客观条件。

尤其是2017年"中丹旅游年"开幕之际，习近平主席致书面贺词时强调，中丹虽然相距万里，但两国人民友谊源远流长。丹麦童话大师安徒生在多部作品中提及中国，表达了丹麦民众对中国的向往……审时度势的射阳人，抓住这个千载难逢的契机，锲而不舍地洽谈、签约、深度合作。"安徒生童话"最终落户射阳，看似不可思议，其实水到渠成。

这几年射阳加快发展的风头正劲，射阳和丹麦从经济到文化合作的领域不断拓展。每年春节，中国文化部都安排射阳杂技团远赴丹麦哥本哈根参加"中国文化年"交流演出。远景能源的欧洲总部也落户在丹麦，射阳港全力打造"东方埃斯比约港"，客观上让射阳与丹麦之间建立了深化多领域合作的纽带。丹麦的保利泰克项目，也与射阳相见恨晚。所有这一切，都增加了安徒生童话乐园中国公司对射阳的认同。在安徒生童话乐园建设期间，我们参加欧洲举办的新能源招商活动，应邀访问安徒生故里——丹麦。我们又受邀造访安徒生故居所在地欧登塞市。我是读《卖火柴的小女孩》长大的，在我的印象中，安徒生一定生活在冰天雪地的国度。我也一直有个遥远的梦想，希望有一天能在诞生童话的地方体验童话般的生活。这次在安徒生故里，我想的最多的是，安徒生的家乡、真正诞生安徒生童话的地方兴建的安徒生公园，远没射阳新建的安徒生童话乐园规模大、现代气息浓、更富童话色彩。国内许多人把获得安徒生童话奖作为世界级殊荣，而接待我们的两位，其中一位就是安徒生童话奖的评委。西方设立的奖项，如同诺贝尔文学奖一样，虽有很高门槛，却并不神秘。

射阳安徒生童话乐园建成后，我总结了其八大特点，也是中外游客不得不来的八大理由：

第一，安徒生童话备受孩子们喜爱。安徒生一生创作了大量脍炙人口的童话作品，奇妙的构思、大胆的想象，在孩子们幼小的心灵播撒真善美，带领他们与童话里的主人公一起快乐，一起忧伤。无论安徒生的家乡离我们有多远，无论安徒生生活的时代离我们有多长，他的作品都能穿越时空，让天下所有的孩子回味悠长。

第二，安徒生童话乐园立体呈现童话作品。从冰天雪地的童话王国丹麦来到风景秀丽的中国射阳，从书本走向生活，安徒生童话不再是津津乐道的虚无缥缈，而是触手可及的真实场景。不得不说，射阳安徒生童话乐园的设计师们真是匠心独运、巧夺天工，将安徒生笔下的童话世界展现得惟妙惟肖，让人流连忘返。

第三，中央电视台少儿频道跟踪报道。开园那天，中央电视台少儿频道主持人月亮姐姐现身开园仪式。她给孩子们讲精彩故事，与所有电视机前的小朋友相约安徒生乐园，传播安徒生文化。射阳安徒生童话乐园的精彩故事，从此扬名天下，让孩子们一睹为快、不睹不快。有多少家长能抵抗得了孩子们的强烈愿望呢？

第四，乐园将举办面向国际国内的精彩赛事。射阳安徒生童话乐园还将成为央视少儿节目拍摄基地，一批小明星将从这里诞生。如果您的孩子想成为童话作家，如果您想让孩子讲精彩的童话故事、写精彩的童话寓言，快带孩子来吧。孩子的许多奇思妙想，将从这里得到启发、碰撞，那可是开发孩子们的天赋啊。

第五，安徒生童话乐园勾起成年人的美好回忆。许多孩子的父母甚至爷爷奶奶，心中也住着一个安徒生。在他们年幼的时候，最多从课本上读到童话，或者听老师讲过几个故事，却从来没有在眼前立体呈现过。置身童话乐园，回味也许格外温馨美好。

第六，童话乐园创下了许多国内第一和唯一。关于这一点，我还是留点悬念吧，反正射阳安徒生童话乐园正在申报多项吉尼斯世界纪录，国际知名的旅游机构正在联系合作事宜，个中究竟，还是让游客们实地探寻秘密吧。

第七，射阳县除了安徒生乐园还有丹顶鹤。品牌叠加形成的巨大号召力，让您不来不行！这里有卖火柴的小女孩，还有驯鹤姑娘徐秀娟。从童话世界里走出来，你还可以看到美丽的丹顶鹤，实地感受《一个真实的故事》的优美动人旋律和真实感人故事。大美其美，美美与共。

第八，安徒生童话乐园架起射阳与安徒生故乡的桥梁。安徒生的故乡在丹麦的欧登塞，那是一个美丽宁静的北欧城市。日前，听说欧登塞市计划与射阳县结为友好城市，共同弘扬安徒生文化，游览射阳安徒生童话乐园，还有机会免费游览丹麦的安徒生家乡呢。

在我的《金秋十月，我在安徒生童话乐园等您》一文中，如此推介安徒生童话乐园和射阳：

该园坐落在江苏省射阳县城幸福大道89号，占地近200亩，全景式展示安徒生童话的经典故事，特别是《皇帝的新装》《卖火柴的小女孩》《丑小鸭》《拇指姑娘》等名篇，通过童话乐园得以实景呈现，辅之以花车巡游、梦幻泡影，把每一位游客都带入美丽的童话世界。

爷爷奶奶们可以在这里寻找曾经的记忆，爸爸妈妈们可以在这里重温童话故事，而那些喜爱童话的小朋友们更可以享受到浪漫童年的乐趣和童话带给自己的无限遐想。

安徒生童话乐园有足够强大的号召力，让天下的孩子们慕名前来体验童话的乐趣，让普天下的父母们陪伴孩子在这里度过童话般的时光，甚至对许多成年人来说都有超越时空距离的独特魅力和持久吸引力。

目前，安徒生童话乐园已全面建成开放，许多学校将安徒生童话的课堂教学搬到乐园来，情景交融，寓教于乐，让孩子们兴高采烈、心花怒放。

安徒生童话乐园除了经典童话的呈现以外，还有过山车、梦幻骑士、心愿塔、飞天象、疯狂农庄、青蛙跳、丛林剧场等，让广大游客特别是孩子们在超乎想象的游玩中打开无限的畅想空间。

环园而建的北欧风情街主题特色鲜明，街区星巴克、太阳花书房、丹麦物语、格丽斯等各大品牌入驻，让游客不出国门也能领略异域风情，享受在国外购物、休闲、娱乐的闲情逸致。安徒生童话乐园落户中国射阳，中央电视台将这里定为少儿文旅基地，月亮姐姐成为形象大使，丹麦王室亚历山德拉公主盛赞中国对安徒生童话的传播贡献，安徒生文学奖发起人本尼·尼伯先生更是赞不绝口，还要向射阳县政府颁发弘扬安徒生文化组织奖呢。

射阳县所在的盐城市申报黄渤海湿地成功入选世界级非遗名录，射阳作为沿海县份，成为非遗核心板块。

射阳一直有"鹤乡"美誉，世界珍禽丹顶鹤每年到此越冬，徐秀娟舍身救鹤的真实故事就发生在这里。甘萍演唱的《一个真实的故事》旋律优美，婉转动人，成为射阳县歌传唱不衰。

从千鹤湖公园到日月岛康养基地，从怡情养性的鹤乡菊海到净化心灵的息心梵音，从两个高尔夫球场到射阳河口风景区，全县的生态环境优良，空气质量列江苏省第一位。射阳境内大美湿地风光、鹤鸣九皋神韵、国际渔港风情等浑然一体，构成黄金海岸线和全域旅游风景线。如今又有安徒生童话乐园加持赋能，中国最具旅游价值目的地呼之欲出，更加令中外游客心驰神往。

朋友们可从全国各地直飞盐城机场，经过40分钟车程，即可抵达安徒生童话乐园。自驾游的朋友可从沿海 G15 高速直达射阳。

金风十里，不如您来这里。我们与您相约射阳，我在安徒生童话乐园等您！

五、日月岛，北纬33度的诗和远方

在射阳2800平方公里的大地上，有一块上苍赐予的风水宝地，她有一个诗意的名字——日月岛。日月岛是射阳比肩台湾日月潭的绝佳处，占地20平方公里，绿水环绕。经过巧夺天工的精雕细琢，这里已成为独树一帜的旅游目的地。近年来，射阳全力将这里打造成以日月文化为主题的旅游景点。日月畅想主题馆、航天航空科普馆，以太阳系八大行星为主题的滨水商街，以北斗七星为主题的七星民宿等，让人心至苍穹外，目尽星河远，成为新的网红打卡地，与驰名世界的丹顶鹤保护区、安徒生童话乐园构成"金牌组合"，使射阳成为中外游客心向往之、络绎不绝的诗和远方。

日月岛是射阳河绵延十八湾、东向出海的最后一道河湾，西接射阳新港城，东连黄海湿地，明湖水面环绕四周，幸福大道横贯东西。它原先属于射阳河支流，裁弯后成为自然岛，成为射阳乃至苏北平原"绝版"的风水宝地。如果能把日月岛真正建成日月之行之微缩景观、星汉灿烂之梦想夜空，则日月岛必将是射阳人梦想出发的地方，也是外地人心驰神往的诗和远方。

从2014年开始，射阳县委、县政府就谋划开发日月岛。按照县委、县政府最初的规划设想，日月岛遵循总体规划、分步实施、做精做特、宁缺毋滥原则，将20平方公里的人工岛及周边水域打造成国内乃至有国际影响力的绿色度假区和旅游目的地。因此，县旅投集团经略日月岛开发时既小心谨慎，唯恐因规划不足造成不可挽回的缺憾，又满怀自信，逐渐形成独具特色的开发思路。如今的日月岛已初具雏形，一个融观光休闲、体育娱乐、科普宣传、亲子体验于一体的绿色康养度假区已清晰呈现在世人面前，仿如一位清新脱俗的妙龄少女，亭亭玉立在黄海之滨，吸引着无数慕名者的目光。日月岛已成为射阳与丹顶鹤保护区、安徒生童话乐园齐名的旅游目的地。当年曹操在《观沧海》中说，"日月之行，若出其中，星汉灿烂，若出其里"，只是面对大海生出的无限感慨。今日之射阳日月岛，不仅将日月之行诠释得淋漓尽致，而且将星汉灿烂演绎得惟妙惟肖。国内首家太空岛在此诞生，与中外游客一起追梦星辰大海。

日月岛凸显三大主题，即太空岛、生态岛和未来岛，赋予我们太多的奇思妙想和未来畅想。行走在日月岛诗意的赛道上，映入眼帘的是一个叫 To Be Village（未来社区）的村庄。作为日月岛的核心区，To Be Village 里面的日月畅想主题馆、太空乐园、滨水商街、葛军艺术馆、GS 花园餐厅、七星茶社、童话水乡民宿、水上乐园等业态既有烟火气又有书卷气，集旅游休闲于一体，兼具文化与科普价值，氤氲着艺术气息，散发着迷人芳香，各具特色，千姿百态，妖娆妩媚，美不胜收。

在日月畅想馆、1 号空间站，游客变身"宇航员"，一起去探索浩瀚宇宙，乘坐"模拟飞船机舱"，感受奔月之旅。在太空乐园、星球乐园，游客可寻访"天问一号"，探险"祝融号"、"月球"餐厅、基地补给站，零距离体验太空超市、太空厨房、太空攀岩，沉浸游玩星际舰队。

每到寒暑假或节假日，慕名而来的家长带着孩子，在这里沉浸式开启太空之旅，立体式体验日食、月食，在寓教于乐中积累天文知识，感受星辰大海的神秘诱惑。目前，日月畅想馆已成为全国北斗科普基地，通过 AI、VR 技术，游客们可在 24 小时太空书屋获取宇宙知识，圆梦浩瀚太空。

与"日月之行"毗邻的是配套的商业街区和文化景观。这里不仅有 GS 花园餐厅、马来西亚肉骨茶、小红旗咖啡等业态，融潮流范、国际范、艺术范为一体。游客在艺术的氛围里流连，体验人文之道，还有葛军艺术馆等高品位的文化场馆，让人流连忘返。

葛军先生是从射阳这块物华天宝、人杰地灵的大地上走出去的中国著名工艺美术大师、中国陶瓷艺术大师、中国陶瓷设计艺术大师、中国工美行业艺术大师。作为陶瓷艺术领域的领军人才，葛军用四个"大师"的称号奠定了他在陶瓷界无与伦比的地位和艺术界独树一帜的影响力。

就陶瓷艺术而言，我是个门外汉，无法从专业视角评价葛军大师的艺术成就。但从葛军艺术馆的作品陈列以及我跟葛军大师多年的交往来看，他真是一位艺术禀赋独绝、具有天才奇思妙想、勤耕不辍、才华横溢的"陶人葛"，说他专为陶瓷艺术而生一点不为过。

作者与葛军大师（左）在一起

葛军艺术馆以他的艺术成果展览、艺术历程展示和艺术思想展现为主线条，以"三馆一室"，即将军壶艺馆、雕塑艺术馆、紫砂壶艺馆、葛军工作室为架构，融艺术性、观赏性、教育性于一体。这是目前射阳唯一建成的名人名家作品陈列馆，是大美射阳画卷中的新亮点、文化射阳长廊里的新景观、镶嵌在日月岛上的一颗璀璨艺术明珠。

日月岛作为一座生态岛，这里是绿色射阳的浓缩版，再现了"落霞与孤鹜齐飞，秋水共长天一色"的旖旎风光。从 2014 年开始，这里就启动大规模拆迁和微地形改造、植树造林工作。在盐城市有关领导和射阳旅投集团的不懈努力下，国内首支 30 亿元的林业基金投放到日月岛，为日月岛的生态建设注入源头活水。射阳县以实施全域 36 万亩沿海生态国家储备林为抓手，在日月岛率先实施了近万亩碳汇林，并成功获批国家级零碳旅游景区。岛上栽种了中山杉、榉树、银杏等 50 多种乔木品种和 10 多种花草，森林覆盖率突破 70%，真正成为一座生态绿岛、天然氧吧。傍水而建的童话水乡民宿，体现了现代时尚与生态旅游的珠联璧合、浑然天成。日月岛还先后举办帐篷露营节、太空音乐节等 20 多场次，央视等媒体竞相报道，累计接待游客数百万人次。

凭借得天独厚的生态优势，日月岛已成为以绿树掩映为色调、以蓝天白云为基调、以小桥流水为格调、以百鸟和鸣为情调的人间仙境、世外桃源。游客们可以漫步环岛绿廊，尽情享受打开心扉的"森呼吸"；驻足水上森林，欣赏百鸟翔集的生态奇观；谛听渔舟唱晚，感受诗意栖居的悠闲生活。

文化是旅游的灵魂，旅游是文化的载体。日月岛是射阳以文塑旅、以旅彰文、推动文化和旅游深度融合的代表作。初见端倪的日月岛生态康养旅游度假区已经成为"有爱射阳·沐光向海"的网红打卡地。随着日月岛的深度开发和远程号召力与日俱增，未来日月岛将以"日月"为魂，彰显"河风海韵，日月同辉"的意境，将森林湿地、太空科技和文化艺术完美结合，让每一幢建筑、每一棵树、每一条河流都成为会说话的风景，充分描画细节的精彩、野趣的浪漫，完美呈现北纬33度最美诗和远方！

如果说射阳是你心仪已久、魂牵梦绕的地方，那么日月岛一定是你怦然心动、相见恨晚的佳人。所谓伊人，在水一方，回眸佳人处，宛在水中央。

借此机会，我也愿为家乡射阳做一回旅游宣传和形象代言：射阳，一个被雪藏多年的海滨小城，一个最具美学价值的旅游打卡地，她的美再也藏不住了！这个仅有2800平方公里的县份，却浓缩了锦绣中华最精致的旅游景观：如果你想欣赏鹤鸣九皋、声震于天的仙鹤翩飞风采，请到射阳来，这里是世界珍禽丹顶鹤的第二故乡；如果你想体验冰天雪地、美轮美奂的童话世界，请到射阳来，这里有驰名中外的安徒生童话乐园；如果你对大美湿地、滩涂风光心驰神往，请到射阳来，这里有世界非遗的环渤海生态圈核心区；如果你想遨游太空奔赴星辰大海，请到射阳来，这里的日月岛太空馆让你变身嫦娥实现飞天梦想。

除此之外，射阳河口风景区让你流连忘返，两个高尔夫球场让你豪放挥杆，菊花盛开的铺金盖银让你大开眼界，桑乐田园的美味桑椹让你大饱口福，梵音袅袅的息心寺让你怡情养性，耕读传承的农博馆让你不由得停下脚步！这些高颜值的旅游景点，像一串串珍珠，串起全域旅游、妙不可言的大美风景线。好客的射阳人民诚挚邀请并热烈欢迎全国乃至世界各地的朋友，把射阳当作世外桃源、亲子乐园，来射阳欣赏人间美景，品尝美味佳肴，寻找心中的诗和远方。射阳也将不负所望，成为令人神往的游览胜地、黄海之滨的璀璨明珠！

六、一个东方海滨小城的风电报告

这是一座美丽的海滨小城，坐落在江苏沿海中部，是中国大陆南北分界线的东部起点。

怡人的气候、广袤的滩涂，构成大美湿地的原生态风光。世界珍禽丹顶鹤每年在此越冬，于是这里被誉为丹顶鹤之乡。

她有一个诗意的名字——射阳县。

近年来，随着海上风电资源的开发利用，射阳以其得天独厚的区位优势和潜力无限的风光资源，迅速进入行业巨头们的视野，成为"商家必争之地"。

有资料显示，射阳近海风电资源 400 万千瓦左右，远海可开发利用资源 1000 万千瓦以上。这对于一个县份而言，无疑是一座巨大的宝藏，在世界范围内也不可多得！

曾经，射阳人以拥有 2600 平方公里陆域面积、列江苏省第四位而无比骄傲。

如今，射阳人更因拥有 5100 平方公里海域面积而喜不自禁、格外自豪！

2019 年 4 月，正是春光明媚、春暖花开的日子，首届风电产业论坛在这里召开。来自全球近 20 家能源行业代表和国内一大批央企、国企负责人云集这座海滨小城，畅谈新能源产业的前世今生，畅想无限美好的清洁能源未来。怀揣着希望和梦想的射阳人，有志于将射阳打造成风电行业的"博鳌论坛"。

在追寻梦想的道路上，射阳人正奋力奔跑、赶超世界。

世界上到处都有阳光和空气，射阳人从未想过自己的阳光（光能）和空气（风能）是全球最好的；地球上 71％ 都是海洋，射阳人更没想到拥有海洋上最丰富的宝藏。

首届风电产业发展论坛在射阳召开

陆上一马平川、海上波光潋滟、阳光和煦怡人,这一切构成了美轮美奂的风光世界,而这些普通得不能再普通的阳光、空气和海水,却成了让人艳羡的财富之源。

江山予我太妩媚,我岂能辜负大自然的造化和垂青!

射阳人开始睁眼看世界。他们到欧洲埃斯比约港、格雷诺港考察取经,邀请全球一流的风电专家帮助规划设计国际海上风电新城,面向全球招引合作伙伴。

全球风电发迹于欧洲,勃兴于中国,未来将蔓延于世界。

在世界地图上,射阳只是微不足道的一点,却处在波涛汹涌的太平洋西岸,四季分明,风光无限。

从中国东部沿海区位来看,射阳承南启北,东向出海。风电产业发展可立足射阳、盐城,面向江苏和长三角、渤海湾,辐射到中国沿海的所有区域。以射阳为跳板,向东北亚、东南亚以及南亚、欧洲和南、北美洲开拓市场。

这真是让人越想心跳越快、睡梦中都能笑醒的美丽梦想。

比区位和港口更有优势的，当属射阳风电资源的规模和质量。据权威部门检测，射阳位于北纬33°46′、东经120°15′，北亚热带和温暖带的过渡地带，属季风气候区，季风环流是支配本地区气候变化的主要因素。

射阳总的气候特点是：气候温和，季风盛行，夏季炎热，冬季较冷，四季分明，光照充足，沿海及近海70米高度风速超过7米/秒，特别适宜大规模开发海上风电。

华能集团江苏分公司董事长李富民在考察射阳后，难掩兴奋之情。在他看来，射阳独特的生态环境，丰富的风电资源，良好的发展基础，优越的港口条件以及浓厚的干事创业氛围有着神奇魅力，华能与射阳、远景合作的前景十分广阔。

华能集团副总经理王敏在与射阳县领导交流时提出，要"密切合作，精耕细作"，将海上风电资源发挥最大的经济社会效益，打造高质量发展的样板产业。

没有什么比拥有巨大财富更让人怦然心动、夜不能寐的了。

射阳作为传统的农业大县，曾以全国产棉第一县和发达纺织业而闻名，又因丹顶鹤之乡而扬名海内外。

然而，许多年来，射阳在推进工业化上始终未能走出新路来，要么受制于丹顶鹤保护区的严格环境要求，要么在发展主导产业上苦苦追寻一筹莫展。

"踏破铁鞋无觅处，得来全不费工夫。"谁也不会想到，靠大海捕鱼、滩头小取为生的射阳人，有一天还能得到大海的丰富馈赠，拥有海上风电的巨大财富。

谁也不会想到，有这么一天，射阳的阳光和空气，会成为最优质的财富，给射阳带来更大的财富！

能够拥有一个聚宝盆是让人喜出望外的，能够拥有一座金山是让人喜从天降的，能够拥有深不见底的财富宝藏是让人欣喜若狂的！

据有关部门评估，射阳未来可利用的海上风电资源可达1000万千瓦以上，连同已核准的海上风电项目、已建设和待开发的陆上风电资源，可以这样算一笔账：全部开发这些资源需投入资金2000亿元，按2019年可比价计算，年可生产风电300亿千瓦时，产生效益260亿元以上。这样的效益是十分可观的，这样的财富取之不尽、用之不竭。

如此诱人的宝藏，自然让风电行业大佬垂涎三尺，让天下寻宝者接踵而至，谁也不愿缺席这场丰盛的宴会。

已经登陆射阳的国内最大、全球领先的央企华能集团，制订了雄心勃勃的未来规划，全面参与射阳海上风电全流程、全产业链、全供应链建设。

射阳风电产业规模化开发、集约化利用、高端化锻造、全产业链发展的科学布局，为国内外知名企业打开合作之门，中广核、龙源等另一批央企、国企，也都摩拳擦掌，寻找更广阔的合作空间。西门子、壳牌、采埃孚等国际知名企业也正在抓紧接洽，开始在射阳谋篇布局。

射阳县先后三次组团赴海上风电发达的欧洲考察、学习、招商，加强与欧洲港口的交流与合作。今天的射阳，以其国际化的视野和面向未来的布局，展示出走向世界的恢宏气象。

在风电行业的合作伙伴中，射阳县优先选择具有全球竞争力的国际知名企业加盟，即使国内的配套产业项目，也定位在行业前三强。

他们从陆上资源的碎片化开发中吸取教训，推动海上风电的规模化开发和集约化利用；他们格外珍惜有限和不可多得的风电资源，以技术创新引领开发利用效率最大化。他们不局限于已经获得的开发资源，面向中国沿海扩大市场份额，面向国际在全球配置资源，持续扩大国内市场份额，不断开拓国际市场空间。

对计划到射阳投资的新能源企业，射阳设置了非常高的门槛，有效规避了低水平重复和无序化竞争。他们特别看重加盟企业的国际地位、品牌价值和研发、创新能力。

如今，一座同样具有全球视野的国际产业港呼之欲出，有望成为超越埃斯比约港的"东方埃斯比约港"。

其实，射阳风电产业发展的看点不仅仅在资源利用本身，更包含围绕这些资源开发所规划建设的国际海上风电新城。

这的确是一个宏伟的规划，更是一个雄伟的计划。这项由射阳县和远景能源共同主导的园区建设规划，邀请国内外最优秀的行业专家担纲，编制全球独一无二且引领未来的国际海上风电专业园区。

现在，园区的轮廓已初具雏形，我们不妨先睹为快：

围绕上述规划，射阳已携手华能集团、远景能源以及国内外知名企业全速启动建设，短短两年已成功落户远景装备制造（一期）、远景云平台、长风海口装备、迈景机舱罩、中车时代新材等产业链项目，华能海上运维中心、研发设计中心、ZF（采埃孚）齿轮箱、LM（艾尔姆）、SSB等一批合作项目即将落地。

一个千亿级的新能源产业集群正在微笑着向射阳走来。

"长风破浪会有时，直挂云帆济沧海。"伟大诗人李白一千多年前写下的豪迈诗句，成为今日海上风电最精彩的注解。壮观的海上风电集群，每天都在乘长风、破万里浪，走向世界的海上风电产业将要直挂云帆、远济沧海。

黄海明珠射阳，终将成为享誉世界的东方风电之都，我们翘首以待！

工作实录：书写新时代高质量发展的新篇章

新时代谱写了民族复兴的恢宏诗篇：党的十九大高举习近平新时代中国特色社会主义思想的伟大旗帜，引领中华民族的航船乘风破浪，从站起来、富起来到强起来，驶向世界舞台的中央，到达伟大复兴的光辉彼岸！

新发展贡献了世界舞台的中国方略：致力建设美丽中国，构建人类命运共同体，实现经济社会从高速度发展向高质量发展的历史性转变，满足人民对美好生活的向往，为人类社会的发展做出更大贡献！

新机遇催生了鹤乡射阳的腾飞梦想：我们与祖国同奋进，与时代共前行，通过三年多来的不懈努力，甩掉沉重的历史包袱，跃出发展低谷，跃居全市前列，以更加奋发有为的姿态，在新的起点上开拓新境界、追求新梦想。

新使命激发了百万人民的使命担当：在高质量发展的新征程上，我们比任何时候都更加意气风发，更加充满蓬勃朝气和昂扬锐气，更加懂得奋斗的意义和幸福的含义，在拼搏和奉献中不忘初心、砥砺前行。

历史已经掀开崭新的一页，时代正在谱写更加壮丽的诗篇。县党代会鲜明提出以"全力强产业，全心惠民生，高质量开启跻身江苏沿海县域第一方阵新征程"为内容的"两全一高"新实践。这是新时代赋予的新使命，是新目标催生的新路径。"两全一高"的精彩布局和全新实践，将引领射阳高质量发展的新航向，在更高起点上探索独具特色的射阳之路，谱写更加辉煌壮丽的中国梦射阳篇章！

一

发展是时代主题，产业是发展根基。"全力强产业"是高质量发展的时代要求。科学的产业定位引领着高质量的发展方向。没有强大的产业体系支撑，发展就是空中楼阁、雾里看花；要实现全面建成小康社会目标和迈向现代化征程，必须全力强产业，锻壮锻粗产业链！

经过艰难的探索，射阳初步走出一条清晰的产业发展路径：构建3+3产业体系，即依托资源禀赋和传统优势，实现纺织服装、农副产品深加工、机械电子三个传统产业向高端纺织、健康食品、电子信息产业迈进；把握现代产业方向和新旧动能转换机遇，加快培育航空产业、新能源及其装备、新型建材及新材料三大新兴产业并实现快速崛起。

精准的产业定位不仅助力射阳后发崛起，也打开了未来发展的广阔空间。我们在时隔十二年后连续三年获得全市综合奖，成功跻身全市第一方阵；我们多项主要经济指标增速位列全市第一，晋级全国百强县；我们财政工作获得全省一等奖，利用外资实现任务翻番等等，都是项目强县取得的丰硕成果！

全力强产业，我们的意志坚如磐石，我们的目标坚定不移！

让纺织产业重振雄风。我们创造过连续十多年全国棉花状元县的辉煌，也曾为打造中国新纺都努力过，金梭银梭成为县属工业的标志符号，尽管经历市场波动，但直到今天仍然占有一席之地。必须坚持智能引领，实现华丽转身，推动高端纺织服装产业再次崛起。如今，双山集团焕发生机活力，题桥纺织正在加快建设，康平纳智能工厂破土动工，中欧纺织产业园即将落子，绿色、智能、高端、现代的纺织产业已驶入高速发展快车道。

健康食品王者归来。射阳承南启北，物产丰富。我们曾以"将农业推向世界、让市场与国际接轨"为荣，射阳大米享誉全国，洋马药材闻名遐迩，千秋啤麦独具品质，临海白蒜漂洋过海。如今，辉山乳业强势入驻，农垦、海越麦芽竞相发展，益海粮油二次创业，期待着在健康食品雄起带动下，我县健康产业蓬勃发展，誉满神州。

射阳人杰地灵，从来不缺少能工巧匠。纺机、探伤机曾风靡一时，机械电子拥有较高技术基础和优势。随着信息技术的发展和进步，电子信息产业方兴未艾。去年以来，和鼎、百福等一批高科技企业落户射阳南大科技园区。现代技术与传统产业的激烈碰撞，迸发出的火花不仅耀眼惊艳，更将带动产业裂变式发展。我们有理由对南大科技园的明天充满期待！

一个地区有一个地区的产业特点，一个阶段有一个阶段的产业特色。如果说传统产业彰显的是资源禀赋和发展潜能，那么新兴产业则代表了一种技术进步和未来愿景。

射阳濒临黄海，沟河纵横，土地肥沃，物华天宝。曾经的资源丰富到今天衍生出产业新宠：风、光资源得天独厚，新能源优势日益凸显！去年初，远景能源布局射阳，一个五百亿产业随着制造业落地和海上风电大规模开发浮出水面。今后一个阶段，要致力打造世界影响的新能源产业基地和能源革命样板，推动射阳新能源及其装备产业蹄疾步稳、快速成长！

依港而建的新型建材云集了钱江石材、闽江石材等一批行业精英，云集了世界各地"会唱歌"的精美石头。如今，国内最大的名品石材展示馆已落成。以中科院高级研究员刘必前领衔的海普润膜新材料依靠技术与摩根士丹利的资本联姻，让新型建材及新材料产业如虎添翼，未来不可限量。

同样异军崛起的还有航空产业。这个从无到有的产业以其扑面而来的清新让人为之振奋！国内领先的2B仪表导航机场建成使用，炫目的天空联盟表演、国内知名的中澳嘉宝加盟以及航空嘉年华项目的相继落户，让射阳成为同时拥有商港、渔港、空港的县份。我们完全有信心在可预见的将来打造国家级通用航空示范区。

当然，产业发展离不开高效率的营商环境。我县要通过持续开展项目突破年、优质服务年、质效提升年等活动，推动政府行政效能大提升、办事效率大提速、政商关系大改善，让射阳真正成为重大项目集聚之地、中外客商钟情的沃土。

产业发展要展示科技与资本融合的力量。我们欣喜地看到射阳产业发展的科技之光，海普润与国际风投的合作是科技与资本融合的示范样本，远景智慧能源成为引领世界能源革命的科技先锋，朱嘉纳米黑金材料水纯化技术的推广被誉为"为世界解渴"。产业发展插上科技的翅膀，必将在更加辽阔的天空展翅飞翔。

二

人民对美好生活的向往，就是我们的奋斗目标，增进民生福祉是发展的根本目的。"全心惠民生"是执政所需、宗旨所在、民心所盼。

党的十九大提出，必须多谋民生之利，多解民生之忧，在发展中补齐民生短板，促进社会公平正义。

回眸走过的岁月，我们在加快发展的同时，举全县之力偿还民生欠债，补齐民生短板，每年一般公共预算收入的80%以上用于兴办民生实事。

将发展的成果由人民共享，这是县委、县政府坚定的执政理念。仅去年就修建农村道路505公里、桥架250座，高标准建成新城区小学、幼儿园、县第三中学，办人民满意的教育、卫生，得到人民的广泛支持。建成开放全民健身中心、千鹤湖市民公园等高品位健身娱乐中心和市民休闲场所，广大市民好评如潮。

几年来，县委、县政府坚定不移提高城乡居民收入，每年的增长幅度都走在全市前列。通过扩大社会服务范围、提高低收入人群待遇、增加困难群众补助等方式，村组干部的报酬实现三年翻两番，环卫工人的收入每年都有提高，机关干部的待遇与先进地区差距逐渐缩小，各行各业特别是一线员工普遍建立收入新通道。

我们无法忘怀2016年6月23日的那场灾难，龙卷风摧毁了大批民房民宅，但也催生了灾民的新生活新希望。如今，灾后重建安置点成为新农村建设的新景观。全县大规模推进危旧房改造和康居工程建设，新农村面貌日新月异。

发端于我县的"四个托底"，托起了穷人的幸福梦。近3年来，3353名家境贫寒的学生圆了读书梦，9万多名无钱就医的困难群众得到及时治疗，每年中秋、春节慰问困难群众近3万人次，653户困难无房户住进新居。

惠民生没有休止符，人民对美好生活的向往是惠民生的强大动力。展望新的征程，县委提出"全力惠民生"要在提升收入质量、教育质量、卫生质量、文化质量和生活质量等五个方面持续发力！

要提高收入质量，让群众的口袋真正鼓起来，物质生活富起来。持续增加城乡居民的生产性收入、经营性收入、工资性收入和转移性收入，推进大众创业万众创新，让"奋斗的人生更幸福"成为全社会的共同认知。

"安得广厦千万间，大庇天下寒士俱欢颜。"这是唐代诗人杜甫的理想。今天我们更有理由让每一个贫困家庭都能居有其屋、住有优所，感受党的关怀和温暖，让所有弱势群体都能感受社会的温情关爱。继续将"四个托底"往深里做、实里做，托到底全覆盖，全力做好精准扶贫这一方向性大事，在高水平建成小康社会的路上一个不落、一户不少！

持续推进各项社会事业发展，切实提高教育、文化、卫生质量，办好人民满意的教育、文化、卫生事业。推进教育均衡普惠发展，打造"学在射阳"品牌；加快国内一流的医院、妇幼保健院建设，让广大群众享受家门口的高端医疗服务；加快文化设施建设，创作、引进一批经典、精品舞台剧目，为全县人民提供更高质量、更具品位、更有层次的精神文化产品。

继续完善提升公共服务设施，让群众生活更便捷、更舒心。加快城市功能配套，提升绿化、亮化、美化水平，加快乡村振兴步伐，推进农村路网改造和城市智能化水平，推动城乡一体化的"厕所革命"，推出更加利民便民的服务新举措，不断增强人民群众的幸福感、获得感，增加城市的开放度、科技度，提升生活的舒适度、满意度。推进平安射阳建设和全民法治教育，让百姓更有安全感。

感谢上苍，让我们能够与海共生，与鹤共舞，在美丽的黄海之滨呼吸清新空气，每天神清气爽，享受到碧海蓝天的绿色生活。呵护美好的生态家园是高质量发展的题中之义，要坚定不移走产业生态化、生态产业化之路，实施乡村振兴战略，让射阳的天更蓝、水更绿、空气更清新，致力建设中国最美乡村。

民生是最大的政治。你把群众放在心上，群众就会把你举过头顶。"全力惠民生"不仅事关百姓生活，更事关党群干群关系，事关党和人民群众之间的血肉联系。我们坚信，"全力惠民生"一定能让党群关系更融洽、群众更满意、人民更富裕、社会更和谐、生活更美好。

三

目标是砥砺前行的动力，奋斗是创造辉煌的捷径。"高质量开启跻身江苏沿海县域第一方阵新征程"，是基于现实而又面向未来的目标追求，是通过努力能够实现而又必将实现的发展愿望。

我们把目光聚焦沿海，在更高的起点上树标杆、争一流，这是县委、县政府审时度势高瞻远瞩确立的方向，体现了我们奋进新时代的雄心壮志，也凝聚了全县百万人民的共识和智慧。

经过三年多来的快速、健康、高质量发展，我县已成功跻身全市第一方阵。未来三年，我们完全有信心、有能力跳出盐城再创佳绩、再攀新高！

在沿海板块竞相崛起、百舸争流的大潮中，我们占据港海之利，融入长三角城市群，以开放的姿态接轨上海，面向世界，日益展示放眼全球的胸襟抱负。我们有鹤乡之誉、生态之美，资源禀赋得天独厚，区位优势与日俱增，初步积聚的产业优势已进入起飞轨道。

站在高质量发展的新起点上，我们需要确立新目标、创造新业绩，这样的目标既不能好高骛远、不切实际，又不能满足于现状、小进即喜。在重塑的江苏经济版图上，我们把目光聚焦沿海，缘于科学严谨的决策，更缘于志在必得的自信！

当然，奋斗需要激情、坚定信心，更要正视差距、保持清醒。江苏沿海三市十二个县份，县市之间最大的差距是发展不平衡、不充分，是民生的差距，是生活环境与发展质量的差距。而且我们与沿海先进地区相比，在经济规模、重大项目、民生短板方面的差距是巨大的，同样需要未来三年埋头苦干不事张扬奋起直追。知人者智，自知者明。一个看不到自己缺点的人必然会夜郎自大、坐井观天；一个认识不到自己不足的地区也必然会盲目乐观、错失良机。

跻身沿海县域第一方阵，不是片面追求发展的速度，而是更加注重发展的高质量，这是新时代的根本要求，也是我们新射阳发展的必然选择！不简单追求经济规模的扩张，不以牺牲环境为代价换取发展速度，我们过去的成功得益于此，未来的发展依靠于此。

"跻身江苏沿海县域第一方阵"，县十五届三次党代会为我们谋划了科学发展路径。我们正在走一条前人从未走过的路，正在创造过去从未创造的辉煌——

做大做强六大产业。建设以远景能源为龙头的先进制造业基地、未来能源物联网示范基地和全球能源革命样板区。加快海普润膜、钱江石材、闽江石材的裂变扩张，将新材料产业做成全国有影响的产业基地。以通用机场为依托，加快引进国内外一流的航空企业一起翱翔蓝天，建设国家级通用航空示范基地。同时推动高端纺织、机械电子、健康产业提档升级，实现华丽转身、再创辉煌！

致力发展六大经济。依托科技引领的智创经济、步入港海经济新时代的海洋经济、与国际接轨融合的开放型经济、打造沿海魅力新港城的城市经济、在乡村振兴战略中独领风骚的"三农"经济和实现县富民强的财税经济。不仅要在发展质量上争创一流，而且要在发展速度上走在前列，实现弯道超越，进位争先。

精心打造六高功能区。以"高新"为定位，争创国家级射阳经济开发区；以"高大"为引领，实现省级射阳港经济开发区的快马扬鞭；以"高端"为要求，将现代纺织产业区建成省级以上高新技术区；以"高清"为目标，建设空气清新政风清明的"五清"新港城；以"高上"为动力，建设国家级日月岛生态旅游目的地；以"高效"为指归，精心打造国家级海峡两岸渔业合作示范区。

时代是出卷人，我们是答卷人，人民是阅卷人。面向未来，高质量跻身江苏沿海县域第一方阵是我们需要交出的答卷，既然选择了前方，就让我们风雨兼程！我们相信，未来交出的答卷一定能够顺应时代要求，让人民满意。

四

"两全一高"是决胜全面建成小康社会的宣言书，是站在新的起点上向更高目标迈进的集结号。她像一面旗帜，引领着发展的方向；像一座灯塔，增添了前行的动力。"两全一高"新实践为我们擘画了未来发展的新蓝图，我们的前方，已铺展一条新时代无比灿烂的金光大道！

这是一个大众创业万众创新的时代。每个创业个体都能在时代的坐标中找到自己的方位，在新经济新业态中展现自己智慧的力量。"两全一高"是实现强县富民的必由之路，必将激发全县百万人民的创业热情、创新动力和创造潜能，让一切创造财富的源泉在射阳大地充分涌流。

这是砥砺奋进建功立业的时代。"两全一高"新实践需要不事张扬，昂扬起奋进的力量。我们深知前进的道路绝非坦途，充满考验，甚至会遇到意想不到的困难和挑战。我们与发达地区相比还有很大差距，迎头赶上绝非朝夕之功。需要继续筚路蓝缕、以启山林，坚持久久为功、埋头苦干，在成功面前不自满，在困难面前不退缩，在问题面前有办法，在挑战面前善作为。以创新的举措破解难题，以务实的作风推动发展。

这是一个风光无限、阳光灿烂的时代。我们应当为欣逢盛世感到无比骄傲，为自己能够参与并经历芳华时代感到无比自豪。许多年以后，当我们蓦然回首，回望这段光辉岁月，回望生命中最精彩的时光，回望"两全一高"引领射阳发展重回巅峰状态，能够无愧地告慰自己也告诉后人：我们没有辜负那个伟大时代，我们没有辜负生命的每一天！

践行"两全一高"，让我们在县委、县政府的坚强领导下，高举新时代中国特色社会主义思想伟大旗帜，紧密团结在以习近平同志为核心的党中央周围，不忘初心、牢记使命，追求卓越、再创辉煌，共同见证射阳又一个"三年干成五年事"的光辉历程和发展传奇！

（2018 年 2 月）

第六章

微风入怀

真情与真情邂逅，结出友谊之花；志趣与志趣相投，找到人生知己；奋斗者与奋斗者同行，成就事业上的志同道合。高尚的情操受人敬仰，坦荡的情怀使人高贵！

一、那些特殊的日子

许多人，许多事，随着时间的推移，淡忘于记忆，相忘于江湖。

或深或浅的友谊，或浓或淡的感情，都被时间风蚀得无足轻重，无论西东。

但在某些特别的日子，祝福的风铃摇醒沉睡的记忆，时光的隧道再现相识的从前，在朦胧的情愫中渐次浮现曾经的邂逅。如此美妙的感觉，仿佛幸福来袭，又似信步闲庭，唯美了此去的流年。

人世间有一种美好的情愫，总是陪伴着我们的旅程，萦绕在我们的心间，让我们时刻感受美好，成为我们生命不远处的旖旎风景。在我们每个人的内心深处，总有一块最柔软的地方，任亲情、友情、爱情的微澜在岁月的河床上无声地流逝，静默得像晨曦夕照，惊叹其美却不闻其声。是的，人是一根有思想的芦苇。一个人始终保持一颗公道正派之心，拥有一份善良怜悯之情，对他人多些帮扶和关爱，快乐着别人的快乐也是幸福。对关心、帮助过自己的人常怀感激，滴水之恩涌泉相报；对需要自己关怀和帮助的人倾囊相助，不遗余力且不图回报。这是做人美德，也是人间大爱。心就那么大，多装些美好，缘就那么长，多付出真情，如此甚好！

到县发改委工作，我既有一种老骥伏枥的无奈，又有一种壮怀激烈的冲动。因此，我特别珍惜在发改委工作的每一天。对于一些特殊的日子，我都要留下片言只语，或者组织有意义的活动来纪念，既表达一份心境，又留下一段感悟。

在县人大的任命会上，我代表新入职部门负责人作表态发言。我是这样说的：

今天，组织上将我作为县发改委主任提名人选，提请县人大常委会审议任命，我深感荣幸，也倍感责任重大。如果能获得任命，我将在县委、县政府的坚强领导下，在县人大和全县人民的监督下，高效履职，依法行政，为全县经济社会发展努力工作，无私奉献。

一、着眼全局，助力后发再起。发改委是研究拟定经济和社会发展政策、指导总体经济体制改革的政府综合部门，职能关键，职责重大。当前又是我县全面开启十三五、"创塑全新印象，奋力后发再起"的关键时期，我将紧紧围绕国家宏观政策特别是产业政策导向，围绕深化供给侧结构性改革主线，围绕县委、县政府确立的发展重点和工作重心，充分发挥规划的引领职能，牵头编制一批产业发展、园区建设、重点专项规划，推进改革措施落地，提升工作的组织化、科学化水平；切实加强对宏观经济形势、重大经济政策的研究，追踪理论前沿，精准吃透上情，全面掌握县情，准确把握行情，及时建言献策，当好县委、县政府的参谋助手。近期重点做好临港经济区、现代物流、全县服务业发展规划，推动提升高端纺织染整区、苏台海峡两岸渔业合作示范区、航空科技城等一批战略性发展规划。对全县招引和建设的重特大项目，提前介入，深化可行性研究，完善各项支持性文件，主动争取上级发改部门支持，为全县经济的后发再起做出积极贡献。

二、履职尽责，推进创新创优。增强服务意识。充分发挥发改系统作为政府投资主渠道的作用，积极主动帮助镇区、企业、部门提前做细做实项目申报基础工作，密切关注国家投资方向和支持重点，高度重视基础设施和重大民生实事工程，千方百计为我县争取更多的政策扶持，让能够争取到的项目一个不漏，能够争取到的资金一分不少。改进服务方式。创新审批模式，简化审批流程，充分授权窗口，借助"互联网＋行政审批"，探索设立"微信许可大厅"，做到90％以上的立项审批在窗口即到即办，所有项目限时办结，真正让网络多跑路，让投资者少跑腿。建设效能机关。以有声有色工作激发全体同志干事创业的热情，以有滋有味生活让大家感受劳动付出的美丽，以有情有义交往营造风雨同舟和衷共济的氛围，让优秀者更优秀，让平凡者不平凡，让每一位同志都能在紧张、忙碌的工作节奏中找到成就感、幸福感、获得感和归属感，共同追求工作的高品位、高层次、高质量、高效率，努力使发改委机关以优质服务和争创一流的形象赢得社会各界的良好口碑。

三、勤政廉政，弘扬清风正气。新常态下的发改工作既要有蓬勃朝气、昂扬锐气，更要有浩然正气。我将自觉践行"三严三实"，严格遵守党风廉政建设各项规定；身体力行"两学一做"，始终保持心系群众、勤政为民本色；切实增强政治意识、大局意识、核心意识、看齐意识，自觉接受人大常委会和社会各界监督。坚持民主集中制，管好班子，带好队伍；坚持以制度管人管事，绝不让权力在制度之外逍遥；坚持依法行政，让发改委的每一件批文、所做的每一件事情都能经得起政策、法规、时间的检验；坚持清正廉洁，绝不踩碰作风建设底线和廉政建设红线；坚持权为民所用，利为民所谋，不愧对组织的信任，不愧对人民的期待，不愧对自己的良知！

前两天，一位同仁在我的微信上留言："当工作成为快乐，人间就是天堂！""承载太多期许的目光，怎能轻易辜负！"我深知自己才疏学浅，能力有限，今后工作中的挑战很多，我一定把工作当作学问做，以争分夺秒地学习来弥补自己的能力短板、本领危机和业务恐慌；倍加珍惜为党和人民工作的有限时光，深怀感恩之心，享受奉献乐趣，在不知疲倦地工作中砥砺前行，努力向组织和人民交上一份满意的答卷。

在我到发改委工作整整一百天的时候，我的"百日感言"是这样说的：

转眼间，来发改委工作已整整一百天，个中喜与乐、哀与愁，都付三月笑谈中。如果不是遇上唯才是举的领导，遇上政治清明的时代，遇上干事创业的环境,我会有今天吗?!我没想到年过半百还能走上如此重要的岗位,真有一种"廉颇老矣,尚能饭否"的疑虑和"烈士暮年,壮心不已"的冲动。我已错过了人生最美好的年华,已失去了最能展示才能的黄金时代,好在"失之东隅,收之桑榆"。过早开放的花朵,是经不起风吹雨打的;松柏的高洁,常常体现在冰雪消融时。金钱和关系换不来官运和平安,能力和品行才是最经得起检验的为官通行证!

此刻,我唯一能做和该做的,就是"老当益壮,宁移白首之心;穷且益坚,不坠青云之志"!将自己的才华展示给别人看,见证组织上的神奇慧眼,为赏识我的伯乐争气!我必须争分夺秒地学习,必须不知疲倦地工作,必须成为业务上的行家里手,必须打造最有生机活力的机关,必须在经济研究上独树一帜,必须创造全市乃至全省有影响的业绩,必须让少数不服气的人改投赞成票,必须为自己有限的工作时光画上圆满句号!同时也必须有一个好身体支撑我的工作,必须有一个好作风塑造良好形象,我必须心怀感激,不让期待我的人失望;必须常怀感恩,让关爱我的人神清气爽!"暮色苍茫看劲松,乱云飞渡仍从容。"再次告诫自己:不要生活在自鸣得意的陶醉里,不要为取得的小小成绩沾沾自喜,不要以为有了点权力就可以为所欲为,不要把平台当能力,你还差得很远!离开领导的赏识和同事的支持,你什么也不是!要用良知工作,努力到无能为力,拼搏到感动自己,不忘初心,继续前进!

到发改委工作两周年的时候,我又留下《不负组织不负心》的新体验:

时光荏苒,转瞬已两年。这两年,于我,只是人生旅途中一段短暂的历程;于射阳,却是发展历程中一段崛起的历史。幸运的是,组织上将我安排到发改委工作，能够站在改革和发展的前沿阵地，经历、见证并参与到这样一个创造辉煌的伟大进程中。尽管，我们的力量微不足道，但我和我的同志们，都在用洪荒之力为射阳的发展添砖加瓦，为打造一流发改委增光添彩。能够为社会做出应有的贡献是快乐的，能够拥有施展才华的舞台是幸运的，而我，是既幸运又快乐的。当我县以三连冠的辉煌成绩获得全市综合考核一等奖的时候，我的一位老领导对我说，射阳发改委在你的领导下越来越好。我告诉老领导，不是发改委越来越好，是射阳的发展与改革越来越好，我只是幸运地赶上了一个好时代。射阳经济社会发展气势如虹，我们发改委只是尽了绵薄之力而已。

　　射阳这几年走过的路，是一条成功的路、辉煌的路、铺满阳光的路，也是一条艰辛的路、崎岖的路、布满荆棘的路。在砥砺前行的过程中，县委、县政府科学谋划决策、率先垂范引路，开创了过去多年梦寐以求而未能成功的事业，创造了射阳许多年来梦想实现而难以企及的辉煌。随着政治生态转优，干部队伍成长，"干事有方、做事有成"成为射阳干部队伍的主基调，"今天再迟也是早，明天再早也是迟"成为机关效率的主旋律。身为综合经济部门，发改委全体同仁既为全县高质量高速度发展欢欣鼓舞，又为自身所承担的神圣职责和使命倍感荣幸。我时常感喟于同志们不知疲倦地加班加点，感动于他们为了工作克服一切困难的拼搏精神。我们一起分享阳光，分担风雨。人少、事多、要求高、事务杂，没有豪言壮语，却豪情万丈；不再仰望星空，却脚踏实地，用他们无言的付出，共奏一曲发改委的奉献之歌。能够与这样的同志们合作共事，何尝不是我的一份荣幸呢？有这样一批有作为有担当的青年才俊助力，有什么理由不把工作干好呢？我是从县司法局局长岗位上被调整到县发改委来的，这种调整模式也许只是一个孤本，许多领导听到这样的经历都惊诧莫名。我一方面深感本领危机和能力恐慌，加班加点补自己政策理论和情况不熟的短板，一方面又为组织上的这种调整捏一把汗，唯恐因自己能力不济让组织失望。所幸的是，年过半百的我，以与时间赛跑的勇气，很快进入角色，认真研究政策法规和最新动态，在经济形势的分析和把握上渐入佳境；打开了与国家、省、市发改委沟通的通道，向上争取事项全部获批；在机关弘扬主旋律、传递正能量，发改委工作得到领导的一致好评。

奥斯特洛夫斯基在《钢铁是怎样炼成的》中写道："人的一生应当这样度过，当你回首往事的时候，不因虚度年华而悔恨，也不因碌碌无为而羞愧。"我反复告诫自己，珍惜为组织上工作的有限时间，将来回首往事，年迈的心中满满的幸福，那是怎样一种惬意啊！

在加强队伍建设过程中，我们坚持思想建设、业务建设、作风建设一起抓，从来不用空洞无力的说教，而是把"光荣在党50年"作为党课上，把物价系统沈海滨同志的事迹，作为全委荣誉宣传；新中国成立70年，我们征集鲜为人知的小故事，进行爱国主义教育；平时单位搞团建，让大家工作之外找到乐趣。在庆祝建党一百周年的喜庆时刻，县发改委机关开展了一系列有意义的活动，如参观红色展览、举行光荣在党50年集中授牌仪式、出版《鲜为人知的党史故事》等。短视频《传承》从另一个视角展示党的红色基因薪火相传、党的革命事业后继有人，其思想性、艺术性俱佳。

2021年7月14日，是我离任的日子，"小舟从此逝，江海寄余生"。我准备了一个简短的临别赠言，跟同志们道个别，奈何接到省发改委通知，让我转道物流，当天须赶到辽宁参加一个全国物流会议。这个临别赠言，也永久留在我的笔记本上。后来，我在朋友圈里发了篇《挥手自兹去》，也算是另一种道别吧。借此书成稿之际，将与发改委同仁临别赠言掇录于此，谨以此表达跟同志们依依惜别的深情：

近 6 年的光阴，就这样匆匆走过。我的工作，也圆满地画上了句号。很感谢组织上在我工作的谢幕之旅委以重任，让我有幸见证并参与射阳的崛起；很感谢发改委全体同仁的共同努力，在我们合作相处的 2000 个日子里合力书写了工作的精彩传奇。

6 年匆匆，恍如昨日。在同志们的共同努力下，发改委连续获得县委、县政府综合表彰，获得市级条线综合表彰，2019 年破天荒获得省级综合表彰。在争取全国综合实力百强县、营商环境百强县中付出艰辛努力并取得成功。

很感谢同志们近 6 年来给予的支持和帮助。班子精诚团结，是最有战斗力的群体，每个同志都能独当一面，每条线都在人少事多的特殊情况下争先创优；机关全体同志都特别能吃苦，特别能战斗，特别追求工作的层次和质量。我常常感动于同志们的加班加点无怨无悔，感动于大家对工作的敬业主动和无欲无求。我们共同走过了一段激情燃烧的岁月，共同创造了许多堪称空前的辉煌。在此，我向同志们致以深深敬意。

我在想，发改委确实是一个非常特别的地方，有的人来了又走，有的人走了又来，有的人来了就没有走过，有的人走了就不会再来。但不管是怎样一种情形，能够来到发改委都是冥冥中的一种缘分，是幸福和愉快的。因为这里是干事创业的平台、成就梦想的舞台，而不是来去匆匆的站台、只说不做的看台。

我很知足，我来过，自信、阳光，努力过，拼搏过，挥洒过汗水，也收获过喜悦，事业如斯，足矣。

我很自豪，与同志们朝夕相处，相敬如宾，为事业打拼，为生命添色，人生如斯，足矣。

我很荣幸，在这里与大家情同手足，互相包容，直率坦诚，肝胆相照，建立了真挚感情，友谊如斯，足矣。

看惯了人来人往，见惯了缘聚缘散，对许多不经意的相逢，或者对他人轻如鸿毛的关爱，便如一抹烟尘，随风而去。我只愿在"达则兼济天下，穷则独善其身"的古训里，寻一份自得和安宁。

我曾经说过，如果不能跟大家搞好关系，问题一定出在我身上，因为没有人不想跟单位主要领导搞好关系。临别之际，我特别感谢同志们对我的包容和宽容，希望大家将工作上所受的委屈淡淡抛去，只当风没吹过，我没来过，你没恨过。

其实我真正对不起大家的是，你们付出了那么多，我对你们的关心却那么少。从班子到中层，本来可以有更多的同志走上更重要的岗位、在更合适的位置施展更多的才华。向组织上提出我唯一的请求，希望县委在使用干部时，能更多关注发改委，班子同志都能勤勉敬业、独当一面，中层干部都是青年才俊、业务骨干。

心与心的相逢无需时日，爱与爱的邂逅无关山水。天空没有痕迹，但鸟已飞过；爱也没有踪影，却留在水云间。

高尔基在他的一封家书中说，要是你在任何时候、任何地方，留给人们的都是美好的东西：鲜花、思想以及人们对你最美好的回忆，那你的一生将是幸福和愉快的。

我自信自己走过的大半生，是幸福和愉快的。

二、在康河的柔波里

在发改委工作，是真正的苦行僧生活，没有属于自己的节假日，没有闲情逸致欣赏山水美景、亲近自然乐以忘忧。尤其是出差在外，总是点到点的旅途匆匆，根本停不下脚步。

这让我特别怀念过去的时光。在县委办工作时，我陪同县领导外出考察学习，到过不少地方。每年寒暑假，都挤出时间陪孩子游览祖国名山大川。后来到文广部门工作，外出参观学习，所到之处只要有文化标签，当地同行便会带领我们游览博物馆、特色文化街区，让我们更深入了解一个城市的历史脉络和文化经纬，我也得以在寄情山水中享受文化的魅力芳香。再后来到县司法局，许多地方的法治宣传阵地布置到了景区，法治文化长廊建在特色街道上，照样让我流连在山水间，在石栈上，在小桥流水人家，让目光享受法治与自然完美结合的视觉盛宴。唯有到县发改委以后，再也没有了寄情山水的闲情逸致，也没有了听乐品茗的诗情画意。

成天行走在机械重复的日子里，在日复一日的指标分析和形形色色的企业名称中疏远了对文学的爱好，久而久之竟在手机屏幕上再也点击不出有温度的词语和有色彩的句子，生活似乎只剩下冷冷清清的只言片语和虚虚实实的数字堆砌，连最美好的邂逅也变成了内心麻木的相逢。曾经的青春年少呢？生活的七彩斑斓呢？这到底是一种幸运还是悲哀？各种指标数据再也激不起我亲近自然的冲动，繁忙的琐事杂事让我身心疲惫，能够美美地睡上一觉已是奢望，加上长期形成的失眠恶习，哪里还有工夫去寻找诗和远方呢？所以当有位网友，毫不犹豫写了10个字的辞职信——"世界那么大，我想去看看"，然后说走就走、义无反顾时，被工作累到有气无力的我，也独自犹豫彷徨，在一个周末大发感慨："很想写几句有温度的句子，却被冰冷的数字占据了心灵的空间；很想觅几个清新的词汇，却被呆板的术语固化了思维的领地；很想静下心来手捧诗书享受茗茶惬意，孰料时光待我不再温暖如初；很想结伴踏春寻找田园诗意，奈何琐事缠身欺我忙碌中年！罢了罢了，弃我去者红尘往事不可留，慰我心者充实欢愉无烦忧。日历已翻到周末，且让我斜倚窗前，指尖留痕，与您共享这片刻的岁月静好吧。"

生活中的我，被许多人打上"文化人"的标签，不只是因为我曾担任过县委宣传部副部长和文广新局局长，还因为我的血脉里流淌着少许的文化基因。

有一年中秋，我无意中听到班得瑞的乐曲《山林小溪》，真的是如听仙乐耳暂明，在"撸起袖子加油干"的氛围里，在"终岁不闻丝竹声"的寂寥中，《山林小溪》更像是一首抒情的诗，一幅曼妙的画，一杯清冽的茶，一阵温柔的风，像是一种若隐若现的意境，一段如梦如幻的风景，让我在自然交响中、在诗意中秋里触摸柔软的内心，升腾起无限的牵挂和缠绵思念。

在县发改委工作期间，我几乎没有时间放松心情、亲近自然、苦中寻乐，寻找久违了的诗和远方。偶尔的几次"放纵"，格外让我刻骨铭心，久久难忘。

最让我找到诗和远方的，是对心仪已久的安徒生故居和康桥的造访。那是2018年初，我县组团参加盐城市在欧洲组织的新能源招商活动，并受远景之邀拜访其位于丹麦的欧洲研发总部，我也随行。在丹麦，我们考察了远景在欧洲的研发中心，参观了全球海上风电规模最大的埃斯比约港和曲博伦港、格雷诺港，并初步达成与射阳港结成友好港的意向。因为安徒生童话乐园在射阳落户，我们又受邀造访安徒生故居所在地欧登塞市。

我们入住在安徒生故居旁的一家宾馆。我们是晚上抵达欧登塞的，第二天清晨，天还没亮，我便独自起身，径直在周围溜达。欧登塞号称丹麦第三大城市，但人口只有20多万，因为有了安徒生，才使这座小城蜚声世界。清晨的小城非常寂静，初春的早晨被浓雾笼罩着，偶尔有菜农在菜市场摆摊设点，装扮异域风情。其时，作为中丹文化交流的见证，我县正在加快建设国内第二家安徒生童话乐园。那天，欧登塞市议员 Claus Houden、丹麦安徒生奖及安徒生奖委员会发起人 Benny、美人鱼公司负责人 Mads 一行热情接待我们，陪同我们相继参观了欧登塞市议政大厅、安徒生故居、安徒生文化公园、安徒生博物馆等。据 Benny 先生介绍，中国是安徒生心中的仙境之国。安徒生曾做过一个梦，有一天晚上，来了一位中国王子，听他唱歌，还把他带到中国，在那里，他声名显赫，尽享荣华富贵。为此安徒生还创作了一部童话《夜莺》。如今，安徒生和他的童话作品果然在中国"声名显赫"！欧登塞市的客人们对中国射阳建设安徒生童话乐园大加赞赏，希望通过弘扬安徒生文化，让更多的中国孩子享受到安徒生童话带来的快乐。双方对今后加强文化交流、特别是在射阳举办以安徒生童话为主题的大型国际活动进行了磋商，达成许多共识。

离开丹麦，我们又参加了在伦敦举办的全球风能展和盐城市在英国举办的欧洲招商会。忙里偷闲，我们又专程参观了牛津、剑桥两所驰名世界的高等学府。最让我久久不能忘怀的，是在徐志摩营造的"再别康桥"意境里造访康桥。

那天下午招商活动结束后，夕阳已西下，但剑桥也近在咫尺。我们见缝插针，造访心仪已久的世界名校，领略《再别康桥》的别样风情，在康河的柔波里片刻逍遥。

原本以为，康桥只是一座桥，到那里才知道，康桥其实是一组桥，是建筑在康河上的玲珑别致、造型独特的系列桥的总称。别看它们一座座陈旧得像老古董，小河两边的驳岸也满是脱落和沧桑，但每座桥、每块砖都写满故事。乘坐游船荡舟康河上，看两岸哥特式和拜占庭式建筑鳞次栉比，听当地导游用夸张的口吻介绍并不夸张的传奇往事，才知我们走过的桥或许就是当年牛顿、达尔文走过的桥，我们坐过的船或许正是当年华罗庚、徐志摩坐过的船，我们看过的榆树正是徐志摩写下《再别康桥》时触发灵感的榆荫，我们依稀看到的浪漫邂逅，正是诗人当年彩虹般的梦……坐在这类似于江南的乌篷船上，荡漾在康河的柔波里，我不由自主吟诵起《再别康桥》，一字一句地寻找诗中天才的灵感和诗人不舍的真情：我找到了诗中的意象，我看到了斑驳沧桑的康桥，甚至用目光抚摸到诗人眼中"河畔的金柳"和"夕阳中的新娘"，真的有一种沉醉不知归路的畅快淋漓！

离开康桥，我也同样轻轻地挥一挥衣袖，不带走一片云彩。我带走的，是无限留恋的美好和难得再见康桥的欣慰。

除了工作上的片刻惬意外，我在县发改委近6年，唯一一次"请假"出游是2017年十一长假期间。那年国庆，女儿从国外留学回来休假，明知人在旅途游客扎堆，我还是跟戴荣江书记请了假（虽然国庆节是法定假日，但无论县委、县政府领导还是我们部门负责人，都不可能有一个完整的假期，发改委更是如此），戴书记非常理解和支持。就这样，我们一家将目的地锁定在桂林——一睹

作者（中）和家人在桂林合影留念

山水甲天下的南国风采。

千姿百态的山，波光潋滟的水，被秋色赋予生命的色彩，有了太多的灵性和文采。寄情山水间，移步有雅趣，这样的生活才配得上诗意，让人沉醉不思归。也许拥抱自然才能洗却满身疲惫，融入自然方能忘却烦恼忧愁。在这寄情山水的愉快旅程中，无论是在漓江荡漾还是在瀑布前留影，我都有一种久违的惬意和新鲜感。都说智者乐水，仁者乐山，桂林山水真的让人百看不厌、流连忘返。桂林的山隽秀妖娆，漓江的水灵动妩媚。春夏秋冬不同，远近高低各异，山水之间、画里画外，八方来客亲山近水，感悟亦大异其趣！

那几天，我虽然人在旅途，但还是放不下心心念念的工作，也不停地接到同事们的工作电话。我不得不遥控指挥，让更多的同事牺牲休息时间。而县里的许多领导、同仁却以他们的加班加点让我心有戚戚焉。

再美的风景，没有用心去欣赏，无异于寻常；再好的山水，不能用心去体验，终究是平淡。看风景是看文化，读山水是读心境的。譬如长假出行，其实更多的是游人不识山水意、山水难解过客心。也许，每个人都期待拥诗心文质亲山近水，携书画造诣融入自然。但不幸的是，许多匆匆过客，在扭曲和被绑架了的出行中向奇山异水投去潦草一瞥，抑或用自拍神器留下几张凌乱不堪的合影，从此便永不回头。果能以丰沛才情寻得惬意与快乐、留下锦绣雄文的，又有几人欤？

如今想来，留在记忆里的，依然是痛并快乐着的美好。

我时常有一个很奇怪的对比：无论走到哪里，我都喜欢将眼前见到的一切跟家乡射阳比。我看到夜宿桂林市区时斑斑驳驳、似乎打着瞌睡的路灯，便很自豪于射阳县城的亮化，每当夜幕降临时的流光溢彩、灯火通明；我在北京郊县看到车辆停靠并不整齐的街道，便想起家乡强行入轨的机动车整治和城市管理；在大都市上海，我又觉得繁华倒是繁华，但纵横交错的立交和出行限号的交通让我觉得还是家乡好，小城不大，玲珑精致，街道整齐干净，道路四通八达，天蓝水碧，食材鲜美。有一次，上海客商做客射阳，尝了地道的海鲜河鲜，端起香喷喷的射阳大米饭，感慨油然而生：原来我们平时吃的都是垃圾食品啊。

外面的世界很大，让我追寻诗和远方。家乡的天地很小，却是我寄托灵魂的地方。难怪苏东坡说，吾心安处是吾乡。

三、我家的"穷亲戚"

同情弱者，折射的是一个人骨子里的善良；帮助他人，凸显的是一个人灵魂中的高贵。我在县发改委工作期间，积极响应县委、县政府号召，把结对帮扶工作往深里做、往实里做。机关同志集体帮扶的临海镇六垛村居的农户，逢年过节我都尽可能亲自登门送上温暖、慰问和祝福。对一些薄弱村的扶持，也从来都量力而行、尽力而为。孙德清同志兼任黄沙港一个薄弱村第一村支书，我们每年都会从有限的办公经费中安排出一定的扶贫资金。

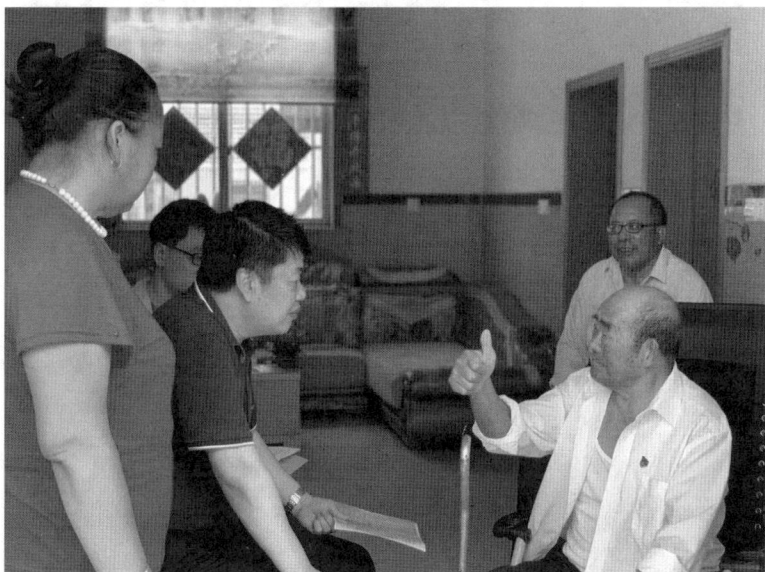

作者（左二）慰问困难户村民

在我所帮扶的困难户中，一对孤儿一直让我牵肠挂肚。许多人都知道县委戴荣江书记曾在我的短文《牵挂你的人是我》中作批示，而文中的主人公——周雨、周雪后来的命运如何呢？

到发改委工作后，因为实在太忙，很少联系她们，但心里的牵挂一直在。有个周日，我把她们小姊妹约来我家做客。我领着她们去书店淘书、到华中工委纪念馆参观、吃牛排和汉堡。她们虽然不善表达，但眼神和细微的动作告诉我，过去的胆怯和"陌生"已渐行渐远。她们在烈日下感受到温暖如春，我也在酷暑里幸福得汗流浃背！

作者（右一）与一对孤儿

带她们参观华中工委纪念馆

2019年暑假，这是一个最让我开心的时刻。两个孩子顺利完成初中学业，以优异成绩升入高中，两人的总成绩仅相差10分。能够从临海镇初级中学考入县城重点中学，她们的成绩已足够优秀！我真的为她们高兴，让她们各用一句诗表达此刻的心情。周雨说："山重水复疑无路，柳暗花明又一村。"周雪说："了却君王天下事，赢得生前身后名。"周雪显得霸气豪迈、春风得意，而周雨却满腹心事、欲言又止。

原来，就是这10分之差，让两个孩子被两所中学录取。周雨进入市重点射阳县高级中学，周雪考入省重点江苏省射阳中学。

一直相依为命、如影随形的姊妹俩，高中阶段却要分校就读，关键是她们的成绩不分伯仲，从平时成绩来看，周雨还略胜一筹。

不久，周雨还是给我发了短信：尤爷爷您好！我是周雨，就是想请您帮忙，我特别想到射中（即江苏省射阳中学）借读，一是想和妹妹相互有个照应，并不是不能分开，而是暂时不适应。二是能够给我创造很好的学习环境，能够让学习成绩更有所上升。这个机会对我来说非常难得，我会加倍努力，以后用优异的成绩来报答您对我们姐妹俩物质和精神的无私帮助，再次感谢您了！

我答应帮她们想想办法。说实话，在我看来，任何一个柔弱的心肠都会被她们儿时的不幸打动，任何一颗善良的心灵都会在她们无助的眼神中顿生怜悯。我知道，将来有一天，她们终将分开，人生的路，终须各自走。但现在，她们毕竟尚未成年，仍然需要相互陪伴着长大。我始终觉得，对这两个平凡而又特殊的孤儿来说，仅有同情是不够的，还需要转化为温暖的爱和呵护。

于是我便跟两所学校的校长沟通，他们都答应先上学以后再帮忙，因为重点高中招生有明确规定，任何人都不能例外。

我又在公众号上发了《这个特例，能破吗？》的文章，本想打出悲情牌，拉到同情票，但让我颇感意外的是，绝大多数网友都认为应该让她们分开就读，因为她们的人生之路迟早要分开走，高中是最好的分道口。再说，招生的规矩不能破！想想也是，我便打消了继续努力的念头，劝说两个孩子先分开就读看看，如果实在不适应再说。

但后来……后来的后来……命运偏偏捉弄这两个本已可怜却还要雪上加霜的孩子！

2019年放寒假的前一天，在县城租房陪读的奶奶，到学校去接周雨回来，在一个交通道口闯红灯出了车祸，不治身亡！父亲去世、母亲不辞而别时，她们都还年幼，没有切肤之痛，爷爷奶奶就是她们的擎天柱。现在朝夕相处的奶奶突然撒手人寰，对她们的心理打击可想而知！两个原本就非常胆小、内心封闭的孩子更加怕见人，双双辍学了。

我直到2020年4月份才知道这些变故。那一阵子因为全民防疫忙得不可开交，突然想起应该送点口罩给两个孩子，跟学校联系才知道她们都已辍学。我赶忙赶到她们在县城租住的房子里，她们的爷爷一声不吭地用手指了指，说她们在楼上。我推开房门，发现一个人也没有，我又看了看窗子，紧闭着，床上只有凌乱的被子。我很纳闷，她们的爷爷眼睛盯着衣柜，我下意识地打开，听到了女孩撕心裂肺的哭喊："你们走开，都走开！"我分不清是周雨还是周雪，另一个女孩蹲在墙角处，被密密的衣服遮挡着，也开始不停地抽泣。

那一刻我心如刀绞！我真的不知道如何是好。她们的爷爷告诉我，她们都说是爷爷害死了奶奶，视爷爷为"仇人"，她们心里极其封闭，甚至产生轻生念头。她们再也不想上学，怕看到老师和同学。

见面无法沟通，回家后我便不停地给她们发短信，告诉她们"没有一个冬天不会过去，没有一个春天不会到来""人生的道路虽然很漫长，但关键的地方却只有几步，特别是在一个人年少的时候。愿你们走好人生每一步，拥有美好未来"。我还把她们接到新建成的安徒生童话乐园游玩，让她们体验卖火柴的小女孩生活的酸楚。

但无论怎样的劝导，都无法消融她们心头凝固的冰霜。她们的内心抑郁，视力急剧下降，社会的诱惑也让她们失去方向，特别是北京一家所谓演艺公司，说能够免费圆她们的明星梦，让周雪心驰神往。有一次，周雨竟转发一个二维码给我，说请我帮她"接龙"十人并关注公众号，说是路边人帮她搞的！

那一阵子，我几乎心灰意冷，反思自己的帮扶努力，竹篮打水一场空。但2021年7月16日晚上，我同时收到周雨、周雪分别通过微信发给我的长长的消息：

亲爱的尤爷爷，您好！

很抱歉写信打扰您！十分感谢您这七年来对我们的帮助和扶持。还记得第一次与您见面，我们俩害怕得哭成泪人，您仍不厌其烦过来看望我们。我们第一次吃肯德基是您带我们去的，第一次吃牛排也是您带我们去的。您总是和蔼亲切，带我们去吃好吃的去玩好玩的，您就像爷爷一样关爱我们。很抱歉我们的任性导致这一切的发生，很抱歉让您心寒了。这一年多，我想得很明白很清楚了，感觉自己之前的任性和无理取闹、异想天开都太嘲讽了，我现在必须为我之前的错误承担责任。很感谢您一直不放弃我们，很感谢您在我们幻想做梦的时候拉我们，很感谢您一直以来相信我们，很感谢您的宽容大度一直包容着我们。我现在不知道该说什么，只想着道谢，我很早就想写信给您，但一直害怕不好意思不知道怎么与您说。您那么的想让我们明白读书的重要，可我们没有抓住机会，您是多想帮助我们多想看我们成才，我们却一次次寒您的心，真的很抱歉。我真的很感谢您为我们做的一切，很感谢您一直相信我们，我不知道继续往下说什么了，只想好好地跟您道谢。我知道我的这些道谢比不上您对我们的好，请您相信我，我真的很感激您。我不知道该用怎样的方式与您沟通，但我知道滴水之恩涌泉相报。我知道您对我们的好与帮助，相信我犹有报恩方寸在。祝身体健康，平平安安！

以上是周雨写的，同时周雪也给我发了长长的短信：

尤爷爷您好！很感谢您这些年对我们的帮扶，您从初一的时候就开始帮助我们，到现在已经有七年的时间了。这些年也因为尤爷爷您的帮助，我们能够不用担心家里的其他情况，安安心心地顺利完成初中的学业。我们依然能够记得当时和尤爷爷的第一次见面。尤爷爷您来到我们家里给我们送温暖，给我们送文具用品。印象最深刻的是尤爷爷您带着我们去肯德基吃汉堡，在吃汉堡的时候您贴心地帮我们递纸巾，很和蔼地跟我们一起聊天，缓解我们紧张的心情。那是我们两个第一次去肯德基吃汉堡，真的很感谢尤爷爷您。在中考之后我们的成绩下来了，您带着我们去和您的家里人一起吃了顿饭，我们是真的可以感受到尤爷爷您是真的把我们当成了孙女来看待的。尽管我们的成绩可能在别人的眼里不是一个很理想的成绩，但您一直鼓励着我们。因为我们自己本身的原因，这个高中我们不断地反反复复不去上学，辜负了您对我们的信任。不管未来怎么样，我们都真的很感谢您对我们的帮助！我们很感谢尤爷爷陪伴我们的日子，尤爷爷对我们的这一份恩情我们一定会报恩的，在人生的旅途上很感谢您对我们的指点。祝尤爷爷身体健康，幸福安康，顺顺利利。

那一夜我几乎彻夜未眠。这两个孩子，真的让我操碎了心！但面对越来越懂事的她们，我真的不忍心置之不理、不闻不问。第二天早上，我还是回复了她们："周雨、周雪好！我一夜没睡好，想问一下你们是不是还想读书？是不是还想考大学？如果是，我就替你们俩再做最后一次争取看看。当然即使争取到，也是分在两所学校读书，你们认真考虑好后回复我。"

但我得到的回复依然是失望！周雪的回复是："尤爷爷，真的很抱歉，我辜负了您对我的期望。真的很感谢您能够再一次给我机会，很对不起您这些年对我的付出。我不知道这高中三年我是否能够坚持下去。我害怕我坚持不下去辜负了您，害怕丢您的脸。我对自己现在的这个情况陷入了迷茫，我不确定我的未来该做什么职业，也不知道自己这么长的时间去坚持的是什么。当时知道您愿意再给我们这一次机会的时候，我们真的非常激动和感激。我真的非常非常感谢您能够再给我这一次机会，但是真的很抱歉，我辜负了您对我的期望。"

我真的感觉到无可救药、无能为力了，苦心经营的是一个枯竭的世界！我真的很生气，连续发了几条信息给她们："整整一个学期，又加一个假期，都没能把你们浮躁的心沉淀下来，还说想学习，你们以为学校是你们自己家的呀？""你们本是一对苦命孩子，我这样帮你们，都是这个结果，再这样我真的无能为力了，我估计找一个接收你们的班主任都很难了。""你们会为今天的任性、叛逆和不理智付出代价！我真的不希望你们用今天这种方式伤了许多关心你们的人的心。"

转眼到了2022年春节，我仍然心有不甘，还挂念着两个孩子。说来也巧，正当我跟家人说起她俩时，竟收到她们的祝福短信。我也立即回复她们：孩子，苦难是人生的不幸，也是人生的财富！希望你们在虎年里能更加珍爱自己，让人生因艰难而坚强，因苦难而辉煌！真的希望你们在经历这么多不幸和挫折以后，能够走向成熟，走向阳光，走向幸福，走向未来！今天是虎年正月初一，希望你们能重新振作起来，以龙腾虎跃的气概，书写虎虎生威的精彩人生！爷爷祝你们永远快乐！

2022年7月，我还躺在医院的病床上，两个孩子再次发短信给我，说看到同学们考上大学，煞是羡慕，在经历了生活的磨难和命运的打击后，她们终于重新燃起学习的热情，希望也能实现人生的大学梦。我再次联系两位校长，他们说是病假休学，依然保留了两个孩子的学籍，就是说周雨、周雪还可以重返校园。听到这个消息，两个孩子喜出望外！

周雪的短信让我特别感动："当我听到能够拥有这次上学的机会，十分激动！不敢相信自己已经辍学了两年半，竟然还能有机会重新回到校园里面读书！非常感谢尤爷爷您慷慨无私的帮助！岁月如梭，回头看看我已经荒废了两年半的时间了，看着昔日的同学们都已参加高考，想象着自己今年参加高考能否考上心仪的学校呢？在离开学校步入社会的日子里，我怀揣的美好愿望在步入社会以后彻底破碎，对于从农村出来的我来说，学历是一本通行证，没有这本'通行证'的我在这社会之路上举步艰难。'人生的道路很漫长，但是关键的地方只有几步'，与其感叹时光的流逝，我倒是希望能够跟随它的脚步奔跑起来，与时间赛跑，追寻曾经朝气蓬勃的自己，完成当时自己的理想！现实是此岸，理想是彼岸。中间隔着一条湍急的河流，行动则是架在河流上的桥梁。如今机会来之不易，我应该牢牢把握住这次机会！"

我要特别感谢射阳中学的刘浩校长和新射中的周正祥校长，是他们的爱心接力让两个可怜的孩子终究没有被社会遗弃。无论她们未来的命运如何，至少在她们的花季年龄，能够感受人间的温暖，接受最好的教育。两所学校都配备了最好的老师，即使在两个孩子情绪极不稳定的情况下，依然不离不弃，小心翼翼地呵护她们的成长。借此机会，我也期待并祝愿她们跟其他孩子一样，在明媚的天空下幸福成长，拥有美好未来！

四、开设公众号"尤子吟视界"

在生活中，我是一个不愿意循规蹈矩的人，喜欢做一些开拓性的工作，在许多人看来比较"另类"，我却乐此不疲。我曾在县行政服务中心主任任上组织尤氏宗亲代表团，赴浙江尤姓创办的华峰集团招商；在文广新局局长任上组织射阳考取北大、清华的学子介绍成才经验，会场挤得水泄不通。还组织过射阳大学生的专场迎春晚会，好评如潮；在司法局局长任上，我仍然跟文化人一起创作戏曲、小品、楹联、农民画等法治文化作品，面向全国举办法治宣传征文活动，同样墙内开花墙外香，引起上级部门关注和好评。

在任县发改委主任期间，我还开设了个人公众号，初定名为"笑结尘缘"，取其"一花一世界，一笑一尘缘"之意，后更名为"尤子吟视界"，以尤子吟为笔名，发表对热点事件、社会万象的看法，有时也为宣传射阳发声。虽然开设的时间不长，却形成了一定的影响力。

2018年底的一天，同事张知波对我说，单位的公众号和网站都在整改行列，我觉得主任可以自己开设一个公众号。我问有什么要求？他说每天都要写文章。我问有字数限制吗？他说每篇文章不少于300字。我说这个没问题。他说95%的人做不到。我说那就让我做5%的人。

就这样，在他的"怂恿"和技术帮助下，我的个人公众号很快开设成功。我用《玩文字》这篇短文开宗明义地讲道：

忽然有了一种茅塞顿开的感觉，决定在闲暇之余，以日记体的方式，把自己的所思所想所感记录下来，我把它叫作玩文字。

以此在人生的旅途上观赏心路风景，采撷心灵之花，在人到中年时享受一份高雅的精神休闲。

聪明的人早在网上开通了公众号，给自己搭建起平台，而我拥有这份想法，终究属于迟来的爱。不过，迟来的爱也是爱，那就尝试着过把瘾吧。

玩文字其实是玩心情。不加掩饰的文字是心情的自然流露，记录的是喜怒哀乐，是成败利钝，是此刻最想表达的直抒胸臆和一吐为快。它不是为文章而绞尽脑汁，不是为挣钱而苦心孤诣，更不是为了完成所谓官样交流而作奉命文学。

如果我正得意于一份成功，玩出的文字必然烙上开心的印记；如果正在为某事纠结，玩出的文字就难免显得深沉；如果强迫自己玩，那就难以玩出精品；如果突发灵感并有雄才支撑，那说不准就会玩出有价值的几篇精品。

玩文字更是玩时间。现在这个年代，时间真是一个奇妙的东西。高水平的人玩出来的是作品、是艺术、是创造，那些拥有如椽巨笔的作家文豪皆属此列；水平次之的玩出的是短文、是杂耍、是偶尔也能见诸报端的豆腐块，我见过的身边许多自诩文人均为此类。

再次之的，就不能称之文人了，留下的是片言只语，写点小日记，记点流水账，偶尔有几句貌似哲理的句子，却藏于平庸的篇什之中，被淹没了。这样的人，在茫茫人海中比比皆是。如果你有几位网友，再看看他们每天的说说、日记，你不能不惊叹，原来他（她）还真是一个才子或才女呢！

现在这年头，来点玩文字，给自己平庸的生活留点印记，同时也在与陌生人或挚友们无所顾忌的交流中找到情感上的宣泄或者归宿，或许还能收获一份别样的情怀或者生活。

否则人生在世，如潮过沙滩，了无痕迹，那是多么无趣和不值啊。

我写的第一篇文章就是对加拿大扣押孟晚舟事件的点评，在没有粉丝的情况下，点击量达到 3000 多次；几天后，孟晚舟获释，我又写了篇热点述评，不到两小时点击量突破 5000 次。但非常遗憾，文章竟然因违反什么规定被删除了。知波同志很有经验，认为我的文章满满正能量，被删除毫无道理，于是发起申诉，最后文章又被"放"了出来。这件事情不大，但也提醒我，互联网不是法外之地，我们固然可以自由表达自己的观点，但也要谨言慎行，不踩红线，不破底线，不碰高压线。

许多人问我，身为县发改委主任，平时工作那么忙，怎么有时间写作的？我笑而不语。说实话，舞文弄墨一直是我生活中最大的兴趣。还在中学读书时，就连续两年在华东六省一市作文竞赛中获奖，那是那些年面向中学生的唯一全国性奖项，知名度很高。母亲第一次看到我的名字被印在汇编作文集的小书上，逢人便拿出来"炫耀"一番。在投稿挣钱的年代，我执教三尺讲台和任职党办秘书，也曾靠写稿走上脱贫奔小康之路。香港回归前夕，我写了篇《我家的"香港热"》，竟在南方一家大型刊物获唯一特等奖。多年来我一直养成笔耕不辍的习惯，工作之余最大的爱好就是看书写作。现在手机获取信息非常方便，也源源不断为我提供写作素材。我是利用每天凌晨醒来的时间写作，从不占用工作时间。我想，任何人想做某件事，只要自己有恒心有毅力，难度再大也能挤出时间去完成。与其把大量时间精力耗费在吃喝玩乐上，不如静下心来读点好书，写些有感而发的文字，也是很高雅的自娱自乐。特别是自己的文章成为爆款，或者得到许多素不相识的读者褒奖，是更能激发自己创作热情的。有一阵子，连续写出几篇点击率 10 万+的文稿，有几篇还破了百万，那种内心美滋滋的感觉，还真的没法用语言形容。

2019 年 10 月，我在参加北京国际风能展的时候，以有影响力公众号创作者的身份，受邀参加环球时报年会。在那次活动上，我有机会结识《环球时报》的名流大咖以及台湾孙文学校校长张亚中、香港凤凰卫视著名主持人何亮亮、国防大学教授戴旭等。他们诙谐幽默的语言、犀利深刻的观点、敏捷缜密的表达、驾驭全局的能力让我十分钦佩。那天我不仅全程聆听了大咖们的精彩发言和辩论，还参加了晚上举办的延伸交流活动。其间应罗援将军和"华山穿剑"主编张黎先生之约，参与了新中国成立七十周年在天安门广场接受检阅的百面战旗的创作，通过回忆峥嵘岁月、讲解红色故事，不仅让我自己受到深刻教育，也让我的作品受到更多人喜欢。

让我特别感动的是，那些曾经对我关爱有加、我直接跟随服务过的老领导，给予"尤子吟视界"极高的评价，也给我极大的鼓励。县教育局原副局长蔡宝培老先生现已八十高龄，是一位学富五车的硕儒，才思敏捷，出口成章，当年看到我在党报上发表的文章，特地到我所在的学校叮嘱校长：要好好培养！他如今也成为我的忠实"粉丝"，留言总是别具一格，文采斐然。我曾服务过的县委原副书记路启龙，是我十分钦佩的老领导，一身正气，两袖清风，忧国忧民。"三解三促"时他自己卷起铺盖，住到长荡镇一位普通老百姓家，与群众同吃同住同劳动半个多月，连我们跟随服务的人员都不让去。他不止一次地告诉我，时常有"衙斋卧听萧萧竹，疑是民间疾苦声"的真切感受，还连续多年悄悄帮扶特困生。他不断地给我文章点赞，前不久还专门撰文称我是带他进入微信公众号的四位掌门人之一，让我愧不敢当。

当然，也有人质疑我写作公众号是"不务正业"，是心思没有全部用在工作上。我觉得这是看不得别人好的小人之心、无稽之谈，不值一驳。伟人毛泽东戎马一生，无论是在烽火连天岁月还是和平建设时期，写下了那么多不朽文章，难道也是不务正业？中国历史上的文官多如牛毛，结果为官不出名，文章却不朽，难道也是不务正业？他们中不乏怀才不遇、愤世嫉俗的人，也不乏仕途坎坷、屡遭贬谪的人，但他们的骨子里都有一种中国传统文人的傲气和傲骨。我很清楚自己算不上个文人，也深知自己"万言不值一杯水"，但身上偏偏沾惹了文人那股酸腐气，自命清高，特立独行，不向世俗低头，而像孔乙己那样，宁愿站着喝酒也要穿着长衫。柳永说，"我不求人富贵，人须求我文章，风流才子占词场，真是白衣卿相"，大抵如此吧。

在公众号"尤子吟视界"上，我也写了许多推介、宣传射阳的文字——《射阳是如何交出"零纪录"满分答卷的？》《乘长风，破万里浪——窦建荣和长风海工的故事》《射阳安徒生童话乐园开业，带你领略别样风采！》《射阳安徒生童话乐园：你不得不来的八大理由！》《金秋十月，我在安徒生童话乐园等您》《射阳中学为什么这么牛？》以及正话反说的《"批判射阳"的十大理由》等，为宣传推介射阳发力，不少文章被学习强国、新华网等官媒转载。当然也有对主政一方官员的善意提醒，如《申遗成功，盐城千万别骄傲》等，希望能从善良的愿望出发，让家乡的工作锦上添花，更加尽善尽美。

2019年3月，在实地考察丹麦、英国海上风电发展后，我连续写了几篇文章，包括《埃斯比约：造就海上风电神话的地方》《全力打造"东方埃斯比约港"》《风从欧洲来：英国、丹麦客商访谈录》《打造中丹合作交流的"射阳样本"》《定义国际风电名城，为什么是中国射阳》等。在通过外事部门了解到，丹麦保利泰克公司拥有全球最先进的风电叶片检测设备，全球半数以上叶片由该公司检测并计划在中国沿海投资时，我们立即通过丹麦驻北京、上海领事馆以及市、县外办，抓紧跟保利泰克公司沟通，邀请他们来射阳考察，为项目落户射阳不遗余力。

开设公众号以来，我的原创文章已达800多篇，200多万字。"尤子吟视界"不仅陪伴我走过在县发改委工作的三年时光，还将陪伴我继续前行。在这里，我要特别感谢我的同事张知波、李品清、薛浩文、马都、赵鑫等同志，我除了会写作，其他都是外行。在公众号的起步阶段，他们是我的"老师"，他们为我编辑、校对、排版、发稿，非常认真，非常仔细。我倚床而就的文字难免错别字很多，都逃不过他们的火眼金睛。不过由此也让他们锻炼了编写公众号的能力，多了一门"手艺"。薛浩文同志考取大连公务员，因为熟悉公众号让用人单位面试时喜出望外，入职后直接从事公众号宣传；李品清同志对我的文章不仅读得认真，校对仔细，我对社会热点的评述，让她从我公众号上受益，考取了复旦大学研究生。

当然，对于新媒体时代呈现的抄袭成风、装萌盛行、段子手走红、毁三观的文章成为爆款，我是不屑为伍的。而对于文艺性强、观点独到、文笔犀利、高质量的原创作品受到冷落的现象，我则踽踽独行和坚守。在这样一个新媒体野蛮生长的年代，每个人都是新媒体人，内容的取舍、主题的倾向等，考验着我们的定力和品格。作为其中的一员，我愿始终做一个崇尚鲁迅风的码字匠、把握底线思维的参与者。

"尤子吟视界"是我作为一个社会公民表达自己心声的平台，也是关注人间万象臧否社会热点的窗口。与文字同行，我的精神世界丰盈且快乐，我也期待更多志同道合者，快乐着我的快乐。

五、事了拂衣去

在我的职业生涯中，县发改委虽然是我的最后一站，却是让我付出最多、收获最大、最有成就感的终点站。县行政服务中心的未了夙愿，县文广新局的诸多遗憾，县司法局的昙花一现，都化作了县发改委的累累硕果。当组织上征求我意见，让我换岗慰留时，我果断地选择事了拂衣去，远离功与名。

这次人事调整，应该在 6 月份完成，因为县委主要干部调整，酝酿好的方案被冻结，但又适逢换届，只好暂时搁置。我们这一批"超期服役"的老同志，也理所当然地转身二线，对我来说，无欲无求，早就宠辱不惊，去留无意。一年多前，我随县委唐敬书记陪同远景客人午餐，席间胡迎春副总问我何时到龄退休，我不假思索地告诉他："只要唐书记同意，我随时准备退休。"读过许多领导干部退休或退二线后感慨空虚寂寞、人走茶凉的文章，不知为什么，我真的一点感觉都没有，为官时不觉得有多大的权力，二线后更觉得轻松自在，从来不曾拥有，就更无所谓失去。我想，都这一大把年纪，"廉颇老矣，尚能饭否"？挡着年轻人的前途，也让领导中意的人选一直候补着，何苦呢？早该像当年的欧阳修那样，"快哉，快哉，老夫当避路，放他出一头地也"。

上了年纪的人，总爱怀旧，更何况我是真正到了人生的转折点。那一刻我抚今追昔，感慨万千，说没有一点失落感那是虚伪，说有多大的失落感那是矫情。看看即将跟对我关爱有加的领导们道别，跟与我并肩战斗的同仁们再见，跟在同一战壕里摸打滚爬的同事们离别，从此相忘于江湖，真的有几分不舍，几多留恋。同事们都知道，我平时跟他们相处，工作上是上下级关系，但生活中是兄弟姐妹，我们一直是零距离接触。我会隔着好几个办公室呼叫谁谁谁过来一下；我会在下班时到其他办公室转一转，或者大声地告诉他们"放工了"；

包括我办公室的门都常年开着，下班后也很少锁着，为的是方便同事们随时到我办公室翻找材料。特别喜欢曾国藩的一句话：做人一定要像人，做官不可太像官。我从不把自己这个官当作官，耍官腔，走官步，摆官架子。同事们都乐意跟我交流，谁家有喜事，我很乐意分享快乐；谁家有困难，我也愿意伸出援手，力所能及帮忙。但"芳林新叶催陈叶，流水前波让后波"，天下没有不散的筵席，多情自古伤离别，即使"执手相看泪眼"，又有何用？不如微笑着潇洒转个身，赠大家以背影，各自珍重，各自安好，便是晴天。

6月里，虽然组织上还没有找我谈话，甚至县委常委会还没有召开，但由于是换届前的最后一次调整，幅度比较大，我也早有心理准备。于是我收拾好办公室，在自己的办公桌上留了一张纸条，上面写着两行字："欢迎您来到令人神往的发改委，从事充满挑战而又特别充实的发改事业。"这是我的习惯，每次调离工作岗位，我都会给我的继任者留下祝福的话语。离开文广新局时，我也重复了一下张学巧同志发给我的祝福语："欢迎你来到美丽的文广局，从事美好的文广事业。"江山代有才人出，各领风骚没几年。无论是谁，也无论组织上安排在怎样的岗位上，都应该珍惜。我始终觉得，无论得到什么，失去什么，只有个人亏欠组织，没有组织亏欠个人。权力这个东西，本质上就是一种责任，组织上将你安排到某个岗位上，是要你扛起这份责任，挑起这副担子，把工作做好。离开发改委，我没有"飞鸟尽，良弓藏；狡兔死，走狗烹"的炎凉心态，没有"有权不用，过期作废"的丝毫悔意，没有"从前碌碌却因何，到如今，回头试想真无趣"的悲观愁绪，更没有"人事几回伤往事，山形依旧枕寒流"的兴尽悲来。我觉得这是一种自然交替，就像春夏秋冬的循环往复一样。

我最大且最真实的感受是，我来过，努力过，奋斗拼搏过，今生已无遗憾。很感谢组织上给了我太多的荣誉和信任，我相伴相随的几位县委主要领导都对我关爱有加，并给予很高的评价。有一次，我到省发改委对接工作，县科技局局长周克胜同志发短信"揶揄"我说："你出差不参会，书记还表扬你，要我们向你学习呢。"已升任副市长的唐敬书记在我去职以后，还借上级发改委领导之口夸奖我是"县发改委主任的天花板"。这些谬赞让我受宠若惊，愧不敢当。"往事前尘随风逝，携手云峰隐仙乡。"我太累了，身累、心累，一直累，真的该歇歇了！"便纵有千种风情，更与何人说？"

后来，人事调整方案被暂时冻结，我赶忙收拾起桌上的纸条和写好的文章，继续站好最后一班岗。但我去意已决，时值盛夏，我却依稀看到了北雁南飞，躁动的心向往着秋之江南的明媚。

有人说，闲庭独坐对闲花，轻煮时光慢煮茶。不问人间烟火事，任凭岁月染霜华。生活，一半烟火一半清欢；幸福，一半争取一半随缘；人生，一半清醒一半释然。当流年盛世终成过往，蓦然回首一笑置之。

人总是要退休的，只要是党员干部，都有退出江湖的一天，这是自然规律，也是制度传承。马云说，换个江湖，青山不改，绿水长流，后会有期。

特别感谢吴冈玉书记对我的慰留，其时她已由县长升任为县委书记。我到县发改委工作不久，她就从盐城团市委书记转任射阳县委副书记，后又升任县长、县委书记。射阳这方水土，涵养了她干事创业的精气神，射阳艰难崛起的历程，给了她勇毅前行的原动力。我们在工作上有过很多的交流，她是一位秀外慧中、要眇宜修、学习能力超强，胸襟开阔、宽容大度、特别有涵养，意志坚定、咬定目标、不达目的不罢休的女干部。因为年轻，她身上充满活力，在工作上有用不完的力气；因为好学，她对任何问题总要一探究竟，尽快弥补自己阅历经验的不足；因为自己身上肩负的责任重大，她始终以如履薄冰的心态严于律己，心无旁骛干工作。她性格豪爽，待人热情，工作大刀阔斧，雷厉风行，骨子里有一种让人一眼看到底的清纯和刚毅。她虽然一直在县里担任重要领导角色，但我作为下属跟她的交流都是直来直去，毫不设防。她对我的工作是肯定的，也经常跟我和我们部门同志探讨更好推动全县经济社会发展的热点话题，寻找化解疑难杂症的妙计良策。在我行将转身二线之际，她反复劝我留在射阳，为全县的新能源发展继续发光发热。我知道她是认真的，也是真诚的，她刚接过县委书记的接力棒，我虽然"廉颇老矣"，但尚能发挥点余热，为家乡，也为走马上任的她继续做点什么。但我去意已决，只能向吴书记深表歉意了！最终还是"小舟从此逝，江海度余生"。而她主政射阳后，展现出一个优秀县委书记的魄力和担当，夙兴夜寐，夙夜在公，团结和带领射阳百万人民继续沿着高质量发展的康庄大道阔步前进。我虽然寓居闹市，也一直关注射阳的发展变化，真的为家乡越来越好感到由衷高兴，也衷心祝福吴冈玉书记在未来的事业上大展宏图，前程似锦。

一个多月后，人事调整方案继续实施，我也义无反顾地"挥手自兹去"，不带走一片云彩。

工作实录：挥手自兹去，执笔走天涯

今天，我终于可以如释重负地告诉自己：你解放了！借此机会，也向所有关心我、祝福我的人们真诚地说一声：谢谢你们！

和许多人一样，我已出走半生，归来不再少年，满身疲惫，半头华发。

从三尺讲台，到秘书生涯，从关起门来当书记，到担任部门一把手，辗转在几个岗位之间，走得风风火火。以一本《感受服务的美丽》诠释从事行政服务三年的完美无憾，在文化强国的年代享受四载文化散发的魅力芳香，在依法治国的背景下书写两个春秋司法行政的精彩。

最终，在从高速度发展向高质量发展的转型中，被组织上安排到了经济一线，见证并参与了县域经济发展创造的传奇。从港口到高速，从债券到风电，从省市考核到向上对接，从百强县到样板区，从项目审批到绿色转型，从产业布局到指标谋划……疾风知劲草，板荡识诚臣。所有的努力和成绩有目共睹，可以无愧地告慰自己："剧辛乐毅感恩分，输肝剖胆效英才。"

笃信"当工作成为快乐，人间就是天堂"，走过的每一步，都是干一行、爱一行、专一行的内卷，而不是随遇而安、随心所欲、随波逐流的躺平。

手扶一堆大红证书，从中学时代的作文获奖，到工作以后的各类荣誉，从国家省市表彰，到五花八门的聘书任命书，窃喜自己没有虚度年华，感喟在平凡岗位上的努力，以及人生经历的风风雨雨、悲悲喜喜，让每个荣誉都实至名归。

却顾所来径，没有轰轰烈烈，也不平平庸庸，始终如一株无名的小草，艰难却干净地活着，任凭风吹雨打，胜似闲庭信步。感恩阳光雨露的滋润，无惧狂风暴雨的肆虐，有时也在灼热阳光下暴晒萎靡的身躯，但内心坦荡的情怀让我一直保持傲岸不屈的高贵。

为官之道，追求一种淡泊无为境界，得之，我幸；不得，我命。感激组织的关爱，以无欲则刚，成就不卑不亢，当然也让自己在主要岗位上四度平移迁挪，历时十五载，获得十五次优秀党政干部表彰并止步于此。

世界虐我千百遍，我待世界如初恋。如此，甚好。

庆幸自己曾用手中的笔，改变一生的命运：走上讲台不久，在党报上的豆腐块文章，也能让素昧平生的上级领导顿生识才之心；对职业教育的研究和有感而发，竟让自己在同行中声誉鹊起；即使在秘书岗位上焚膏继晷、兀兀穷年，也收获了领导的赏识和夸奖。

在家境贫寒、居无定所的投稿年代，一支笔让我解决温饱，提前跨入小康；在各显神通、自由表达的网络时代，一支笔伴我纵论天下，臧否人间冷暖。

但卑微文人的一种傲气，总是有点神经质，自以为了不起，其实一文不值。陶渊明采菊东篱下，采得一片好心情，乌纱挂在墙上，锄头扛在肩上，把酒话桑麻，有南山为伴，终究是一个卑微的官吏、成功的文人；刘禹锡在"惟吾德馨"中浅醉，疯言疯语"玄都观里桃千树，尽是刘郎去后栽"，结果只能在潮湿阴暗、住出风湿性关节炎的陋室里睥睨世界，出门见妒，不容于当时，却耀眼于后世。

命运浮沉，看透就好；人情冷暖，感知就好。东坡居士官越做越小，心却越来越大，一蓑烟雨任平生，用"明月几时有"的东坡肉，成就文学和美食之名。欧阳修几乎得意一生，朋友圈尽是豪华阵容，也有被贬滁州的落寂境遇。还好，他会装醉，用酒精麻痹神经，流连山水之间，存世的是文章不朽，而不是富贵荣华。

海子说，从今天起，面朝大海，春暖花开，可惜他早已在另一个世界吟唱逍遥。而我，从此可以更加自我的方式行走于江湖，在浩渺的人世烟波里自由自在。

我有一壶酒，足以慰风尘。足以？足矣！

感情上的事情，别太上心，有人对你好，就投桃报李。每个人都不是活在别人的世界里，红尘阡陌，聚散无常，既然不懂得珍惜，就别遗憾失去，许多东西，也许只有失去了才知道珍贵。

感恩生命中有缘相遇的贵人扶持，我会铭记到永远；薄我者亦如风过无痕，无缘之后是我一去不返的"沙扬娜拉"。但愿我手中的笔，也能光速将其遗忘。

在这个世界上，名利如同万花筒，只需换个角度，就能甄别一眼望穿的假象和光怪陆离的变态。但在这个物欲横流的社会，总有人对此情有独钟。殊不知，淡泊名利才是最洒脱的境界，难得糊涂才是最高贵的修养。

半生告诉我，任何人、任何时候都不要自诩高大、狂妄、不可一世，你所谓的格局，在别人眼里都是笑柄。哭哭啼啼来到人世，赤身裸体走向来世，这是每个人的宿命。人生苦短，没有谁不老、不死、不朽。

余生启示我，人生无非诗酒茶。上半场喝酒，在大我的世界驰骋，纵论乾坤风月，弹奏铁板琵琶；下半场喝茶，在小我的天地怡情，慢品人间烟火，闲看花开花落。"遇酒且呵呵，人生能几何？"有茶当为乐，余生趣味长。

世事洞明，便能豁然开朗。我仍将秉笔书人间万象，执笔走天涯海角，从此超然物外，天马行空，在纷繁的世界，走出一条蹊径；在喧嚣的社会，甘做一股清流。

感谢时代，感谢命运，感谢生活。在这生命的拐弯处，让我欣然接受生活的馈赠，趣味的灵魂在诗意的情怀里栖居，在知足常乐的苟且中追寻并拥有人到中年正青春的诗和远方。

（2021 年 7 月）

后 记

忽然萌生写作此书的冲动，是在我退二线以后寄居省城的日子。之所以要写下这些文字，是想为射阳这段波澜壮阔的历史留下点笔墨，也为自己激情燃烧的岁月留下些印记。

这本书稿封笔之际，我突然有了一种如释重负、心情大好的感觉。这是我继担任射阳县行政服务中心主任时出版第一本《感受服务的美丽》之后的又一本介绍工作的书籍。不同的是，前一本书是在任上完成的，这一本书是在退二线以后写就的。写作此书的出发点是记录我当县发改委主任2000天的美好时光，那段让我自己都感到惊艳的岁月。更重要的是记录射阳发生的翻天覆地的变化，尤其是广大机关干部在这段不平凡岁月里演绎的撸起袖子加油干的感人事迹。我想通过这本书告诉大家，县发改委只是一个侧面，一个缩影，全县上下、各层各级合力为射阳后发再起写下砥砺奋进的壮丽篇章。

我很庆幸自己成为射阳发生惊天巨变的见证者和参与者，很庆幸能够以县发改委主任的角色为新射阳的高质量发展尽绵薄之力，很庆幸自己有机会记录下这段波澜壮阔的发展历程。在我平静地写下这一段段文字的时候，我的内心充盈着无限的喜悦和感慨。我为曾经的自己不知疲倦地努力而感动，为我的同仁们无怨无悔地奉献而感动，为全县广大干群只争朝夕地拼搏而感动。那种说干就干、干就干好的万丈豪情，那种夜以继日、挑灯夜战的拼搏精神，那种奋勇争先、舍我其谁的豪迈气概，绝不是艺术作品中塑造的典型，而是发生在我们身边的鲜活原型。这些感人的事迹就发生在你、我、他的身上，就发生在我们极其寻常的工作和生活中。这种平凡铸就的伟大令我亢奋、催我提笔，记录下这些凡人善事，串联成一个个生动的射阳故事，为全县这段神奇的发展历程提供注解。

"此情可待成追忆，只是当时已惘然。"去职以后，一个偶然的机会，我几乎在同一个时间维度里先后跟我在发改委工作期间的三任县委书记——戴荣江书记、唐敬书记和吴冈玉书记重逢，感谢他们对我过去工作的肯定，也感谢他们为家乡射阳发展的辛劳付出。在我的心目中，戴荣江书记是让射阳脱胎换骨、实现天翻地覆、后发再起的开拓者，唐敬书记是接续发展、屡创新高的高质量发展的接力者，吴冈玉书记是跑出加速度、争当排头兵的新发展理念践行者。他们以各自的领导风格、使命担当，带领射阳百万人民将这一段历史书写得大气磅礴、风光无限。所有为射阳发展做出贡献的人们都值得我们铭记，都值得我们致敬！

生命对于每个人来说，都只是一个过程。有人活得精彩，有人活得平庸，有人轰轰烈烈，有人平平淡淡，有人在官场风生水起、鹏程万里，有人在商场游刃有余、富甲天下。而我作为一介布衣、一名书生，生活在一个普通的小县城，人生说不上精彩，也谈不上无奈，有滋有味地在小天地经历世态炎凉，感受人间冷暖。有奋斗，也有忧伤；有成功，也有失败；有汗水，也有泪水——这些泪水未必都是苦涩的，更有奋斗到无能为力、拼搏到感动自己的激动的泪花。

幸运的是，在我担任县发改委主任的几年里，射阳经济社会发展正经历一个从低谷触底反弹、艰难爬坡、奋力崛起的过程，走出了一波低开高走、气势如虹、屡创新高的行情：时隔十二年后，重新获得盐城市年度考核综合奖；仅用三年时间就实现从市对县考核三等奖、二等奖到一等奖的"三级跳"，又连续三年坐在全市综合奖第一等次的交椅上；经济总量五年接近翻一番，跻身全国综合实力百强县和营商环境百强县。县域经济绿色发展、高质量发展的"射阳模式"引起中国社会科学院的关注，财政工作获得财政部表彰奖励。射阳开创了建县以来发展速度最快、运行质量最好、人民群众幸福感最强，真正政通人和、百废俱兴的新局面。在这样的发展环境和氛围中担任县发改委主任是幸运的，也是幸福的。在我们发改委工作首次获得江苏省发改委综合表彰的时候，国家发改委重大项目稽查办骈继红调研员就对我说：发改委获奖的背后，是对全县经济社会发展的充分肯定。

我只能说，无论是我到发改委工作还是在发改委工作略有建树，都是新一届县委任人唯贤给了我回报父老乡亲的机会。射阳政通人和、百废俱兴的特定历史阶段给了我展示才能的舞台，发改委全体同仁的不懈努力给了我奋然前行的信心和力量。我始终坚信，人生最美好的旅程，是与志同道合的人一起奔跑在追逐梦想、实现梦想的路上。

在此期间，我先后当选为县委委员、县党代表、盐城市人大代表。2018年，因为担任正科职满10年和所在部门连续15年获得综合奖、本人连续10年以上优秀而晋升为四级调研员。我在发改委工作期间，县里综合奖、条线考核的先进从未缺席，还获得过特殊贡献奖。

"剧辛乐毅感恩分，输肝剖胆效英才。"尽管这一段经历让我的身体每况愈下，积劳成疾，但我无怨无悔！医生说，我是一个死里逃生的人。我希望自己大难不死必有后福。此书即将付梓，此生心愿已了，生老病死由他吧。所有的付出都有回报，所有的辛苦都有收获，领导的赞扬、组织的肯定、同仁的认可、群众的称赞，都化作涓涓细流，滋润我往后余生的心田。

风云出我辈，江湖岁月催；功业谈笑中，人生一场醉。2021年7月，组织上跟我谈话，宣布我正式退居二线，我欣然接受。告别了36年的工作岗位，希望自己从此成为传说，相忘于江湖。

闲庭独坐对闲花，轻煮时光慢煮茶。不问人间烟火气，任凭岁月染霜华。赋闲在家的我，远去怒马鲜衣，不再披荆斩棘，但有一种情怀永不老去。作为前县发改委主任，理所当然地，我用我手中的笔，写下我的所见所闻所思所悟。成功与失败，快乐与忧愁，是记忆里最丰富的情感、生命中最宝贵的财富。我只想忠实记录射阳那段不平凡的发展历程，我和我的同仁们那段忘我工作、无怨无悔的经历，以及那种砥砺奋进、不负韶华的美好，给自己平凡的人生留下不被忘却的记忆。如果文中出现一些褒贬臧否欠妥的人和事，希望得到领导、同仁们的包容和谅解，仅把我的拙见当作流俗之辞姑妄读之。我很清楚自己才疏学浅，流水账一样的文笔不会也不该掀起任何波澜，甚至不及我创办公众号"尤子吟视界"的影响力。但我仍乐此不疲地写下这段经历，告慰自己逝去的岁月，并向我的家乡射阳和事业的后来者们送上我最真诚、最美好的祝福。

在这本书成书的过程中，我的同事张知波、王蕾等付出了很多心血，在此一并致谢！